# ANGES
## D'OMBRES

# OUVRAGES ÉCRITS PAR D.K. HOOD

EN FRANÇAIS

DETECTIVE BETH KATZ

*Filles fleurs*

*Anges d'ombres*

*Sombres Cœurs*

LES ENQUÊTES DE JENNA ALTON & DAVID KANE

*Pas un Mot*

*Pas une Larme*

*Pas un Cri*

*Pas un Bruit*

*Pas un Doute*

*Pas une Ombre*

EN ANGLAIS

DETECTIVE BETH KATZ

*Wildflower Girls*

*Shadow Angels*

*Dark Hearts*

DETECTIVES KANE AND ALTON

*Don't Tell A Soul*

*Bring Me Flowers*

*Follow Me Home*

*The Crying Season*

*Where Angels Fear*

*Whisper in the Night*

*Break the Silence*

*Her Broken Wings*

*Her Shallow Grave*

*Promises in the Dark*

*Be Mine Forever*

*Cross My Heart*

*Fallen Angel*

*Lose Your Breath*

*Pray for Mercy*

*Kiss Her Goodnight*

*Her Bleeding Heart*

*Chase Her Shadow*

*Now You See Me*

*Their Wicked Games*

*Where Hidden Souls Lie*

*A Song for the Dead*

# D.K. HOOD

# ANGES D'OMBRES

Traduit par Sophie Jeudi de Grissac

*Bookouture*

*À mes lecteurs. Merci infiniment de me suivre dans l'univers trépidant de Beth Katz.*

# INTRODUCTION

Dans ce monde qui prône l'égalité, pourquoi ne puis-je pas être acceptée telle que je suis, une tueuse en série psychopathe ? Après tout, au sein du règne animal, les prédateurs font partie de l'ordre naturel des choses. On les tolère parmi nous alors que moi, je suis traquée. Être la fille d'un tueur en série a changé ma vie de bien des manières. Enfant, je me considérais comme normale, et lorsque j'ai découvert qu'être « comme papa » était défendu... il était déjà trop tard.

Le comportement psychopathe peut sommeiller en nous, tapi dans nos gènes, jusqu'à ce qu'un événement traumatique déclenche un épisode violent. Cela se vérifie dans la plupart des cas, mais moi, je suis différente. Il faut me voir comme un spécimen mutant, hors classe. À dire vrai, en tant qu'agent spécial Beth Katz, je dois dissimuler ma nature de tueuse en série charismatique et agir « normalement » pour combattre la criminalité, mais sous les traits du Tueur au tarot, je peux poursuivre en toute discrétion ma vengeance contre des déments pervers qui ont échappé à la justice.

La quantité de criminels que je côtoie dans le cadre de mes

fonctions m'offre l'embarras du choix, mais je dois agir dans l'ombre, car la législation qui protège les assassins d'enfants, les pédophiles et les tueurs impulsifs ne me protège pas, moi. Quand comprendra-t-on que je liquide des salauds ?

fonctions m'offre l'embarras du choix, mais je dois agir dans l'ombre, car la législation qui protège les assassins d'enfants, les pédophiles et les tueurs impulsifs ne me protège pas, moi. Quand comprendra-t-on que je liquide des salauds ?

# PROLOGUE
## VENDREDI

Un frisson d'effroi courut le long de la colonne vertébrale de Cassie Burnham face au regard hostile de l'homme appuyé contre le bar. Chaque fois qu'elle montait sur la scène du club de strip-tease *Fuzzy Peach*, dans le fond du *Outlaws Saloon*, il la fixait avec une intensité déstabilisante. Il ne lui lançait pas ce regard lubrique que la plupart des clients lui adressaient, mais le mépris qu'il affichait semblait se répandre dans toute la pièce. Danser de manière aguicheuse devenait de plus en plus difficile sous ce regard réprobateur. Tous les soirs, c'était la même chose : dès que la musique démarrait et qu'elle commençait à se trémousser autour de la barre en métal rutilante, il sortait de la pénombre, les yeux plissés d'un air menaçant.

Soulagée d'entendre les derniers accords de la musique marquer la fin de son ultime prestation de la soirée, Cassie quitta la scène en repoussant les mains tendues de ceux qui essayaient de la toucher. Il s'agissait généralement des mineurs de fond qui venaient traîner en ville les week-ends, prêts à faire la fête et à dépenser leur paye de la semaine en alcool et jeux d'argent. Beaucoup d'entre eux ne tenaient pas compte de l'interdiction de toucher les danseuses et les videurs étaient trop indolents pour se frayer un chemin jusqu'à la scène afin de protéger les filles. Cassie détestait sa vie. Tous ces regards qui la déshabillaient la faisaient frissonner. Être strip-teaseuse dans une ville minière perdue au milieu de nulle part était devenu une voie sans issue. Certes, cela ne payait pas trop mal et elle pouvait conserver les pourboires, mais ce travail ne lui offrait aucune perspective.

Épuisée après plusieurs heures passées sur scène, Cassie ramassa son costume et sentit une goutte de sueur la chatouiller en glissant entre ses omoplates. Elle aurait voulu se trouver loin d'ici. Elle récupéra le reste de ses vêtements et, après avoir arraché son soutien-gorge à un homme dans la foule, se dirigea vers les loges en ignorant les mains tripoteuses. Dehors, la température était négative, mais à l'intérieur du bar, la chaleur formait un nuage de vapeur qui s'élevait dans une odeur de vestiaire et de bière éventée. Elle adressa un signe de tête à la danseuse suivante qui se dirigeait vers la scène et emprunta le couloir qui menait aux loges, laissant derrière elle la musique, les cris et les remarques suggestives. Lorsqu'elle pénétra dans la pièce bondée, une vague de parfum bon marché la frappa, mélangée à des relents de transpiration et de chaussettes sales. Des femmes s'affairaient en tous sens, entassées comme des sardines, s'habillant ou retouchant leur maquillage devant des miroirs. Le strip-tease était le seul boulot qui payait bien dans cette ville. Elle comptait en tirer profit avant de devenir trop vieille, car elle savait qu'à terme, elle finirait serveuse ou employée dans une station-service. Les samedis soir étaient toujours les plus chargés, mais enfin, son tour était passé. Elle glissa ses tenues trempées de sueur dans son sac à dos, ainsi que sa trousse à maquillage et sa perruque blonde, puis se dirigea vers les douches. Cela lui fit du bien de laver son corps, de se débarrasser des paillettes et de la sensation du contact des hommes qui glissaient sans ménagement des billets dans sa culotte. Elle avait décidé de s'acheter une nouvelle paire de bottes pour l'hiver et avec les pourboires récoltés ce soir, elle avait largement de quoi se la payer. À cette pensée, son humeur s'égaya et elle se mit à fredonner en séchant ses longs cheveux.

Dix minutes plus tard, elle ouvrait la porte de la sortie des artistes en vérifiant que la voie était libre. Ce ne serait pas la première fois qu'un mineur émoustillé par l'alcool cherche à lui sauter dessus, mais l'impasse sombre semblait déserte. Elle franchit la porte qui claqua dans son dos et frissonna en sentant le froid mordant s'insinuer entre les plis de ses vêtements. Elle aurait tant aimé respirer l'air des montagnes, mais l'allée était bordée de bennes à ordures débordant de sacs-poubelles. Seule une faible lumière éclairait la sortie des artistes et l'impasse pouvait dissimuler toutes sortes de choses. Des chats, des rats ou même des ours rôdaient souvent dans les parages en quête de nourriture.

Des ombres bougèrent et elle se figea, effrayée, puis balaya l'allée du regard avant de faire un pas en avant dans la pénombre. Scrutant l'obscurité, elle se fraya précautionneusement un chemin entre les bennes à ordures, essayant de ne pas respirer l'odeur nauséabonde de plats à emporter asiatiques et d'urine de chat qui en émanait. Au bout de l'impasse, tel un phare, un unique réverbère répandait un halo orange. Les danseuses garaient toujours leurs voitures sur Quartz Road, une rue étroite située derrière une rangée de bâtiments industriels. Alors qu'elle se rapprochait de la lumière, elle poussa un profond soupir. Ce coin ressemblait à n'importe quelle autre banlieue du pays. On avait du mal à croire que le *Outlaws Saloon* se trouvait aux abords de la magnifique petite ville de Rattlesnake Creek dont le centre pittoresque semblait sortir tout droit d'un autre monde. C'était comme si le temps y avait suspendu son cours. Avec ses bâtiments aux façades bardées de bois ou taillées dans la pierre des montagnes des décennies plus tôt, la rue principale de Rattlesnake Creek avait des allures de far west.

Dans son champ de vision, des ombres dansèrent et une imposante silhouette se découpa dans l'allée. Le cœur battant à tout rompre, elle glissa une main dans son sac pour attraper sa bombe lacrymogène. Qu'il s'agisse d'un homme ou d'un ours, cela devrait le ralentir suffisamment pour qu'elle puisse prendre la fuite. Ne sachant pas s'il valait mieux avancer ou rebrousser chemin, Cassie jeta un coup d'œil par-dessus son épaule. Derrière elle, l'impasse sombre et sinistre demeurait déserte, même les chats l'avaient abandonnée. Devant elle, de longues ombres semblables à des doigts de sorcières s'allongeaient sur le sol, leurs immenses ongles menaçant de la réduire en lambeaux. Elle essaya de se raisonner et de calmer sa peur. Elle avait emprunté cette allée des centaines de fois auparavant, mais l'endroit était toujours aussi effrayant. Rassemblant son courage, elle serra fermement la bombe lacrymogène dans sa main et poursuivit son chemin. Alors qu'elle atteignait le bout de l'allée, elle accéléra le pas et surgit dans la lumière.

Une douleur fulgurante lui vrilla le crâne. Chancelante, elle tomba à genoux, s'égratignant sur le bitume. Des étoiles dansèrent devant ses yeux et le goût métallique du sang emplit sa bouche. Que s'était-il passé ? L'endroit était désert. On entendait seulement la cadence étouffée de la musique en provenance du club. Elle tenta de tourner la tête pour regarder autour d'elle, mais la douleur était trop intense. Elle essaya en vain d'ouvrir la bouche et ne parvint qu'à émettre quelques sons inarticulés. Elle lâcha la bombe lacrymogène et, impuissante, la regarda rouler sur le bitume puis tomber dans le caniveau. À quatre pattes, elle se traîna sur le trottoir pour essayer de s'enfuir. Quelques secondes plus tard, le bas d'un jean enfoncé dans des bottes marron apparut devant elle. Étourdie et désorientée, Cassie leva la tête pour regarder son agresseur. Une douleur atroce irradia dans ses tempes et sa vue se brouilla. Affalée sur le sol glacé, elle n'avait plus la force de bouger. Allait-elle mourir ?

Des mains puissantes la soulevèrent en l'attrapant sous les aisselles. Sa tête glissa contre un revêtement en plastique et le frottement provoqua une étrange sensation de brûlure contre sa peau. Cassie entendit l'homme grogner dans son dos et elle laissa échapper un gémissement lorsque ses genoux heurtèrent une structure en métal. L'homme garda le silence alors qu'il ramenait brutalement ses bras en arrière pour ligoter ses mains avec des attaches à glissière. Il la bâillonna avec un épais morceau de ruban adhésif qui entravait sa respiration. La terreur s'empara d'elle quand elle entendit des portières claquer et un moteur démarrer. Face contre le sol, incapable de bouger, elle glissa sur le revêtement en plastique qui tapissait le véhicule alors que ce dernier empruntait des virages à toute vitesse. Les embardées de la fourgonnette la secouaient en tous sens, et elle sentit la nausée monter en elle jusqu'à ce que le véhicule s'arrête enfin. La porte s'ouvrit en coulissant et l'air froid de la nuit l'enveloppa. Elle leva les yeux et vit la silhouette de l'homme se découper dans la lumière de la lune. Elle percevait sa respiration saccadée et l'odeur âcre de sa transpiration. Ne sentant plus ses bras ni ses jambes, elle ne parvint qu'à émettre un grognement quand il la renversa sur le dos. Transie de peur et incapable de lutter, elle observa ses traits dans le clair-obscur.

L'homme lâcha un rire grave qui rompit le silence alors que la lame aiguisée du couteau qu'il tenait à la main scintillait sous les rayons de la lune.

— Ne t'inquiète pas, ma jolie. Nous avons toute la nuit devant nous, et plus encore.

# 1

## LUNDI

La forêt de Eagle's Nest avait revêtu sa robe automnale pour se parer d'or, de brun et de vert. L'agent spécial Beth Katz s'avança sur le perron de la cabane qui se dressait aux abords de la rivière de Rattlesnake Creek. Il s'agissait d'un des cinq chalets qu'elle avait envisagé d'acquérir au cours des dernières semaines ; elle avait besoin d'un refuge loin du bureau où établir son camp de base. Quelques mois auparavant, elle avait été témoin d'un meurtre sauvage. Après son échec aux tests psychologiques de rigueur, la direction du FBI l'avait obligée à s'éloigner de la métropole quelque temps, la parachutant à Rattlesnake Creek. En réalité, à force de jouer au loup déguisé en agneau, elle avait bien failli devenir la principale suspecte d'une affaire de meurtre. Empressée d'accomplir sa vengeance contre un tueur en série qui violait et assassinait des jeunes filles, elle avait baissé la garde. Habituellement, son mode opératoire n'impliquait pas d'abattre les monstres sur lesquels elle enquêtait, mais alors qu'elle coinçait le coupable sur le fait, elle avait laissé son côté obscur prendre le dessus. Une fraction de seconde lui avait suffi pour jeter une carte à jouer dans le sang du meurtrier, et ainsi faire peser les soupçons sur le légendaire Tueur au tarot.

Experte dans l'art du camouflage et de l'autodéfense, cette fille de tueur en série était devenue le célèbre Tueur au tarot — ce mythique prédateur de criminels qui ne laissait jamais aucune trace derrière lui était donc aussi un agent du FBI. Beth évoluait au cœur des enquêtes, naviguait comme chez elle en toute invisibilité sur le dark web et traquait des tueurs réputés inarrêtables.

Beth avait quitté Washington trois mois plus tôt pour venir travailler avec l'agent spécial Dax Styles dans une vaste ville minière que le temps semblait avoir oubliée. La plupart des bâtiments dataient de l'installation des premiers colons, au début du xixᵉ siècle, bien que de nouveaux édifices aient été construits pour loger la population croissante de mineurs. Dans toute la région, on trouvait des mines lucratives qui s'étendaient jusqu'aux villes voisines de Rainbow, Serenity et Spring Grove. Contrairement aux apparences, Rattlesnake Creek n'était pas isolée. Les mines attiraient un flot constant de travailleurs et la ville était régulièrement desservie par plusieurs lignes de bus. Récemment, Beth avait même découvert que la ligne de chemin de fer proposait des circuits touristiques à travers les montagnes deux fois par jour.

À Rattlesnake Creek comme dans les nombreuses petites villes alentour, les affaires relevant de la compétence du bureau régional du FBI ne couraient pas les rues, si bien que la plupart du temps, les agents fédéraux en étaient réduits à seconder le shérif du coin, Cash Ryder, pour intervenir sur toutes sortes d'incidents. Les problèmes survenaient généralement le week-end, lorsque les mineurs venaient semer le désordre en ville. Ils avaient l'habitude de se rendre dans les bars de la région pour dépenser leur paye et se bagarrer avec les ouvriers qui travaillaient sur d'autres sites. Beth s'accordait donc quelques jours de repos en semaine pour compenser les week-ends qu'elle passait au travail. Ce rythme lui convenait, car il lui permettait de s'absenter si besoin et, sous les traits du Tueur au tarot, elle pouvait alors contenter sa part d'ombre. La cabane lui faciliterait la tâche, tout comme son nouveau pick-up gris métallisé GMC qu'elle avait choisi à cause de la quantité de modèles identiques qui circulaient dans le coin. Sous couvert de retaper la vieille cabane et de la meubler pour la rendre plus confortable, elle pourrait sillonner le Montana sans éveiller les soupçons. Une fois la cabane aménagée, elle se mettrait à la peinture, et quand elle aurait besoin de s'absenter un certain temps, elle prendrait pour prétexte la recherche dans la région de paysages à reproduire.

La porte de la cabane s'ouvrit dans un craquement et Beth fut agréablement surprise en y pénétrant. D'après l'agent immobilier, l'endroit avait été habité par un mineur qui y avait élevé sa famille avant de prendre sa retraite. Il était parti rejoindre ses enfants à Helena six mois plus tôt. La cabane en bois, semblable à celles qui servaient de refuge aux pêcheurs et aux chasseurs, était constituée de rondins grossiers attachés les uns aux autres. Apparemment, le toit avait été refait récemment avec des bardeaux d'asphalte. La porte d'entrée ouvrait sur une pièce de vie qui desservait une cuisine séparée ainsi que trois chambres. La salle de bains était fonctionnelle et l'alimentation en eau était assurée par une pompe directement reliée à la rivière cristalline qui descendait de la montagne. Un purificateur avait récemment été installé sur le robinet de la cuisine, ce qui lui éviterait de devoir faire bouillir l'eau pour la rendre potable. Il y avait un générateur, et à sa grande surprise, un pan du toit était recouvert de panneaux solaires raccordés à un accumulateur électrique. Beth fit le tour de la pièce principale. L'endroit dégageait de bonnes ondes et comptait de surcroît un abri de jardin équipé d'un cadenas solide et d'une chambre froide. Elle sourit en attrapant son téléphone, ravie de constater qu'elle captait parfaitement, et appela l'agent immobilier.

— Monsieur Brine ? Beth Katz à l'appareil. Je voudrais faire une offre pour la cabane avec les bardeaux d'asphalte.

Elle écouta la réponse de l'agent, puis conclut :

— Je serai là dans une vingtaine de minutes.

Elle raccrocha et jeta un dernier coup d'œil aux lieux avant de refermer la porte derrière elle. Maintenant, il ne lui manquait plus que des meubles. Elle esquissa un large sourire. Elle venait de trouver le parfait alibi pour justifier ses absences.

Son appartement actuel était situé dans les locaux du FBI. Même si ce logement était indépendant, le bâtiment était constamment sous haute surveillance. Le cadre était certes agréable, avec une salle de sport et un ascenseur qui menait directement au bureau, mais elle devait partager l'édifice avec Dax Styles — ou « Styles », comme il préférait qu'on l'appelle. Cet ancien membre de la police militaire à la carrure robuste possédait ses propres règles qui semblaient avoir fait leurs preuves. Depuis son divorce compliqué, il pouvait parfois se montrer distant, mais pour une raison étrange, lui et son chien Bear avaient gagné la sympathie de Beth. Elle savait qu'ils pouvaient compter l'un sur l'autre au boulot, mais elle doutait qu'il se montrerait compréhensif s'il découvrait l'existence de sa double vie. Quoi qu'il en soit, elle avait intérêt à rester sur ses gardes. Dax Styles avait l'esprit affûté. Au moindre faux pas, il la démasquerait.

2

L'agent spécial Dax Styles passa en revue le chargement de sa voiture. Il avait pris son matériel de pêche, un sac de couchage, quelques provisions et un grand sachet de croquettes. Alors qu'il se dirigeait vers la portière ouverte à l'avant du véhicule, la sonnerie de son téléphone retentit. C'était Cash Ryder, le shérif du coin.

— Bonjour, Cash. Que puis-je faire pour vous ?

— *On tient peut-être quelque chose comme rien du tout. En tout cas, je ne vais pas pouvoir m'en tirer tout seul,* soupira Ryder. *Une femme du nom de Cassie Burnham est portée disparue. Personne ne l'a vue depuis qu'elle a quitté le Outlaws Saloon vers 22 heures, vendredi soir. C'est une de leurs strip-teaseuses.*

Styles s'installa derrière le volant de sa voiture et s'enfonça dans son siège.

— Qui vous a prévenu ?

— *Une autre danseuse, Rosie Donohue. Elle a trouvé le sac à main de Cassie et une bombe lacrymogène sur Quartz Road en partant. Elle a d'abord pensé que Cassie les avait fait tomber. Apparemment, elles ont des tonnes d'affaires à ramener jusqu'à leur voiture après leur représentation et il n'est pas rare de trouver des vêtements appartenant à l'une d'entre elles sur le trottoir.*

Ryder s'éclaircit la gorge.

*— Rosie a des enfants, et cette histoire lui est sortie de la tête jusqu'à dimanche. Elle a appelé Cassie et lui a laissé un message, mais elle n'a pas eu de nouvelles depuis. Elle est passée chez elle ce matin pour la voir et le voisin lui a dit qu'il ne l'avait pas croisée de tout le week-end. J'ai demandé à Rosie si Cassie se produisait en privé pour certains clients et elle m'a catégoriquement répondu que Cassie ne leur accorderait pas une minute de ses journées.*

Styles fronça les sourcils et tapota le volant de sa voiture du bout des doigts.

— Rosie a signé une déposition pour disparition inquiétante ?

*— Oui, surtout parce qu'elle sait que Cassie n'a pas de famille dans le coin. Elle n'a pas de petit ami et ne fréquente que quelques filles du club. Rosie les a appelées, mais personne n'a eu de ses nouvelles. Je ne sais pas quoi faire.*

En dehors des bagarres de quartiers, des infractions au Code de la route et des cambriolages, Ryder était peu expérimenté, si bien qu'il sollicitait souvent l'aide de Styles. Toutefois, lors d'une récente série de meurtres qui avait secoué trois comtés, Styles avait été surpris par le professionnalisme dont Ryder avait su faire preuve.

— Vous avez relevé les empreintes sur le sac à main et la bombe lacrymogène ?

*— Oui, il y en a deux séries. L'une appartient à Rosie, j'en déduis que l'autre est celle de Cassie.*

La chaise de Ryder grinça lorsqu'il s'assit derrière son bureau.

*— On fait quoi ?*

Styles soupira.

— Quelle est son adresse ? On va aller sonner chez elle pour s'assurer que tout va bien.

Il réfléchit un instant.

— Ses clés sont dans son sac à main ?

— *Oui.*

Styles se gratta le menton en regardant le ciel bleu à travers son pare-brise. Et dire qu'il devrait être en train de pêcher.

— On a donc les clés de chez elle. J'imagine qu'elle possède une voiture. Vous avez vérifié que son véhicule ne se trouvait pas sur Quartz Road ? Il y a des traces de lutte là-bas ? Elle a peut-être été enlevée.

— *C'est pour ça que je vous appelle, Styles. J'ai besoin d'un autre regard sur la situation.*

Levant les yeux au ciel, Styles retint un soupir.

— Bien, retrouvez-moi sur Quartz Road dans cinq minutes. On ira chez elle plus tard. J'imagine que le sac à main a été retrouvé près de l'impasse qui mène au *Outlaws* ?

— *Oui*, répondit Ryder dans un soupir de soulagement. *Merci, je me mets en route.*

Et il raccrocha. Styles songea un instant à prévenir Beth, mais à quoi bon la déranger ? Elle était venue prêter main-forte sur trois bagarres pendant le week-end et elle avait insisté pour avoir une journée entière à elle afin d'acheter une cabane. Après tout, rien ne justifiait l'intervention du FBI dans cette histoire.

Il démarra et prit la direction de Quartz Road. Alors qu'il tournait au coin de la rue, son attention fut attirée par un objet qui semblait avoir été jeté dans l'herbe sur le bas-côté. Un sac à dos. Il se gara, attrapa une paire de gants de protection et un grand sachet destiné à collecter les pièces à conviction dans sa mallette d'intervention puis se dirigea vers le sac. Alors qu'il s'en approchait, il aperçut une tresse blonde qui dépassait de l'ouverture et eut un mouvement de recul. Redoutant de tomber sur des morceaux de corps humain, il prit une profonde inspiration, et ne sentant aucune odeur de décomposition dans l'air, il souleva le rabat du sac à dos pour jeter un coup d'œil à l'intérieur. Il contenait une perruque blonde, un assortiment de lingerie sexy et chatoyant, une trousse à maquillage et des chaussures. Styles hocha la tête. Cela appartenait probablement à Cassie. Il referma le sac et le fourra dans le sachet de pièces à conviction avant de remonter dans son véhicule.

Une fois sur Quartz Road, Styles s'arrêta en face d'une usine d'abattage et se gara à cheval sur le trottoir, juste derrière le 4 x 4 de Ryder. Il se tourna vers la banquette arrière pour caresser la tête de Bear.

— Attends-moi ici, mon grand. Avec un peu de chance, j'en aurai fini dans une heure et on pourra partir.

Puis il rejoignit Ryder.

— Qu'est-ce qu'on a ?

— La voiture de Cassie est ce pick-up Ford gris métallisé. La plaque d'immatriculation correspond.

Téléphone en main, Ryder indiqua un véhicule garé à cheval sur le trottoir. Il en fit le tour et jeta un coup d'œil à l'intérieur.

— RAS. Peut-être qu'elle a accepté un plan en dehors du club avec un client ? Certaines danseuses font des extras.

Styles secoua la tête en signe de dénégation.

— Je ne pense pas. J'ai trouvé un sac à dos qui doit lui appartenir. Vous avez dû passer devant. Il est dans un sachet de pièces à conviction dans ma voiture. On va aller inspecter l'impasse pour voir s'il n'y a pas de traces de lutte.

— OK, répondit Ryder qui ajouta, l'air perplexe : Avant, cette ville était calme. Il pouvait se passer des semaines sans le moindre incident. Depuis que les mines ont agrandi leurs sites d'exploitation, le taux de criminalité a explosé.

Styles suivit Ryder dans l'impasse et haussa les épaules.

— C'est dû à l'augmentation de la population. Je pense qu'il est temps que vous réclamiez un adjoint auprès du maire. Maintenant que Beth travaille avec moi, on risque d'être souvent occupés ailleurs. On ne peut pas exiger de vous de tout gérer seul. À votre place, je demanderais deux adjoints. Serenity est une ville plus petite que Rattlesnake Creek, et le shérif Adams en a deux. Vous devriez le citer en exemple.

Styles sortit une lampe torche et regarda sous chaque conteneur.

— Nom de Dieu, cet endroit empeste !

Ils arpentèrent l'impasse à plusieurs reprises sans trouver le moindre indice. Ryder se donna même la peine de soulever le couvercle de chaque benne à ordures pour regarder à l'intérieur.

— Il ne s'est rien passé ici, déclara Styles en secouant la tête. On ferait mieux de retourner voir dans la rue.

Après avoir arpenté le trottoir dans les deux sens, Styles s'arrêta à l'entrée de l'impasse. Il sortit un morceau de craie de sa poche et entoura quelques taches sombres sur le sol.

— Il va falloir prélever des échantillons. On dirait du sang.

— Je m'en occupe.

Ryder courut jusqu'à sa voiture et revint avec un kit de prélèvement. Il s'appliqua à recueillir un échantillon de chaque tache sur le trottoir.

— Je déposerai ça chez Nate.

Le docteur Nate Mace était le seul médecin qui possédait un cabinet en ville.

— Il saura nous dire si c'est du sang humain ou non. Si c'est le cas, on enverra les échantillons au médecin légiste de Black Rock Falls pour qu'il les analyse.

Styles hocha la tête et se mit à faire lentement les cent pas, mais il ne trouva aucun autre indice. Il se tourna vers Ryder.

— On va passer chez elle, mais je pense que c'est une perte de temps. C'est ici que Rosie a trouvé son sac à main, et son sac à dos a été jeté sur le bord de la route. De toute évidence, quelqu'un a enlevé Cassie Burnham et on a intérêt à vite la retrouver.

3

Beth contemplait son reflet dans le miroir. Elle ne parvenait pas à identifier ce qu'elle ressentait. Elle avait plus d'une fois éprouvé de la satisfaction après avoir liquidé un tueur en série particulièrement abject ou résolu une affaire complexe, mais là, c'était différent. Maintenant qu'elle avait conclu l'achat de sa cabane dans la forêt, elle portait un regard nouveau sur le monde qui l'entourait. Les feuilles des arbres lui semblaient plus vertes sur leurs branches et la caresse du soleil plus chaude sur sa peau. Elle s'était même surprise à sourire alors qu'elle entrait dans le *Tommy Joe's Bar and Grill* pour s'acheter de quoi déjeuner. Étonnée de cet élan d'euphorie, elle observa attentivement l'éclat de ses yeux. Était-ce donc ça, le bonheur ? Peut-être était-ce le nouvel ordre des choses maintenant que sa vie trouvait enfin un équilibre ? L'achat de sa cabane lui apporterait la liberté de mouvement dont elle aurait besoin si elle envisageait de traquer l'horrible tueur en série qu'elle surveillait depuis plusieurs semaines.

La vie à Rattlesnake Creek avait beau être monotone, Beth devait admettre qu'elle appréciait de se jeter dans la mêlée avec

Styles pour mettre un terme aux bagarres qui éclataient à la sortie des bars. Ces échauffourées agitaient la ville au moins tous les week-ends, et certaines rixes se poursuivaient au cours de la semaine suivante. Toutefois, cela restait rare étant donné que les exploitations requéraient la présence de leurs ouvriers sur site du lundi au vendredi. Si Beth savait se défendre, Styles appartenait à une classe à part. Servir dans l'armée avait peut-être présenté des inconvénients — son grade d'officier au sein de la police militaire lui avait souvent valu le mépris des soldats —, mais il y avait acquis une aptitude hors pair au combat. Il avait dû faire face à toutes sortes de situations, y compris la neutralisation d'agents hautement qualifiés, si bien que les mineurs ne représentaient guère plus qu'un caillou dans sa chaussure. Souvent, leur arrivée sur place suffisait à mettre un terme au raffut, même si tout dépendait de l'état d'ébriété des participants à la bagarre.

Beth retourna devant son ordinateur. Entre deux enquêtes, elle avait l'habitude de consulter les archives d'un certain nombre d'affaires non élucidées. Les enquêteurs cherchaient toujours à établir des liens avec des affaires plus récentes, et comme Beth avait accès à la base de données du FBI, cela lui donnait une excuse pour consulter les dossiers en cours. Pour éviter d'attirer les soupçons, elle veillait à suivre l'évolution d'un certain nombre d'investigations menées par le FBI et à en discuter avec Styles. C'était assez curieux de constater le nombre d'erreurs que pouvaient commettre les enquêteurs alors qu'ils étaient tous censés suivre la même procédure. La plupart d'entre eux semblaient brasser de l'air. Là où Beth était capable d'identifier presque immédiatement une mécanique dans le mode opératoire d'un meurtrier, les autres semblaient avoir besoin de plusieurs mois pour appréhender un assassin. Malgré tout, Beth se gardait bien de mettre son nez dans les affaires du bureau régional de Snakeskin Gully, dont le taux de réussite se situait au-dessus de la moyenne. Elle attribuait ce succès à l'un des membres de l'équipe, l'agent Jo Wells. D'après ce qu'on racontait sur elle, cette experte en profilage était capable d'identifier un tueur en série à des kilomètres à la ronde, et Beth espérait ne jamais croiser sa route.

Pour l'heure, Beth avait un tueur en série cruel et assoiffé de sang dans le viseur. Elle savait que l'atteindre sans se faire remarquer s'annonçait ardu et risquait de la faire déroger à toutes les règles de conduite qu'elle s'imposait. L'affaire qui avait capté son attention, incitant sa part d'ombre à passer à l'action, était récemment survenue à Eagle Rock, dans le Montana. Les restes de deux femmes avaient été découverts sur un terrain vague derrière un complexe commercial, ensevelis sous des branches et des amas d'herbe tondue. Six mois plus tôt, trois corps, dont celui d'un jeune enfant, avaient été retrouvés dans la ville voisine de Last Hope. Bien que les cadavres aient été abandonnés au même endroit, les rapports d'autopsie avaient conclu que leur mort était survenue à une semaine d'intervalle. Ces meurtres perpétrés par étranglement et par attaque à l'arme blanche suivaient le même mode opératoire et ressemblaient à la tentative d'assassinat à laquelle Natalie Kingsley avait échappé un an auparavant. Après la lecture glaçante de sa déposition, il ne faisait aucun doute qu'un seul et même homme se cachait derrière cette folie meurtrière.

Natalie était arrivée à Eagle Rock avec peu d'argent en poche. À la gare routière, elle était tombée sur une petite annonce proposant un hébergement en échange de quelques heures de travail dans un ranch. Elle avait appelé le numéro. À l'autre bout du fil, un type qui se faisait appeler Bill lui avait proposé de la rejoindre avec sa fourgonnette pour lui donner plus d'informations. Se disant marié et père de famille, il avait l'air fiable. Après avoir discuté des détails sur le parking, elle avait accepté l'offre : les conditions qu'il lui proposait lui convenaient et elle avait besoin d'un logement. Ils étaient partis pour le ranch, cependant elle n'y était jamais arrivée. L'homme l'avait amenée dans un endroit isolé, l'avait violée et étranglée, mais elle avait miraculeusement survécu. Elle avait repris connaissance alors qu'il se rhabillait. Pétrifiée, elle avait feint d'être morte. L'homme avait redémarré sa fourgonnette, puis s'était arrêté au restaurant routier d'une station-service. Natalie en avait profité pour récupérer ses vêtements et s'enfuir. Sa déposition ainsi que les images de vidéosurveillance de la station-service avaient permis d'identifier un suspect, un réparateur ambulant du nom de Levi Jackson. Plus tard ce jour-là, le sac à main de Natalie avait été retrouvé dans le Chevrolet Express de Jackson qui avait été arrêté et poursuivi en justice.

Beth mâchouillait l'extrémité de son stylo en lisant la transcription du procès. Comment Jackson avait-il pu s'en tirer impunément ? Malgré les nombreuses charges qui pesaient contre lui, sa défense était solide. Il avait déclaré qu'il était venu retrouver Natalie pour une séance de sexe plutôt brutale. Sur les images de vidéosurveillance, on la voyait d'ailleurs monter dans la fourgonnette de son plein gré. Il avait ensuite raconté qu'elle s'était endormie à l'arrière du véhicule et qu'il ne l'avait pas réveillée en s'arrêtant à la station-service. À son retour du restaurant routier, elle était partie, mais il n'avait pas jugé utile de la chercher. Les prostituées ne traînaient généralement pas dans les parages. Là aussi, les enregistrements des caméras jouaient en sa faveur : on le voyait quitter sa fourgonnette et entrer dans le restaurant. Quelques instants après, Natalie s'éclipsait, drapée dans son manteau.

Beth jeta un œil aux antécédents de Jackson. C'était un itinérant, mais il n'était pas non plus à la rue, comme en témoignaient les sommes sur son compte en banque. Grâce au portrait flatteur dressé par quelques habitants du coin qui avait eu recours à ses services et à la façon calme et plaisante qu'il avait de s'exprimer, sa défense avait fini par persuader le jury. Cela avait été d'autant plus facile après que ses avocats eurent produit un extrait du casier judiciaire de Natalie recensant toutes ses arrestations pour racolage.

Intriguée, Beth relut plusieurs fois les éléments du dossier. Nulle part ailleurs que dans la déclaration de Natalie il n'était fait mention de la petite annonce publiée par Bill. Natalie avait passé son appel depuis une cabine téléphonique, mais aucun des numéros composés depuis cette ligne n'avait permis de remonter jusqu'à Jackson. En réalité, le numéro de Jackson n'avait jamais fait l'objet de vérifications, car il avait reconnu avoir payé Natalie en échange de ses services sexuels. Il avait également déclaré que c'était elle qui l'avait abordé et qu'ils s'étaient mis d'accord sur le tarif de la prestation. Au cours de cet échange, il avait clairement exprimé ce qu'il attendait d'elle. La défense avait insisté sur le fait qu'il avait quitté la forêt avec Natalie à bord de son véhicule. L'accusation n'était pas en mesure de prouver qu'il avait eu l'intention de la tuer, et s'il existait le moindre soupçon quant à son implication dans les autres meurtres, il y avait de quoi raisonnablement en douter : si Jackson pensait que Natalie était morte, comme elle le prétendait, pourquoi ne s'était-il pas débarrassé de son corps en l'ensevelissant sous un tas de feuilles mortes ?

Beth secoua la tête avec consternation. Jackson n'en avait sûrement pas fini avec elle, ou alors, il avait décidé d'abandonner son cadavre ailleurs. Peut-être savait-il qu'elle n'était pas morte ? Il pouvait y avoir un milliard de raisons pour lesquelles il n'avait pas voulu se débarrasser du corps sur le lieu du viol. Elle parcourut de nouveau les éléments à charge et, devant les irrégularités de la procédure de base, elle fit claquer sa langue de dépit. Les billets dans le sac à main de Natalie n'avaient pas été analysés pour relever des empreintes. Pire encore, le véhicule utilitaire n'avait même pas été saisi pour être passé au crible. En réalité, l'enquête menée par le département de police du coin s'apparentait à une mascarade.

Beth soupira. Trois mois plus tôt, le cadavre d'une autre femme avait été découvert dans une ville près de Billings, suivi une semaine après de ceux d'une mère et de sa fille. À chaque fois, le mode opératoire était le même. Beth avait fait le rapprochement entre l'affaire Jackson et une série de meurtres sur laquelle le FBI enquêtait actuellement, car l'une des victimes et sa fille avaient été aperçues en train de monter à bord d'une fourgonnette blanche. La description du véhicule correspondait à l'utilitaire de Jackson dans les moindres détails — jusqu'à l'autocollant déchiré sur le pare-chocs arrière.

Cette affaire intéressait particulièrement Beth, car le FBI avait écarté Jackson de la liste des suspects. Pourtant, le mode opératoire correspondait. Beth en déduisit qu'en l'absence d'antécédents et à la suite de la relaxe de Jackson, les enquêteurs n'avaient pas cherché plus loin par crainte de la législation sur la double incrimination[1]. Elle n'aurait jamais commis une telle erreur, car Jackson collait au profil. Certes, l'intervalle de six mois entre les deux premières séries de meurtres posait un problème. À moins que le coupable ait été emprisonné ou incapable d'agir, cette pause était trop longue pour quelqu'un qui prenait plaisir à tuer. Il devait y avoir d'autres victimes quelque part. Ce tueur assouvissait sa frénésie meurtrière à intervalles réguliers, et il paraissait inconcevable qu'il ait attendu six mois avant de tuer à nouveau. C'était Jackson, Beth en aurait mis sa main à couper. Elle le cernait tellement bien qu'elle aurait pu se glisser dans sa peau et anticiper son prochain meurtre. Elle déroula une carte pour inspecter les alentours de Billings. Le tueur avait délimité un périmètre. Il tuait deux fois, puis se déplaçait dans une autre ville située dans un rayon raisonnable autour de Billings. Elle voyait clair dans son jeu. La prochaine fois qu'il tuerait, un second meurtre serait perpétré dans la même ville dans les sept jours suivants. Beth devait s'armer de patience avant de pouvoir prédire où il passerait de nouveau à l'action. Elle fit glisser ses doigts sur la carte, dessinant un cercle invisible autour de Billings. Levi Jackson se trouvait quelque part dans cette zone, attendant un appel téléphonique de sa prochaine victime. Dans quelle ville se cachaient les autres corps ? Et quand frapperait-il à nouveau ?

4

Après avoir fouillé la maison de Cassie Burnham et interrogé quelques voisins, Styles n'était pas beaucoup plus avancé sur la disparition de la jeune femme. Elle avait de toute évidence été enlevée, mais il ne disposait pas du moindre indice sur l'identité de son ravisseur. Comme il était désormais trop tard pour aller pêcher, Styles avait fait courir Bear au parc et le chien semblait content. Il s'était arrêté acheter de quoi manger au *Tommy Joe's Bar and Grill* avant de retourner au bureau. Bien que l'enquête fût dirigée par Ryder, il devait rédiger un rapport. Personne n'avait été témoin de l'enlèvement de Cassie Burnham quand elle avait quitté le club tard dans la soirée. Tout ce que Ryder pouvait faire, c'était suivre la procédure et lancer un avis de recherche avec la description de Cassie dans l'espoir que quelqu'un ait vu quelque chose. Si elle avait été enlevée sur l'une des rues passantes de la ville, elle aurait plus facilement pu être aperçue. Or, en dehors des strip-teaseuses, personne ne fréquentait Quartz Road une fois la nuit tombée. L'éclairage public le long du trottoir était insuffisant pour assurer la sécurité des jeunes femmes qui quittaient le club, et Styles l'avait signalé à plusieurs reprises auprès de la municipalité. Malheureusement, même à Rattlesnake Creek, les personnes qui vivaient en marge de ce que la société jugeait comme acceptable ne semblaient pas dignes d'un tel investissement.

Alors qu'il remplissait d'eau la machine à café, la porte du bureau s'ouvrit et Beth entra. Content de la voir, Styles lui adressa un signe de la main en souriant.

— Je parie que pour toi aussi, la journée ne s'est pas déroulée comme prévu.

— Au contraire, tout s'est bien passé, répondit Beth, un sourire aux lèvres. J'ai acheté ma cabane. Enfin, c'est plutôt une maisonnette... J'ai fait une affaire. Il y a un séjour, une cuisine, une salle de bains et trois chambres, sans parler des panneaux solaires.

Surpris de trouver sa coéquipière de si bonne humeur, Styles sourit.

— Tu ne t'installes quand même pas à côté la tanière d'un ours, hein ?

— Non, il n'y a rien autour. La rivière qui passe devant n'est pas assez proche pour que cela devienne problématique à la période des fontes. J'en ai discuté avec l'agent immobilier. J'ai aussi pris le temps de vérifier qu'il n'y avait pas d'excréments d'ours ou tout autre signe de vie sauvage à proximité. Je crois que c'est assez éloigné de la montagne pour être préservé de tout problème dans l'immédiat. La cabane a été construite il y a une vingtaine d'années, et j'ai vérifié l'abri de jardin et la chambre froide : je n'ai trouvé aucune trace d'animaux qui auraient cherché à s'y introduire.

Beth se dirigea vers la kitchenette et attrapa deux tasses sur l'étagère.

— C'est exactement le genre d'endroit que je cherchais à retaper. Quand j'aurai fini, je pourrai m'y installer pour peindre.

— Ou pour passer des week-ends à deux tranquilles,

répondit Styles avec un petit rire. J'ai vu comment tu regardes Nate.

— C'est peu probable, surtout avec Nate. Il est sympa, mais un peu ennuyeux.

Beth attrapa les dosettes de café sur l'étagère.

— Si j'avais la moindre intention de le fréquenter, j'utiliserais plutôt mon appartement. Ce serait beaucoup plus confortable et plus près des restaurants. À moins que tu penses que je me contente de rencards bas de gamme ?

Styles rit en secouant la tête.

— Pas du tout.

Il plaça les tasses sous la machine à café. Beth fit glisser les dosettes vers lui.

— Qu'est-ce qui t'amène au bureau cet après-midi ?

— J'allais te poser la même question. J'ai terminé ce que j'avais à faire en ville et je m'ennuyais. Et toi ? Tu étais censé partir à la pêche pour les deux prochains jours.

Styles lui raconta l'histoire de Cassie Burnham.

— C'est un mystère ! Ryder va faire analyser le sac à dos. Il va aussi diffuser un avis de recherche avec sa description. Le problème, soupira-t-il, c'est que la région est vaste. Elle peut être n'importe où à l'heure qu'il est. Si ça se trouve, elle a peut-être même passé la frontière de l'État.

— Cela revient à chercher une aiguille dans une botte de foin. Vous avez interrogé les autres danseuses du club ? Elles doivent être au courant si Cassie était harcelée ou menacée. En général, elles se préviennent quand il y a un client qui crée des ennuis.

— On ne leur a pas encore parlé, répondit Styles. L'enquête vient à peine de démarrer. Comment ça se fait que tu en connaisses autant sur l'univers des strip-teaseuses ?

Il se laissa tomber sur sa chaise de bureau et se mit à siroter son café.

— Je m'étais liée d'amitié avec quelques danseuses quand je

prenais des cours de pole dance, déclara Beth le plus sérieusement du monde.

Styles s'étouffa, renversant du café partout. Les yeux humides, il lui lança un regard incrédule.

— Comment ça ? s'exclama-t-il en attrapant une poignée de mouchoirs en papier pour éponger le café sur son bureau.

— Ça provoque toujours la même réaction. J'en déduis que tu ignores que la pole dance est une forme d'exercice physique très intense.

Elle poussa un profond soupir.

— Quand j'étais encore à Washington, mes horaires de boulot étaient variables et j'avais besoin de rester en forme. C'était plus simple d'installer une barre de pole dance dans mon appartement que de m'aventurer en pleine nuit à travers la ville pour un footing.

Essayant sans grand succès de chasser de son esprit l'image de Beth agrippée à sa barre de danse, Styles pivota sur son siège et alluma son ordinateur.

— Oh, je vois.

— En fait, certaines filles prenaient des cours pour devenir strip-teaseuses, d'autres pour se perfectionner.

Beth s'éclaircit la gorge.

— On allait souvent boire un verre après l'entraînement et ce genre de sujet revenait régulièrement sur le tapis. Je ne leur ai jamais dit que j'étais un agent du FBI. Je ne pense pas que ça serait bien passé.

Styles se tourna vers elle en espérant que l'extrémité de ses oreilles n'avait pas viré au rouge.

— Tu suggères donc qu'on aille parler aux filles du club pour savoir s'il n'y a pas des types louches qui rôdent dans les parages ? J'appellerai Ryder. C'est son enquête.

— Non, j'irai leur parler, répondit Beth en regardant Styles par-dessus son bureau. Pourquoi tu n'en profiterais pas pour discuter avec les types de la sécurité ? Ils ont peut-être remarqué un comportement étrange, bien que j'en doute. Ils sont peu nombreux à se soucier réellement des filles, leur attention est plutôt tournée vers les clients. J'imagine que la foule se montre parfois indisciplinée.

Le coin de ses lèvres se retroussa et elle lui adressa un sourire entendu. Si elle pensait qu'il passait le plus clair de son temps libre dans les clubs de strip-tease, elle se fourvoyait.

— Les seules fois où j'ai eu un aperçu de ce qu'il se passe dans ces clubs, Beth, c'est quand je suis allé prêter main-forte à Ryder pour mettre fin à une bagarre. Ce ne sont pas des endroits que je fréquente. Si je veux boire un verre et trouver un peu de compagnie, je vais au *Tommy Joe's Bar and Grill*. Je n'ai rien contre les femmes qui se déshabillent pour gagner leur vie, ajouta-t-il en haussant les épaules, c'est juste que ce genre d'adresse malfamée, ce n'est pas mon truc.

— C'est bon à savoir, mais il ne s'agit pas toujours d'endroits malfamés. Ce sont parfois des établissements très sélects.

Beth consulta l'écran de son ordinateur avant de reporter son attention sur Styles.

— On fait un saut au *Outlaws* ce soir ? Si oui, il va me falloir une tenue de circonstance, histoire de ne pas attirer l'attention. Je vais m'habiller comme une danseuse. Après tout, c'est un club réservé aux messieurs.

Le souvenir de leur précédent déplacement à San Francisco, où Beth avait dû se faire passer pour une prostituée, revint en mémoire à Styles. Il se racla la gorge.

— Tu as quelque chose d'approprié à te mettre ?

— Je suis sûre que je vais trouver. Ce n'est pas comme si j'allais monter sur scène, pas vrai ? dit-elle en riant. Ne t'inquiète pas, je n'entacherai pas ta réputation.

Styles renifla et secoua la tête.

— Ne t'en fais pas pour moi. Je doute que le FBI prête attention aux dépositions de plaintes locales, et je n'ai pas besoin du vote des habitants pour conserver mon emploi. En revanche, tiens-toi à distance de Ryder. Jusqu'à présent, les conservateurs de cette ville estiment qu'il est la meilleure chose qui leur soit arrivée depuis l'invention du fil à couper le beurre.

— Évidemment, je me tiendrai à l'écart. Mais tu ne t'attends quand même pas à ce qu'il vienne au *Outlaws* ce soir ?

— Non, répondit Styles en sortant son calepin.

— Je vais rédiger un rapport au sujet de Cassie. Sur quoi tu bosses ?

— Je continue de passer au crible des affaires non résolues. Je m'intéresse surtout aux meurtres de potentiels tueurs en série pour lesquels on dispose de traces ADN. Je suis convaincue qu'à moins d'être morts ou en prison, les chances qu'ils récidivent sont très élevées. J'espère réussir à établir un lien avec certaines enquêtes en cours au sein du FBI.

Styles se gratta le menton.

— Fais attention à n'empiéter sur aucune plate-bande. Il y a un certain nombre d'affaires qu'on peut reprendre si tu t'ennuies.

— Tu parles des dossiers soporifiques qui relèvent des services de police locaux ? Je vois ça comme une perte de temps quand on sait que l'élucidation d'une de ces vieilles affaires pourrait mener à l'arrestation d'un monstre, ajouta-t-elle en haussant les épaules.

— Je suis d'accord, approuva Styles en jetant un coup d'œil à sa montre. On a toute l'après-midi devant nous. Les lundis soir sont plutôt calmes en ville.

— À en croire les sites internet du coin, les clubs ouvrent vers 19 heures pour fermer à minuit en semaine et à 2 heures du matin le week-end, précisa Beth en regardant Styles par-dessus l'écran de son ordinateur. Ils doivent attirer du monde pour être ouverts tous les jours de la semaine.

Elle reporta son attention sur son ordinateur.

— Les repas ont l'air bons et il est même possible de réserver un show privé au *Outlaws*. C'est peut-être une idée si tu veux poser quelques questions aux danseuses.

Styles resta bouche bée.

— Je veux bien ne pas toujours suivre les procédures à la lettre, mais me retrouver avec une étrangère qui se trémousse sur mes genoux n'est pas une méthode d'interrogatoire que j'envisage d'appliquer un jour, finit-il par dire en plissant les yeux. Que les choses soient bien claires, ça n'arrivera jamais, conclut-il.

Le sourire aux lèvres, Beth semblait s'amuser comme une folle.

— T'es vraiment pas drôle, répondit-elle. Tu n'as jamais travaillé sous couverture ? Il faut prendre ça comme un jeu de rôle et persuader les gens que tu es bel et bien le personnage qu'ils ont en face d'eux. Si tu t'es renseigné sur mon parcours, tu dois savoir que j'ai été formée pour participer à des missions d'infiltration. Je suis sûre de mes capacités, et tu sais très bien que je sais me défendre. Avec une préparation et des renforts adaptés, je pense que je pourrais coffrer la plupart des délinquants.

Styles secoua la tête et se leva pour remplir sa tasse de café.

— Je pense que je n'aurai aucun mal à me faire passer pour un client. Ils se fichent de savoir qui passe la porte tant que les gens payent leur entrée. Qu'est-ce qui te fait croire que les danseuses se confieraient à moi ? Elles ne me connaissent pas, et si je leur montre mon insigne, elles s'enfuiront en courant.

Il retourna s'asseoir à son bureau et ouvrit le sac en papier contenant son repas.

— Bun au porc effiloché et au coleslaw. Tu en veux ?

— Non, merci, répondit Beth sans détourner les yeux de son écran. J'ai déjà mangé. On se retrouve à quelle heure, ce soir ?

Styles réfléchit un instant et avala une bouchée de son bun.

— À 20 heures ? On va leur laisser une petite heure pour démarrer.

Il regarda Beth et reprit :

— Les danseuses passent généralement par l'arrière. Je t'escorterai jusque-là pour être sûr que tu entres dans le club sans encombre. Cette porte se trouve dans une impasse pas éclairée, bordée de bennes à ordures.

— D'accord, répondit Beth en parcourant l'écran de son ordinateur. Oh, super, il y a une boutique qui vend des déguisements et des accessoires à Rainbow. Si on veut jouer la carte du camouflage, il va falloir s'équiper. C'est le problème des petites villes, on n'y trouve pas de grandes enseignes.

Styles haussa les épaules.

— C'est pour ça qu'on peut commander en ligne, Beth, commenta-t-il en buvant une gorgée de café. Garde le ticket de caisse. Si tu envisages d'utiliser des déguisements à l'avenir, on va utiliser notre budget.

— Si on fait ça, il faut qu'on consigne cette opération d'infiltration dans un rapport, dit-elle en lui jetant un bref regard. Quelquefois, on peut transgresser le protocole quand il faut prendre une décision dans l'urgence, comme à San Francisco. Normalement, le directeur s'attend à recevoir un plan stratégique plusieurs semaines avant qu'on passe à l'action, et crois-en mon expérience, le temps qu'il donne son feu vert, il est déjà trop tard. Le plus souvent, on n'a pas le temps de constituer une équipe de renfort, surtout dans les trous paumés où on est affectés. On ne pourra compter que sur nous-mêmes. Je sais que tu me trouves téméraire et impulsive, mais je fais mon boulot. J'imagine qu'on a tous un petit côté frondeur quand il s'agit de rendre la justice, conclut-elle dans un haussement d'épaules.

Styles se gratta la tête et contempla la femme rebelle et déterminée qui se trouvait devant lui. C'était fou comme elle pouvait lui ressembler.

5

Dans ma tête, je vois tout. Le jour, je suis comme un aigle royal qui plane dans les courants d'air, et j'observe le monde en dessous de moi. Les montagnes, les forêts et les rivières font partie de mon royaume. Alors que je tournoie haut dans le ciel, les villes en contrebas forment un triangle relié par des serpents noirs qui ondulent à travers les étendues boisées et longent les cours d'eau. La nuit, je rôde dans les rues, tel un loup traquant sa proie. Personne ne me voit. Je reste en retrait, caché dans l'ombre. Mes plans sont établis et les meilleurs endroits choisis pour mes trésors.

Je sens l'excitation monter au creux de mon estomac. Sera-t-elle encore là, à m'attendre ? Souvent, elles manquent à l'appel. Ces derniers temps, j'ai essayé plusieurs produits répulsifs contre les animaux afin de les préserver. Il n'y a rien de pire que de retrouver l'un de mes trésors réduit en charpie par la faune sauvage. De doux souvenirs emplissent ma mémoire et les battements de mon cœur s'accélèrent. J'ai passé la nuit entière allongé contre Cassie pour profiter de sa présence. J'ai pris plaisir à voir son regard aveugle perdu dans le vide, et quand sa peau a commencé à se refroidir, je l'ai réchauffée. À l'aube, j'ai soigneusement fait sa toilette, j'ai brossé ses cheveux et je l'ai maquillée. Elle était magnifique. J'aurais voulu rester avec elle pour toujours, mais le temps commençait à me manquer.

Aujourd'hui, ses membres raidis pourront encore être pliés. C'est tellement important de la rendre belle une dernière fois avant de la laisser. Mon cœur cogne contre ma poitrine alors que je m'avance dans les herbes hautes. Je veille à emprunter à chaque fois un chemin différent pour me rendre jusqu'au vieux bâtiment. Je ne dois pas être démasqué, j'ai tant d'autres trésors à ajouter à ma collection. Mes mains tremblent lorsque je pousse la porte pour entrer. Son odeur me submerge comme le plus doux des parfums. Je m'approche d'elle, tombe à genoux, réjoui de la retrouver entière, intacte, plus belle que jamais.

— Tu es contente de me voir ?

La brise qui s'engouffre par le carreau cassé de la fenêtre soulève ses cheveux comme si elle acquiesçait. Je ris et je saisis son visage souriant entre mes mains. Le vieux canapé est parfait pour elle, et je prends le temps de positionner correctement ses jambes. Son maquillage n'a pas bougé et je ne résiste pas à l'envie de brosser ses cheveux une dernière fois. J'attrape une mèche soyeuse dans le creux de ma paume et je forme une boucle entre mes doigts. Puis, je l'attache avec un ruban rose avant de la couper délicatement. Je veux conserver un souvenir de notre week-end ensemble. Je me redresse et lui souris. Son regard me fixe comme pour me supplier de rester. Elle est toujours cette petite garce séduisante que je convoitais, mais elle n'est plus une obsession. Il y en a tant d'autres sur ma liste. Je la regarde une dernière fois pour graver son image dans ma mémoire.

— Au revoir, Cassie. Ce fut un plaisir.

6

— Alors, qu'est-ce que tu comptes mettre ?

Penché sur son assiette à une table au *Tommy Joe's*, Styles se tourna vers Beth en haussant les sourcils.

— Il fait froid et je ne voudrais pas que tu meures d'hypothermie, reprit-il.

Amusée de voir les oreilles de son coéquipier rosir, Beth but une gorgée de son verre de sauvignon blanc en le dévisageant. Elle ne pouvait pas lui dire qu'elle possédait un coffre rempli d'une multitude de tenues qu'elle avait glanées dans des boutiques de seconde main. Associées à quelques bijoux de pacotille, elles lui permettaient de se travestir en cas de besoin.

— Tu te souviens de la tonne d'affaires que j'ai achetée à San Francisco quand je me suis fait passer pour une prostituée ?

En réalité, elle n'avait pas acheté tant de choses que ça, mais avec une peu d'aplomb, on pouvait généralement faire gober n'importe quel bobard.

— Comme si c'était hier.

Styles s'éclaircit la gorge avant d'ajouter :

— Disons que tu m'as fait flipper.

Réprimant un sourire à ce souvenir, Beth haussa nonchalamment les épaules.

— En fait, je possède toute une panoplie de perruques et une boîte entière de lentilles de contact de toutes les couleurs possibles et imaginables. J'en ai même une paire qui imite la pupille des serpents.

Elle se servit une tranche de forêt-noire et poursuivit tout en attrapant sa fourchette :

— Je pense que des lentilles vertes et une perruque rouge feront l'affaire. Les danseuses enfilent leur costume au club. Elles ne se baladent pas dans la rue en tenue de scène, ce qui m'évitera de prendre froid. Je mettrai un jean, un sweat-shirt et un vieux blouson. Je ferai en sorte qu'on ne me reconnaisse pas.

Elle le regarda des pieds à la tête.

— Toi, en revanche, tu risques de ne pas passer inaperçu. Ton Stetson noir avec le bandeau en peau de serpent et la boucle à ta ceinture sont beaucoup trop identifiables. Il faudrait que tu changes de dégaine avant de m'accompagner jusqu'à l'entrée ou notre petit numéro tombera directement à l'eau.

— Je me fondrai dans la masse. On m'a bien pris pour ton mac à San Francisco alors que je portais mes habits de tous les jours, dit Styles dans un sourire. Quelle soirée mémorable ! Dis, tu as eu des nouvelles des dealers qu'on avait coincés ?

Beth secoua la tête en signe de dénégation et avala une bouchée de gâteau avec gourmandise.

— Tu en rigoles maintenant, mais sur le coup, tu m'as dit que j'étais complètement folle.

Elle croisa son regard.

— Les agents du FBI qui ont pris la suite du dossier n'ont rien mentionné à leur sujet, ils se sont contentés de parler des filles qu'ils ont secourues. Peu m'importe qu'ils s'attribuent toute la gloire, ajouta-t-elle avec un haussement d'épaules, le résultat reste le même.

C'était agréable de s'attarder à table autour d'un dîner en

bavardant et en évoquant ses projets pour sa cabane, mais Beth aurait payé cher pour rentrer chez elle et se mettre au lit. Comme les avis de recherche diffusés par Ryder n'avaient rien donné, il allait falloir déplacer des montagnes pour retrouver Cassie Burnham.

— Pour en revenir à notre strip-teaseuse portée disparue, tout ce qu'on sait avec certitude, c'est l'heure à laquelle elle a quitté le club.

Beth termina sa part de gâteau et se servit un nouveau verre de vin.

— Tu sais aussi bien que moi que dans le cas d'un enlèvement, on a quarante-huit heures pour agir. Au-delà, les chances de retrouver la victime vivante sont infimes.

— Tu en parles comme si c'était perdu d'avance.

Styles étira ses jambes et la regarda par-dessus sa tasse de café.

— Nate a confirmé que les taches sur le trottoir étaient bien du sang, mais on ne possède pas l'ADN de Cassie. Les gens saignent parfois quand ils trébuchent. Si ça se trouve, ces traces sont là depuis des semaines.

Beth hocha la tête et, du bout des doigts, elle commença à racler le glaçage au chocolat sur le bord de son assiette. Elle s'interrompit en voyant que Styles l'observait et s'essuya la main sur une serviette en papier.

— En réalité, c'est perdu d'avance, soupira-t-elle. Réfléchis. Il ne s'agit pas des représailles d'un petit ami contrarié ou d'un enlèvement contre rançon, sinon on aurait reçu un message ou quelque chose. Ce n'est pas non plus un viol avec séquestration, autrement elle aurait déjà refait surface à l'heure qu'il est. C'était prémédité. L'agresseur connaissait ses horaires et l'a guettée. Il l'a peut-être attaquée dans l'impasse, mais vu l'endroit où on a retrouvé son sac à main et les traces de sang, du même groupe que le sien, je pense plutôt qu'il a attendu qu'elle en sorte pour la frapper. Il a facilement pu la maîtriser une fois assommée et au sol. C'était trop risqué de la tuer là, alors il l'a certainement traînée jusqu'à son véhicule. J'ai étudié le profil de ces tueurs. Juste après l'enlèvement, ils sont au comble de l'excitation. Ils ont obtenu leur prix. C'est là qu'ils sont les plus dangereux. Il savait où il allait la tuer et s'est rendu là-bas pour... faire ce qu'il avait à faire.

Beth tendit la main vers la porte :

— Il y a des exploitations minières un peu partout dans le secteur. Il a pu prendre n'importe quelle direction, la tuer et abandonner son corps dans un puits de mine. Au mieux, on a une chance sur mille de la retrouver.

Elle croisa le regard de son coéquipier.

— Je veux autant que toi la retrouver en vie, Styles, mais il faut aussi qu'on cherche s'il n'y a pas un corps abandonné dans les parages. Une fois que ces types ont tué leur victime, l'excitation retombe... Du moins, pour la plupart d'entre eux.

— Tu as peut-être raison, admit Styles en frottant sa cicatrice au menton. J'informerai les gardes forestiers de sa disparition. Ils repéreront peut-être des indices qui nous aideront à localiser le corps.

Beth repoussa son assiette et soupira. Ce gâteau au chocolat était délicieux.

— Quel genre d'indice ?

Styles saisit son Stetson posé sur la chaise à côté de la sienne et le mit sur sa tête.

— Les corbeaux affluent en masse partout où il y a un cadavre. Les gardes nous appelleront s'ils remarquent quelque chose de suspect.

Il se leva et la tête de Bear surgit au-dessus de la table. Styles se pencha pour le caresser et ajouta :

— Si on veut rester discrets, on ne le prendra pas avec nous ce soir.

Beth attrapa son téléphone et sortit de son portefeuille deux billets qu'elle posa sur la table avec un grand sourire.

— C'est à mon tour de payer. J'offre ce dîner pour fêter l'achat de ma cabane.

— J'ai appris à ne pas discuter avec toi, Beth, répondit Styles en haussant les épaules. En revanche, Tommy Joe a remarqué qu'on se disputait souvent au moment de régler l'addition. Il propose de nous faire une ardoise à partager à la fin de chaque semaine.

Beth trouvait toujours l'embarras de Styles charmant quand elle payait la note. Elle acquiesça.

— Ça me va.

Des nuages de brume s'élevaient dans les rues alors qu'ils retournaient vers les locaux du FBI. C'était une soirée froide qui annonçait l'arrivée de l'hiver. L'air frais de la nuit ne dissuadait pourtant pas les habitants de sortir pour se rendre dans les restaurants ou les bars. La plupart d'entre eux leur adressaient un signe de tête en les croisant. Seuls quelques-uns traversaient la rue pour les éviter. Les portes du bâtiment du FBI s'ouvrirent dans un bruit sec et Beth se dépêcha de rejoindre son appartement pour se changer. Satisfaite de constater que sa tenue faisait parfaitement illusion, elle vérifia l'heure sur sa montre et sortit dans le couloir pour attendre Styles devant l'ascenseur.

— Cette perruque rouge te va bien.

Vêtu d'un maillot de football de l'État du Montana et d'une casquette de base-ball, Styles lui adressa un sourire assuré et se pencha vers elle.

— Comment as-tu fait pour rendre tes lèvres aussi pulpeuses ?

Beth entra dans l'ascenseur.

— Tout est dans le maquillage. J'ai déniché ça sur YouTube. On trouve toutes les instructions détaillées étape par étape et des tas de looks vraiment effrayants pour Halloween.

— Même pour les hommes ?

Styles lui emboîta le pas à la sortie de l'ascenseur et se dirigea vers son pick-up.

— Bien sûr, répondit-elle en agitant un trousseau de clés. Prenons ma voiture. La tienne attire trop les regards.

— Tu crois que le Tueur au tarot s'inspire de YouTube pour se déguiser ? dit-il en s'installant derrière le volant. Certaines personnes prétendent qu'il peut se transformer en femme.

Styles était malin, mais il ne jouait pas dans la même cour que Beth. Elle avait rejoint l'équipe des agents infiltrés pour pouvoir ouvertement se travestir sans éveiller les soupçons, mais les artifices qu'elle utilisait pour se grimer en Tueur au tarot étaient bien plus sophistiqués... Et étant donné que les autorités n'avaient aucune idée de son sexe, elle devait admettre qu'elle excellait en la matière. Réprimant un sourire satisfait, elle se tourna vers Styles.

— J'ai vu des agents sous couverture s'habiller en femme, mais ils n'étaient pas très convaincants. Se travestir fonctionne mieux si on ne change pas de sexe. Le Tueur au tarot doit être un homme. Il s'agit peut-être d'un acteur ou d'un expert en effets spéciaux ?

— C'est une piste à envisager.

Styles se gara derrière une rangée de voitures sur Quartz Road.

— Il est capable de se faire passer pour n'importe qui. Du moins, c'est ce qu'on croit. Personne n'a donné deux fois la même description de lui.

Beth détourna le regard. Elle regrettait d'avoir mentionné les agents du FBI sous couverture. Semer de telles graines dans l'esprit inquisiteur de Styles pouvait finir par faire entrer le loup dans la bergerie. Il fallait détourner ses pensées de cette idée. Elle se pencha vers lui en souriant et passa son bras sous le sien avec un petit rire.

— J'aimerais le voir se faire passer pour une strip-teaseuse dans un club.

— Et moi donc ! sourit Styles. On le coincerait à coup sûr !

                                    7

L'impasse lugubre où se trouvait l'entrée des artistes du club
donnait à Beth un aperçu des derniers moments vécus par
Cassie Burnham. Elle observa l'allée, posant sur l'endroit son
regard d'assassin. Un agent de sécurité ou n'importe quelle
personne travaillant ici pouvait s'y déplacer sans attirer l'attention. Cela n'avait aucun sens pour un tueur de se cacher ici. Le
risque d'être aperçu par un employé sortant d'un autre bâtiment
pour jeter les poubelles était trop élevé. Il semblait beaucoup
plus simple d'attendre à la sortie de l'impasse. De plus, ainsi,
Cassie avait dû être plus proche du véhicule du tueur. Beth se
tourna vers Styles.

— Ça n'a pas eu lieu ici. Il y a trop de variables à gérer.
— Voilà l'entrée.

Styles appuya sur le bouton de l'interphone et recula dans
la pénombre.

— Appelle-moi quand tu décideras de partir.

La porte s'ouvrit sur un homme qui examina Beth des pieds
à la tête et lui fit signe d'entrer. Elle planta ses yeux dans les
siens.

— Où sont les loges ?

— Pas si vite.

L'homme à la carrure imposante la toisa.

— Le patron ne m'a pas prévenu qu'il y aurait une nouvelle ce soir.

Imperturbable, Beth haussa les épaules.

— C'est parce que je ne me suis pas encore décidée à venir bosser ici. J'ai d'abord besoin de parler aux autres filles pour savoir si c'est un endroit réglo.

— Un instant.

L'agent de sécurité parla dans sa radio et attendit qu'on lui réponde.

— OK, tu as cinq minutes. C'est au bout du couloir.

La porte se referma derrière lui.

— Je m'appelle Bruno. Si tu acceptes le job, préviens-moi.

Beth passa devant lui.

— Merci. Tu viens de réussir le test de sécurité, dit-elle avant de se hâter jusqu'aux loges.

Elle fronça le nez alors qu'une bouffée d'air malodorante traversait le couloir dans sa direction. À l'intérieur de la pièce abondamment éclairée, des femmes en petites tenues s'entassaient autour des coiffeuses et des miroirs, caquetant comme dans une basse-cour. Elle se faufila à travers la pièce et se dirigea vers une femme vêtue de bandes de latex d'un bleu étincelant.

— Je peux m'asseoir ?

— Bien sûr, répondit la fille qui enfilait une paire de talons aiguilles. Je ne t'ai jamais vue ici. Tu es nouvelle ?

— Oui, je m'appelle Clarissa. J'envisage de venir bosser ici. Comment sont les conditions de travail ?

— Pas trop mal.

La fille se redressa et observa son reflet dans le miroir.

— Mieux qu'ailleurs.

Beth hocha la tête et la regarda droit dans les yeux.

— C'est bon à savoir. Dans le dernier club où j'ai travaillé, un type a tenté de me suivre jusque chez moi. Il y a des gars dans le public qu'il vaut mieux garder à l'œil ?

— Quasiment tous.

La femme tourna ses yeux lourdement maquillés vers Beth.

— Je m'appelle Val. Les mineurs sont des brutes machistes, mais ils glissent des billets dans tous tes orifices. Il y a quelques types louches qui se contentent de nous fixer avec insistance. Ils ne sourient pas, rien, ils nous fusillent juste du regard. Je ne comprends pas ce qu'ils viennent faire là s'ils désapprouvent ce qu'on fait.

Un effluve de parfum bon marché frappa Beth de plein fouet. Elle agita la main devant son nez puis hocha la tête.

— Ouais, je vois le genre. Le type qui m'a suivie jusque chez moi était vraiment flippant. Il était là tous les soirs et ne me quittait pas des yeux.

Une femme arborant une perruque blond platine s'assit sur l'accoudoir du canapé.

— Salut. Moi, c'est Rosie. Fronçant les sourcils, elle ajouta : C'est marrant que tu dises ça parce que Cassie, l'une des autres danseuses, se plaignait de la même chose, et elle a disparu.

Faisant mine d'être horrifiée, Beth ouvrit de grands yeux.

— Disparu ?

Rosie posa la main sur l'épaule de Beth.

— Oui, volatilisée. J'ai trouvé son sac à main et sa bombe lacrymogène dans la rue. Tout le monde est sur les nerfs.

— Il faudrait peut-être prévenir les flics ? Elle t'avait montré ce gros pervers ?

— Non, mais j'ai essayé de savoir qui c'était.

Rosie croisa les jambes et fit sautiller sa chaussure sur le bout de ses orteils.

— Cassie disait qu'il restait toujours au bar ou dans l'ombre et qu'il ne s'avançait que pour la regarder de travers au moment où elle montait sur scène. Je ne l'ai jamais vu, mais moi aussi, je reçois mon lot de regards mauvais. J'imagine que certains types se sentent coupables de venir ici, comme si ce qu'on faisait était mal. J'ai souvent l'impression de les voir se débattre avec eux-mêmes. Ils sont différents. Contrairement aux autres, ils ne s'approchent jamais pour nous donner un pourboire.

Beth essayait de réfléchir vite pour trouver un moyen de formuler ses questions sans avoir l'air d'être en train d'enquêter.

— Eh ben ! Tu penses qu'il l'a attendue dans la rue ?

— Peut-être, répondit Rosie en secouant la tête. C'est possible. Si c'est le cas, il savait qu'elle finissait à 22 heures. Les clients ont chacun leur danseuse préférée, alors on se produit toujours les mêmes soirs à la même heure. N'importe qui peut prendre connaissance de nos horaires, ils sont affichés à l'entrée avec nos photos. C'est très facile de calculer l'heure à laquelle on termine.

Beth réfléchit un instant.

— C'est dommage que tu n'aies pas pu voir ce sale type.

— Cassie pensait que c'était un mineur, parce qu'il venait du vendredi au dimanche. D'après sa description, il était de taille moyenne et portait une casquette de base-ball. La plupart des mineurs en portent et mesurent environ un mètre quatre-vingts, je dirais. Ça ne nous donne aucune information intéressante à transmettre au shérif. Il fait de son mieux. À lui seul, il ne peut pas accomplir de miracle. J'imagine qu'on doit toutes faire attention maintenant. Je ne sors jamais de chez moi sans mon Glock.

Tout en acquiesçant, Beth regarda alternativement les deux femmes.

— Elle en a peut-être parlé à d'autres filles qui auraient vu ce type ?

— Cassie ne parlait pas avec grand monde, répondit Rosie avec un sourire. Elle assurait ses prestations et partait. J'espère qu'on ne t'a pas dissuadée de venir travailler ici. Ce n'est pas si terrible, même si le club de Rainbow est plus classe. On m'a dit que le service de sécurité était mieux et qu'il y avait un agent à la sortie qui t'escortait jusqu'à ta voiture.

Beth se leva et sourit.

— Merci, je garderais ça en tête. Où sont les toilettes ?

— C'est cette porte, dit Rosie en pointant le doigt vers l'autre bout de la pièce. Ravie de t'avoir rencontrée.

Une fois dans les toilettes, Beth appela Styles, mais elle ne parvint pas à l'entendre à cause du volume sonore de la musique. Elle lui dit qu'elle s'apprêtait à partir et doubla son appel d'un texto avant de traverser à nouveau les loges et le couloir menant à l'entrée des artistes. Elle poussa la lourde porte en métal et jeta un coup d'œil à l'impasse crasseuse. L'obscurité était oppressante. Les ombres des bennes à ordures s'étalaient au sol et venaient s'écraser jusque sur les murs autour d'elle. Le vent froid qui descendait de la montagne soulevait des déchets qui filaient le long de l'allée. Des emballages de restauration rapide étaient empilés au pied d'un container et le vent les agitait comme les ailes d'une nuée de papillons de nuit. Il n'y avait pas le moindre mouvement, mais Styles la rejoindrait dans un instant. Confiante en sa capacité de faire face à toutes sortes de situations, Beth s'engagea dans l'impasse en direction de Quartz Road. Les talons de ses bottes martelaient le bitume dans un bruit reconnaissable entre mille, ce qui ne fit que renforcer sa conviction : Cassie avait été agressée sur le trottoir. Utilisant la lumière de son téléphone portable pour éclairer la voie, elle parcourut rapidement l'impasse jusqu'à Quartz Road.

Styles avait garé la voiture à une cinquantaine de mètres de là. Le souffle glacé du vent s'infiltrait à travers les vêtements de Beth, la faisant frissonner à chaque pas. Soudain, le vrombissement d'un moteur surgit de nulle part. Une voiture s'engouffra dans la rue sombre, ses phares balayant l'obscurité. Dans un crissement de pneus qui répandit une odeur de gomme brûlée dans l'air, le véhicule pila puis fit marche arrière à toute allure en zigzaguant avant de s'arrêter au niveau de Beth. Un jeune homme au large sourire se pencha par la vitre côté conducteur en la fixant. Il n'était pas seul. D'autres visages hilares lui jetaient des coups d'œil derrière les vitres et des éclats de rire remplissaient l'habitacle. Beth s'arrêta, attrapa son téléphone et composa le numéro de Styles.

— Code rouge.

Sans attendre sa réponse, elle glissa le téléphone dans la poche de son jean et fourra son sac à main dans son blouson. Elle n'avait rien pour se défendre, en dehors de l'épingle à chapeau qu'elle avait enfoncée dans sa perruque. Les agents de sécurité du club ne l'auraient pas autorisée à entrer avec une arme ; elle avait donc laissé son revolver chez elle. Elle poursuivit son chemin, ignorant les sifflets et les remarques graveleuses des passagers de la voiture, mais celle-ci la suivait.

— Dis, ma jolie, tu as fini tôt. Tu ne veux pas venir faire la fête avec nous ?

Le conducteur manœuvra la voiture pour se rapprocher du trottoir, manquant au passage d'érafler les véhicules stationnés. Beth réfléchissait à un moyen de se sortir de cette situation sans que les choses dégénèrent. Elle regarda la voie qui s'ouvrait devant elle sur Quartz Road. Styles et elle avaient passé leur plan en revue à plusieurs reprises. Après l'avoir déposée à l'entrée des artistes, Styles devait faire le tour du bâtiment pour pénétrer dans le club par la porte principale. Ils avaient convenu qu'il viendrait la chercher pour partir, et elle s'attendait à le voir apparaître au coin de la rue d'un instant à l'autre. De là où elle était, elle apercevait sa voiture quand le véhicule transportant les jeunes hommes se glissa dans un espace libre à côté d'elle. Son pouls s'accéléra en les voyant descendre dans une odeur nauséabonde de bière. Quatre jeunes hommes bien bâtis d'une vingtaine d'années animés de mauvaises intentions lui souriaient et se donnaient des coups de coude en se comportant comme des gamins. Étaient-ce eux qui avaient enlevé Cassie ? Si c'était le cas, elle n'avait eu aucune chance de s'en tirer contre eux. Craignant que son vieux blouson restreigne ses mouvements, Beth en défit lentement la fermeture Éclair, l'ôta puis le posa sur le capot d'un pick-up GMC.

Les hommes poussèrent des sifflements admiratifs et des hurlements de loups. Beth les ignora et se planta devant eux sur le trottoir. Elle savait qu'elle ne pourrait pas s'en sortir seule face à quatre jeunes hommes, mais elle était capable de causer de nombreux dégâts en un rien de temps. Tout en reculant à petits pas pour les empêcher de l'encercler, Beth essaya de chorégraphier une attaque dans sa tête. Ils ne s'attendaient certainement pas à tomber sur quelqu'un ayant son aptitude au combat. Les garçons échangèrent un regard entendu et deux d'entre eux se ruèrent sur elle. Tout s'enchaîna comme dans un match de football américain : l'un d'eux feinta sur la gauche tandis que l'autre la soulevait pour la plaquer contre le capot du pick-up GMC. Beth eut le souffle coupé sous le poids du jeune homme qui s'écrasa lourdement sur elle. Il sourit et elle sentit son haleine chargée d'alcool. Il essaya d'attraper ses bras, mais ne fut pas assez rapide. Beth le gifla de ses deux mains.

— FBI, reculez !

— C'est ça, oui. Ils ont des strip-teaseuses maintenant au FBI, génial !

Le garçon se tourna et esquissa un grand sourire en entendant les sifflets de ses camarades.

— Attendez votre tour.

Dans un élan de rage, Beth leva ses deux poings et frappa les oreilles du garçon. Son sourire s'effaça, mais il ne bougea pas. Sans hésiter, elle enfonça alors ses pouces dans ses yeux. Le cri de douleur qu'il poussa résonna aux oreilles de Beth alors qu'il reculait en titubant. Le souffle court, Beth se laissa glisser le long du capot et atterrit sur ses deux pieds au moment où un autre garçon s'avançait en l'abreuvant d'injures, flanqué de ses deux amis. Elle esquiva un coup de poing, tourna sur elle-même pour planter son coude dans le dos du garçon, mais les deux autres avaient profité de cette pirouette pour l'attra-per. Envoyant le talon de sa botte dans un tibia, elle se débattit en tous sens pour les déséquilibrer. Alors qu'ils trébuchaient, Beth donna un coup de tête dans le nez de l'un d'entre eux. Du sang se mit à ruisseler sur son visage, teintant ses lèvres d'une couleur rubis. Sous le regard hébété de son camarade, il lâcha le bras de Beth pour tenir son visage ensanglanté entre ses mains.

— Toi, je ne vais pas te rater !

Le dernier jeune qu'il restait l'attrapa par les cheveux, faisant glisser sa perruque, et lui asséna un coup brutal dans l'estomac.

— Ça te plaît, Mme FBI ?

Le souffle coupé, Beth tomba à genoux. La respiration hale-tante, les membres douloureux, elle esquiva un nouveau coup de l'homme qui se tenait au-dessus d'elle et dont les yeux semblaient agrandis par la fureur. Elle lui rendit son regard furibond.

— Je vais te faire regretter d'avoir levé la main sur moi.

Les autres s'étaient redressés et ils se jetèrent sur elle comme des fous furieux. Une main lui agrippa les cheveux et la traîna le long du trottoir. Incapable de se dégager, Beth réagit par réflexe lorsque le garçon qui l'empoignait tenta de lui asséner un coup de genou dans la tête. Alors qu'il reculait pour prendre de l'élan, elle serra le poing et le frappa à l'entrejambe. Hurlant, le garçon s'effondra et se roula en boule. Beth se releva. L'instant d'après, Styles était là. Les trois hommes restants se mirent en garde, prêts à se battre. Sous le coup de l'adrénaline, Beth jeta à peine un coup d'œil à Styles.

— Tiens, Dax Styles. C'est pas trop tôt !

— Je m'en occupe, répondit-il en haussant nonchalamment les épaules. Sans prévenir, l'un des garçons se rua sur lui, et comme dans un film au ralenti, Styles lui asséna un coup de pied circulaire à la tête. Son jeune assaillant s'écroula au sol, immobile. Styles regarda les deux autres et secoua la tête en les voyant lever les poings et s'avancer.

— Ça suffit, non ? Ne soyez pas stupides. Vous savez que je suis du FBI.

Il attrapa son Magnum 357 et le pointa sur eux.

— Croyez-moi, les gars, je n'ai pas besoin de ça pour vous mettre une raclée, mais ça doit être votre jour de chance, je n'ai pas envie de me salir les mains.

Styles leur sourit.

— Essayez donc de remuer un orteil. Je vous aurai prévenus.

Il jeta un regard en coin à Beth.

— Ça va ?

Beth avait mal partout, mais elle ne voulait pas faire plaisir à ses agresseurs en l'admettant devant eux. Elle hocha la tête.

— Quoi ? Tu crois vraiment que ces merdeux pouvaient me faire mal ? Ce ne sont que des petits roquets.

— Tant mieux.

Styles se tourna vers les quatre garçons.

— FBI. À genoux, les mains en l'air.

Il se tourna vers Beth, attrapa les clés dans la poche de son jean et les lui tendit.

— Tu as des menottes flexibles dans ta voiture ? demanda-t-il.

Une fois que Beth eut ramené de quoi menotter les quatre jeunes hommes, Styles les fouilla et confisqua leurs couteaux et leurs revolvers. Elle appela alors Ryder.

— Quatre hommes m'ont agressée sur Quartz Road. Ils pourraient être impliqués dans la disparition de Cassie Burnham. On les place en garde à vue. Je veux qu'ils soient arrêtés pour attaque sur un agent fédéral.

— *Entendu. J'arrive dans cinq minutes*, répondit Ryder.

Et il raccrocha.

8

Beth frissonna. L'air glacé de la montagne lui mordait les joues et passait au travers de son sweat-shirt, lui donnant la chair de poule. Elle observa les hommes assis sur le rebord du trottoir, le dos appuyé contre leur voiture, puis se tourna vers Styles.

— Quand on en aura terminé, j'aurai besoin que tu me déposes chez Nate.

— Nate ? Ah, je vois, ajouta-t-il en levant les yeux au ciel.

Styles détourna le regard. Contrariée qu'il sous-entende qu'elle fricote avec le médecin du coin, Beth se planta devant lui et baissa la voix pour que les quatre délinquants ne puissent pas l'entendre.

— Non, tu ne vois pas, Styles. Le gars avec la casquette rouge m'a frappée au ventre. Si on veut les poursuivre en justice pour m'avoir agressée, il nous faudra des preuves médicales. Le plus tôt sera le mieux.

— Il t'a frappée ? demanda Styles en se tournant lentement vers elle, les sourcils levés. Oh, je suis désolé, Beth. J'aurais dû être là, mais il y avait tellement de bruit à l'intérieur du club. J'ai compris que tu t'apprêtais à partir, et quand tu m'as rappelé, j'étais en train de sortir.

Secouant la tête, Beth ramassa ses affaires posées sur le capot du pick-up GMC, puis se tourna vers lui.

— C'est une contusion, rien de plus. En revanche, dois-je te rappeler que Cassie Burnham a disparu dans le secteur et que je suis habillée comme une strip-teaseuse ?

— Je sais. J'ai accouru dès l'instant où tu m'as appelé à la rescousse. Je te le jure. Même un coureur olympique n'aurait pas été aussi rapide que moi.

Styles jeta un coup d'œil aux quatre hommes sur le trottoir.

— Peut-être que je devrais avoir une petite conversation avec le gars à la casquette rouge avant l'arrivée de Cash ? dit-il en se tournant de nouveau vers Beth. Je n'aime pas savoir qu'il a levé la main sur toi.

Beth enfila son blouson et lui fit signe d'y renoncer.

— Pas la peine. Crois-moi, on serait suspendus pour violence policière si tu faisais ça. Mais j'apprécie ta proposition, ajouta-t-elle dans un sourire. Je ne me souviens pas de la dernière fois où quelqu'un s'est soucié de mon bien-être.

— Moi, je m'en soucie.

Styles fronça les sourcils, le regard empli d'une compassion sincère.

— On forme une équipe. On est là pour se serrer les coudes, non ?

La loyauté et la fiabilité de Dax Styles dépassaient tout ce que Beth avait pu imaginer. Il lui faudrait s'y faire. Elle acquiesça lentement.

— Je te remercie, ça me touche. Je vais attendre dans la voiture.

Elle s'installa à l'intérieur du véhicule côté passager. Elle jeta la perruque sur la banquette arrière et attrapa des lingettes dans la boîte à gants pour se démaquiller. Puis elle passa ses mains dans ses cheveux et ôta l'élastique qui les maintenait attachés à la base de sa nuque. Peu de temps après, Ryder se garait juste derrière sa voiture. Elle l'observa attentivement entasser trois des garçons sur la banquette arrière de son 4 x 4. Le quatrième, celui à la casquette rouge, fut escorté jusqu'à sa voiture par Styles. La portière s'ouvrit et l'air frais de la nuit s'engouffra dans l'habitacle. Quand un véhicule standard était réquisitionné pour une arrestation, le protocole voulait qu'un agent de police s'assoie à côté de l'interpellé, mais quoi que Styles ait dit au garçon, cela avait dû l'intimider, car il restait silencieux, la tête baissée.

— Ils partageront tous la même cellule ce soir, dit Styles en s'installant derrière le volant, les sourcils froncés. J'ai dû dire au moins cent fois à Ryder de demander au maire de construire une seconde geôle dans son bureau.

Une odeur de bière rance et d'oignons emplit rapidement l'habitacle. Beth agita sa main devant son nez.

— Je n'arriverai jamais à débarrasser ma voiture de cette puanteur.

Après avoir déposé les détenus au bureau du shérif, ils se rendirent chez Nate. Ce dernier vivait au-dessus de son cabinet et était visiblement habitué à être dérangé en soirée. Beth lui raconta ce qu'il s'était passé.

— D'accord, dit Nate en enfilant une paire de gants chirurgicaux. As-tu besoin d'aide pour t'installer sur la table d'examen ?

D'un mouvement du pied, il fit glisser un marchepied devant Beth, puis il lui tendit la main. Elle la repoussa et s'allongea sur la table pour qu'il puisse ausculter son ventre. Nate était très professionnel et se montrait attentionné envers les patients. Elle observa son air inquiet.

— Je ne crois pas qu'il y ait quelque chose de cassé. Il m'a frappée juste en dessous de côtes.

— Mmmh... Tu vas t'en sortir avec quelques contusions, mais reviens si jamais tu remarques des saignements.

Il passa une main dans son dos pour l'aider à se redresser.

— Tu veux des antidouleurs ?

Hochant la tête en signe de dénégation, Beth renfila son sweat-shirt.

— Ça ira. J'ai juste besoin d'un rapport médical au cas où le procureur voudrait engager des poursuites.

— D'accord, dit Nate, un pli barrant son front. Je suis étonné que tu sois encore sur pied. La plupart des gens ne se seraient pas relevés après un coup pareil. Je n'ai pas pu m'empêcher de remarquer les cicatrices sur ton corps. Tu t'es fait ça en service ?

Beth ne voulait pas discuter de son passé avec lui. Elle se contenta de hausser les épaules.

— Rien de bien important.

— Entre ces murs, tu peux me parler, Beth.

Nate se dirigea vers son bureau et leva le regard vers elle.

— Je prends le secret médical très au sérieux. Si tu as besoin de te confier sur quoi que ce soit, je suis là.

À cet instant, Beth se dit qu'il était définitivement impossible qu'elle devienne plus proche de Nate : il était beaucoup trop curieux. Au moindre faux pas, il découvrirait son secret et cela ne devait surtout pas arriver. Il fallait que Beth choisisse ses amis avec précaution pour assurer ses arrières. Elle remonta la fermeture Éclair de son blouson et lui sourit.

— Merci pour ta proposition.

— Je t'en prie, dit Nate en se levant de son siège. Ma secrétaire te contactera par mail demain matin pour récupérer les coordonnées de ton assurance santé. On leur enverra directement la facture. N'oublie pas, à l'apparition du moindre symptôme, comme des crampes ou des saignements, appelle-moi ou va aux urgences.

Beth acquiesça. Elle rejoignit Styles qui l'attendait de l'autre côté de la porte.

— On peut y aller.

— Vraiment ? demanda Styles en regardant Nate. Beth n'est pas du genre à admettre qu'elle a mal.

— J'aurais appelé une ambulance pour la conduire à l'hôpital s'il y avait eu un problème. Que veux-tu que je te dise ? Elle connaît son corps, répondit Nate en haussant les épaules.

— D'accord.

Styles ouvrit la porte et s'écarta pour laisser passer Beth.

— Je vois bien à ton regard que tu voudrais interroger les détenus, mais c'est impossible. Il y a conflit d'intérêts. On va devoir s'en remettre à Ryder sur ce coup-là.

Beth approuva et essaya de refouler la colère qui s'emparait d'elle à l'idée d'avoir été vaincue. Si elle avait été armée, il en aurait été autrement.

— Appelle-le et dis-lui d'enregistrer les auditions. Je veux savoir où ces garçons se trouvaient vendredi soir. J'imagine qu'ils vont demander un avocat, car c'est leur parole contre la mienne. Tu m'as vu à terre, mais tu n'as pas assisté à ce qu'il s'est passé avant ni entendu quand je me suis identifiée. Quand ils seront relâchés, ils pourraient me poursuivre pour les avoir frappés.

— Non, dit Styles en secouant la tête. Tu étais au sol quand je suis arrivé. C'était de la légitime défense. Ils étaient quatre contre toi, mais je comprends ton point de vue.

Sur le chemin pour revenir au bureau, ils discutèrent des informations qu'ils avaient glanées au club. Beth écoutait avec intérêt.

— Je n'avais pas réalisé que les mineurs fréquentaient le club en semaine. Je pensais qu'il travaillait du lundi au vendredi. Du moins, c'est ce qu'on m'a dit quand j'ai appelé la mine de Longhorn Peak.

— Toutes les mines ne fonctionnent pas sur les mêmes plages horaires, répondit Styles en s'engageant sur le parking du FBI. En général, la plupart d'entre elles alternent entre un cycle de douze heures où elles tournent à plein régime et un autre cycle de douze heures où elles sont à l'arrêt. D'autres ont un système de rotation avec des équipes de jour et de nuit qui disposent de jours de repos en semaine. Cela signifie que les mineurs peuvent se rendre dans n'importe quel club de strip-tease n'importe quel soir de la semaine. Crois-le ou non, cela nous donne un avantage. Si le coupable est bel et bien un mineur, on pourra retracer ses allées et venues sans trop de difficultés.

Styles posa sur Beth un long regard attentif.

— Tu as l'air épuisée. Je suis content de discuter de cette affaire, mais cela peut attendre demain matin.

Beth saisit son sac à main et attrapa la perruque sur la banquette arrière. Elle avait besoin d'une douche bien chaude et d'un peu de repos. Son esprit tournait en boucle sur l'autre affaire et parfois, il n'y avait rien de tel qu'une bonne nuit de sommeil pour y voir plus clair.

— Entendu. Quels sont tes projets pour la matinée ?

— On va donner suite à ce qu'il s'est passé ce soir, j'imagine, soupira-t-il. J'ai eu une idée. Comme on n'a toujours aucune trace de Cassie Burnham, je pourrais prendre l'hélico pour qu'on mène nos propres recherches ? Elle est forcément quelque part dans le coin, et si elle est morte comme tu le prétends et qu'elle gît dans un vieux puits de mine, il doit y avoir des signes. Les cadavres attirent toujours la faune sauvage. On n'aura aucun mal à remarquer quelque chose d'inhabituel. J'ai une liste des coins de chasse, on peut les écarter pour le moment.

Beth le regarda en fronçant les sourcils. Dans la pénombre, elle avait l'impression surréaliste de s'adresser à une ombre chinoise.

— Pourquoi ?

— Parce que les chasseurs éviscèrent leurs proies et laissent derrière eux tout un tas de cochonneries qui attirent les animaux sauvages. Les habitants du coin éviteraient ces endroits pour ne pas risquer de tomber sur quelqu'un.

Styles haussa les épaules et se tourna vers Beth.

— Si ce tueur est aussi méthodique que tu le laisses entendre, il ne prendrait pas le risque d'être vu. On cherchera en dehors des zones de chasse s'il n'y a pas de nuées de corbeaux quelque part. C'est un bon indicateur pour localiser un cadavre.

# 9

MARDI

Le lendemain matin, pendant que Styles préparait l'hélicoptère avant le vol, Beth profita d'être seule dans le bureau pour consulter les derniers éléments de l'enquête qui l'intéressait à Eagle Rock. Comme elle s'y attendait, un autre corps avait été découvert. Elle lut le rapport d'autopsie. Le type de blessures et le procédé de dissimulation du corps étaient identiques à ce qu'avaient subi les précédentes victimes de Eagle Rock et de Last Hope. Convaincue que Levi Jackson avait délimité un périmètre d'action, Beth en déduisit que le prochain meurtre aurait lieu dans une ville alentour. S'il continuait à suivre le même mode opératoire, elle pensait pouvoir anticiper sa prochaine attaque. Toutefois, les meurtres étaient généralement espacés d'une semaine. Il lui faudrait donc faire preuve de patience.

En fouillant les fichiers du FBI, Beth fut surprise de constater qu'aucun des agents chargés de l'enquête n'avait cherché à savoir où se trouvait Levi Jackson au moment des derniers meurtres. Il semblait avoir été définitivement écarté de la liste des suspects. Cela lui prendrait du temps de retrouver numériquement sa trace, mais personne ne pouvait surveiller ce qu'elle faisait sur le dark web. Beth en était convaincue, Jackson se sentait plus en confiance depuis sa relaxe dans l'histoire de l'enlèvement de Natalie Kingsley et il avait sans nul doute souscrit à un abonnement téléphonique pour son activité de réparateur ambulant. D'après ce qui avait été dit à son procès, il placardait des petites annonces sur les panneaux d'affichage public et obtenait du travail par bouche-à-oreille. S'il était possible de repérer son téléphone, il était trop risqué de chercher à obtenir une liste d'appels. Il faudrait s'en tenir à éplucher illégalement les achats payés avec sa carte bleue. L'enquête ne mentionnait pas l'existence d'un second téléphone, celui qui avait sûrement servi à l'enlèvement de Natalie Kingsley. De toute évidence, le numéro qu'il indiquait sur les petites annonces proposant un logement à louer provenait d'un téléphone prépayé qu'il détruisait dès l'instant où il avait capturé une jeune femme dans sa fourgonnette.

Certaine que Jackson agissait selon un comportement ritualisé, Beth savait qu'il ne serait pas compliqué de suivre ses faits et gestes dès lors qu'elle aurait trouvé le moyen de le repérer. Son objectif principal était de localiser une de ses petites annonces, mais comme il devait être connu en ville, elle se dit qu'elle arriverait forcément à un résultat en discutant avec les employés de la scierie ou de la quincaillerie du coin. Seulement voilà, elle devait trouver le moyen de s'éloigner de Styles une journée, le temps de mener ses investigations. Une fois qu'elle aurait rassemblé assez de renseignements, elle utiliserait le dark web pour traquer Jackson. Là, personne ne soupçonnerait l'implication de Beth. Ce type devait être arrêté. Il était habile et fuyant comme une anguille. Elle comptait s'occuper de son sort, mais d'ici là, combien de femmes et d'enfants mourraient de sa main ?

S'obligeant à revenir à l'affaire Cassie Burnham, Beth était en train de sauvegarder ses fichiers de recherche sur Jackson dans un dossier secret caché sur le dark web quand Styles franchit la porte du bureau. Elle s'empressa de basculer sur sa boîte mail et sourit en voyant un lien vers des fichiers audio apparaître à l'écran. C'était l'audition de Ryder avec les quatre jeunes hommes placés en garde à vue la veille. Elle leva les yeux vers Styles.

— Les fichiers audio viennent d'arriver. Tu veux les écouter maintenant ou plus tard ?

— Est-ce que Ryder a envoyé un compte rendu ? demanda Styles en se dirigeant vers la machine à café pour remplir une bouteille isotherme. Si oui, transfère-le sur ton téléphone. Si on ne trouve rien, on en parlera dans l'hélico.

Il se tourna vers elle.

— La luminosité est bonne pour le moment, mais des nuages devraient arriver dans l'après-midi. Si on veut avoir une chance de trouver une trace de Cassie Burnham, il faut partir maintenant.

Beth transféra le compte rendu sur son téléphone qui bipa en recevant le fichier. Elle éteignit son ordinateur et se leva pour attraper son manteau.

— C'est fait.

Ils s'engouffrèrent dans l'ascenseur.

— Pendant que je faisais le plein de l'hélico, dit Styles, j'ai reçu un appel des gardes forestiers. Ils n'ont pas remarqué plus d'oiseaux qu'à l'ordinaire au-dessus de la forêt et suggèrent qu'on survole la plaine. Apparemment, un chasseur a signalé des nuées de corbeaux qui tournaient dans les parages. On va y faire un tour pour voir ce qu'on peut trouver.

Beth le suivit jusqu'au toit où elle fut frappée par une rafale de vent glacé.

— Ça caille !

— Ne m'en parle pas, répondit Styles en sortant une paire de gants d'une de ses poches. Je suis resté là presque une heure. Ce ne sera pas évident de décoller avec tout ce vent, mais ça devrait aller.

Beth grimpa à bord de l'engin, boucla sa ceinture et enfila un casque. Il lui avait fallu un peu de temps pour s'habituer à faire des tours en hélicoptère. Styles était un bon pilote, mais il était téméraire, et elle n'était pas toujours très sereine quand ils traversaient les montagnes à toute vitesse, manquant de peu la cime des arbres ou les affleurements rocheux. Survoler la plaine lui convenait bien mieux. Elle s'enfonça dans son siège pour profiter du paysage, guettant la présence de nuées d'oiseaux.

— Là-bas, à droite, finit-elle par dire. Je pense qu'il y a des corbeaux juste au-dessus du champ de blé.

— Je les vois.

Styles fit décrire un arc de cercle à l'hélicoptère et descendit en piqué vers les corbeaux qui se dispersèrent aussitôt.

— On va se poser.

Ils atterrirent et Beth se tourna vers Styles.

— J'y vais.

Sautant de l'hélicoptère, elle courut à travers le rideau doré des épis de blé. L'odeur de la mort lui attaqua les narines, lui donnant la nausée. Elle remonta son sweat-shirt sur le bas de son visage et continua sa progression, le cœur battant. Les herbes hautes lui masquaient la vue et elle les écartait au fur et à mesure qu'elle avançait. Soudain, elle s'arrêta net devant ce qui ressemblait à la demi-carcasse d'un cerf. Elle tourna les talons et regagna l'hélicoptère. La respiration haletante, elle monta à bord et se laissa tomber sur son siège.

— C'était un animal.

— OK.

Styles fit redécoller l'hélicoptère et ils tournoyèrent un moment au-dessus du champ avant de se diriger vers l'ouest.

— Il y a des ranchs dans le coin. On ferait bien d'aller y jeter un œil, certains d'entre eux sont à l'abandon. Les terrains ont été achetés il y a plusieurs années par une société minière qui ne les a jamais exploités.

Il fallut plusieurs minutes à Beth pour se rendre compte qu'il y avait du mouvement sur la toiture d'une des cabanes.

— Je vois des corbeaux sur un toit là-bas. Ils sont alignés comme s'ils attendaient quelque chose.

L'hélicoptère se posa et Styles descendit, laissant les pales tourner. Beth se baissa pour le suivre jusqu'à l'habitation. Elle n'eut pas besoin de renifler pour sentir l'odeur de la mort flotter dans l'air.

— Il y a un cadavre dans les parages, ça ne fait aucun doute.

Ils firent le tour de la cabane sans rien trouver. Beth suivit Styles jusqu'à la porte d'entrée. L'endroit était à l'abandon. Des lambeaux de tissu poussiéreux pendaient des fenêtres. La gouttière débordait de feuilles mortes et à l'angle d'un mur, un jeune arbre avait poussé. Beth regarda autour d'elle, scrutant le chemin terreux.

— On dirait que quelqu'un est venu. L'herbe est écrasée comme si une voiture était passée là.

— Cet endroit ne date pas d'hier, dit Styles en montrant la porte d'entrée. La peinture s'écaille partout. Je pense que ce n'est plus habité depuis une vingtaine d'années, mais l'odeur vient de là, c'est sûr. Il n'y a aucune trace de dégradations qui auraient pu être causées par un animal. De toute évidence, quelqu'un est venu ici récemment. Je pense qu'on a trouvé Cassie Burnham.

Il alluma sa lampe torche.

— Tu te sens capable de faire face à un corps en décomposition ?

Un frisson d'appréhension parcourut la colonne vertébrale de Beth. Il cherchait sûrement à plaisanter et elle le fixa en fronçant les sourcils.

— Mmmh, laisse-moi réfléchir. Vu que c'est notre premier meurtre dans une maison, peut-être que tu devrais me porter dans tes bras pour franchir le seuil ?

— Oh, non ! s'esclaffa Styles.

Il la scruta par-dessus ses lunettes de soleil avant de les retirer et de les glisser lentement dans la poche de sa veste. Il la fixa du regard, celui qui figeait sur place la plupart des gens, puis il éclata soudain de rire.

— Ça fait des années que je n'ai pas ri comme ça dans une situation pareille. Je me sens coupable. Tu as un drôle de sens de l'humour.

Il se passa la main sur le visage et leva un sourcil.

— Je suis habitué à côtoyer des personnes qui gardent toujours leur sérieux. Dans l'armée, les gens ne rigolent pas avec la mort.

Craignant de lui avoir fait mauvaise impression, Beth hocha la tête.

— Oh, je suis désolée. Je ne voulais pas paraître insensible envers la victime, loin de là. Mac dit toujours que je n'ai aucun filtre dans des situations pareilles.

— Je vois ce que tu veux dire.

Styles fit un geste en direction de la porte.

— Entrons. Sur le chemin du retour, je te raconterai une anecdote qui m'est arrivée – c'était totalement inapproprié. J'ai découvert plus tard que le rire nerveux et les mauvaises blagues font partie des réactions instinctives face à l'anxiété et à la tension. Si c'est un exutoire contre le stress, Beth, je comprends parfaitement.

Il tourna la poignée de la porte pour vérifier si elle était fermée à clé.

— C'est ouvert. Recule au cas où quelqu'un soit à l'intérieur.

Beth posa la paume de sa main gauche sur la porte en bois et l'ouvrit d'un coup. Un relent pestilentiel les frappa soudain et elle réprima un haut-le-cœur.

— FBI ! Il y a quelqu'un ? Montrez-vous.

Rien.

Un *bang* sonore retentit et l'écho se répercuta dans toute

l'habitation. L'instant d'après, un second courant d'air vicié fit claquer la porte. S'attendant à voir quelqu'un surgir, Beth s'accroupit et s'empressa de contourner la cabane. Le cœur battant, elle se plaqua contre le mur et sortit son arme alors que Styles se glissait à côté d'elle.

— C'était quoi ?

— Si on a de la chance, juste une porte qui a claqué à l'intérieur. Autrement, on a de la compagnie.

Styles se pencha vers elle, tenant son magnum 357 le long du corps.

— On va attendre quelques instants. S'il y a quelqu'un là-dedans, il y a des chances qu'il tire à nouveau. S'il ne se passe rien, on ira jeter un œil à l'intérieur.

Ils patientèrent sans faire de bruit, l'oreille tendue, mais en dehors du vent qui soufflait à travers les épis de blé et du croassement des corbeaux, rien ne venait troubler le silence. Après cinq longues minutes, Beth se tourna vers Styles.

— Prêt ?

— Oui, répondit-il en se frottant le bout du nez. Même si je n'ai pas particulièrement hâte.

Beth fouilla dans ses poches et en sortit des masques ainsi que des gants chirurgicaux. Elle en tendit à Styles.

— Tiens. Tu veux que je passe devant ?

— Non, cette fois, on va suivre la procédure à la lettre, Beth. Je ne pense pas que qui que ce soit ait besoin de notre aide dans l'immédiat, et on ne pourra pas respirer une fois à l'intérieur. On va passer par-derrière. La porte d'entrée est déverrouillée, il y a des chances que la porte arrière le soit aussi. Je vais l'ouvrir. Si on entend quelque chose, j'entre et tu me couvres.

— Entendu, dit Beth en hochant la tête.

Ils se dirigèrent vers l'arrière de la cabane. L'odeur putride s'échappait à travers les fissures de la façade en bois délabrée et restait suspendue dans l'air, telle une barrière fétide. Beth toussa et sentit le goût de la mort descendre dans sa gorge.

— À ton avis, il y a combien de corps là-dedans ?

— Oh ! Ça pue, mais un seul corps suffit à dégager une telle infection.

Styles s'arrêta, ôta son Stetson et son manteau et les suspendit à une branche d'arbre.

— Si tu portes quelque chose auquel tu tiens, je te conseille de le retirer maintenant. L'odeur est impossible à faire partir au lavage et je refuse de sacrifier mon chapeau et un bon manteau pour ce qui pourrait être un animal mort.

Beth acquiesça et jeta son manteau sur une branche. Le vent la fit frissonner alors qu'elle rassemblait ses longs cheveux pour les glisser sous sa casquette en laine.

— C'est bon, allons-y.

Elle suivit Styles jusqu'à l'arrière de la cabane et se tint sur le côté quand il enfonça la porte qui s'ouvrit en grand. Ils clignèrent des yeux pour s'habituer à l'obscurité qui régnait à l'intérieur. L'ouverture donnait accès à une cuisine poussié-reuse, jonchée de déchets. À travers une porte entrouverte et le couloir dans son prolongement, Beth aperçut la pièce de vie. Une silhouette se découpait sur le canapé. Elle sursauta et recula pour se plaquer contre le mur.

— J'ai vu quelqu'un.

— Oui, moi aussi.

Styles alluma sa lampe torche et dirigea le faisceau vers le couloir. Il tendit le bras vers Beth.

— Il y a une femme morte sur le canapé.

Il ferma la porte et fronça les sourcils.

— C'est sordide.

Beth lui arracha la lampe torche des mains.

— J'ai besoin de voir, Styles.

Elle réouvrit la porte et fit glisser le faisceau lumineux de la lampe le long du corps. Un visage souriant, les yeux grands ouverts, la regardait fixement. Saisie d'un haut-le-cœur, elle lâcha la torche. La scène était insupportable. Personne n'affichait une telle expression au moment de mourir. Le visage de la victime était paré d'un maquillage criard. Ses lèvres rouge cerise souriaient avec une bienveillance sinistre et une ombre à paupières d'un bleu vif illuminait son regard fixe. Ses longs cheveux sombres avaient été coiffés pour retomber le long de son visage et ondulaient lugubrement sous la brise qui arrivait par la porte d'entrée. La défunte était assise dans une pose suggestive, les bras étendus le long du dossier du canapé décrépit. Le tueur avait créé la scène avec la volonté de choquer et il avait atteint son objectif. Beth sentit son estomac se soulever et déglutit avec difficulté, refoulant une vague de nausée. Elle referma la porte et toussa.

— De toute évidence, elle est morte. Je te propose qu'on attende dehors pour ne pas contaminer la scène de crime. Qu'est-ce que tu en dis ?

— Je pensais exactement la même chose. Remets ton manteau, tu es en train de virer au bleu. Tu ne garderas aucune odeur sur toi.

Styles s'avança lentement vers leurs vêtements suspendus et enfila son manteau. Il attrapa son téléphone et appela Ryder. Après lui avoir fourni quelques explications et transmis les coordonnées, il soupira.

— Il n'y a rien à faire, Cash. Appelez le médecin légiste et faites-le venir ici.

— *Vous pensez qu'il s'agit de Cassie Burnham ?* Ryder s'éclaircit la gorge. *Vous êtes en mesure de déterminer ce qu'il lui est arrivé ?*

— Je ne sais pas s'il s'agit bien de Cassie. Elle est dans un sale état.

Styles épousseta son chapeau en le tapotant contre sa cuisse.

— On a décidé de rester dehors. On ne préfère pas contaminer la scène de crime, mais on va laisser la porte d'entrée ouverte pour chasser l'odeur.

*— D'accord. Elle est bien morte, vous en êtes sûrs ? Vous n'avez pas besoin que j'envoie les premiers secours ?*

Beth regarda Styles et haussa les sourcils. Elle se pencha vers lui.

— Bonjour, Cash. C'est Beth. La victime est bien morte. L'odeur est infecte et préparez-vous au pire. C'est le genre de scène que vous ne serez pas près d'oublier. Apportez des masques et beaucoup de gants. Si vous venez avec le docteur Wolfe, vous feriez bien de mettre un vieil uniforme. Vous serez obligé de brûler vos vêtements si vous n'avez pas de combinaisons.

*— Oui, le docteur Wolfe m'avait conseillé d'en commander quelques-unes après la dernière affaire. Je vais vous en apporter, mais elles sont toutes à ma taille, vous risquez de flotter dedans.*

Impressionnée, Beth hocha la tête.

— Ce serait super. Merci. On vous en donnera quelques-unes en échange à notre retour, on en a des tonnes au bureau.

— Je vous envoie les coordonnées, ajouta Styles.

Il désactiva la fonction haut-parleur sur son téléphone et le plaqua contre son oreille.

— Prévenez Wolfe tout de suite. Il va lui falloir environ une heure pour venir. Rejoignez-le à la plateforme de décollage de l'hôpital. En attendant, on va ratisser les environs pour chercher des indices.

Il attendit un instant puis raccrocha.

— On va remonter dans l'hélico pour repérer s'il n'y a pas des traces de passage quelque part. Si on reste au sol, on ne verra rien d'autre que des herbes hautes.

Un frisson d'excitation parcourut Beth à l'idée de croiser à nouveau le docteur Shane Wolfe. La fois précédente, cet homme aux allures de Viking – grand, blond, les yeux gris clair – l'avait dévisagée comme s'il la passait aux rayons X. Il avait l'habitude de venir examiner des scènes de crime au pied levé, et pour cause : il travaillait avec l'une des meilleures équipes du Montana. Le shérif Jenna Alton et son mari, le shérif adjoint David Kane, ainsi qu'une armada d'experts hautement qualifiés, étaient implantés à Black Rock Falls. Au cours des années précédentes, cette petite ville en pleine expansion avait fait parler d'elle à cause du nombre de tueurs en série qui y sévissaient. Attirée par une affaire, Beth s'était elle-même rendue là-bas sous les traits du Tueur au tarot. Il lui avait fallu déployer tous ses talents pour accomplir sa tâche et se volatiliser. Elle avait laissé le shérif perplexe, mais Jenna Alton aurait été bien incapable d'arrêter cet homme qui tuait par appât du gain. Il serait à nouveau passé à l'acte avant de disparaître si Beth ne l'avait pas mis hors d'état de nuire. Elle esquissa un sourire. Wolfe représentait un adversaire de taille, mais en gardant une longueur d'avance sur lui, elle s'assurait de rester maîtresse du jeu.

— Qu'est-ce qui te fait sourire comme ça ? demanda Styles alors qu'il grimpait à bord de l'hélicoptère. Après avoir vu ce qu'il y a dans cette cabane, j'ai du mal à ne pas rendre mon petit déjeuner.

Beth secoua la tête et invoqua la première excuse qui lui vint à l'esprit.

— Oh, rien. Je me disais juste que Bear aurait aimé s'ébrouer dans les herbes hautes. Il y a des kilomètres de friche à perte de vue. Les chiens adorent courir, pas vrai ?

Elle s'installa à côté de lui et haussa les épaules.

— Je ne m'attarde pas sur ce genre de scène. J'essaie plutôt de penser à quelque chose de positif. On aura tout le temps de s'appesantir une fois que Wolfe sera là.

Elle lui adressa un sourire.

— Pourquoi ne pas se changer les idées avec ton anecdote inappropriée ? Ça m'intrigue.

— D'accord, mais mets ça d'abord, répondit Styles en lui tendant un casque. Ce n'est pas quelque chose dont je suis fier, mais à l'époque, mon frère et moi étions capables de rire de ce genre de chose. Je n'étais encore qu'un gamin, je devais avoir seize ans, et on assistait aux obsèques d'une grand-tante qu'on aimait beaucoup. On se trouvait en queue du cortège funéraire. C'était en Californie, et dans le cimetière, il y avait une rangée de dattiers des Canaries, ces palmiers qui ont la forme d'ananas géants.

Beth acquiesça.

— Oui, je vois très bien à quoi ça ressemble. Et qu'est-ce qu'il y avait de drôle ?

— Pendant l'office, mon frère s'est penché vers moi en pointant les palmiers du doigt et m'a dit : « Vu la taille de ces ananas, les morts doivent faire un sacré bon engrais. Je comprends mieux pourquoi M. Digby remporte le concours de citrouilles tous les ans : il doit y avoir un paquet de cadavres enterrés dans son jardin. »

Styles sourit à Beth.

— On a éclaté de rire... Disons plutôt qu'on était secoués de spasmes, la main sur le visage.

Beth sourit, étonnée qu'il lui raconte cette histoire.

— J'aurais ri moi aussi. Vous avez eu droit à des remontrances de la part de votre famille ?

— Non, tout le monde a cru qu'on sanglotait. N'empêche que je me sens encore coupable, ajouta-t-il en haussant les épaules. J'aimais beaucoup ma tante.

Beth boucla sa ceinture et lui lança un regard.

— Ne sois pas trop dur envers toi-même. Ta tante te regardait sûrement de là-haut et devait rire avec toi. Je détesterais que les gens pleurent à mon enterrement. Remarque, je ne suis pas sûre qu'il y aurait grand monde.

— Je souhaite qu'il ne t'arrive aucun mal, mais moi, je serai là. Tu as ma parole.

Il lui jeta un bref regard. Décontenancée, Beth se tourna vers lui.

— Vraiment ? Merci infiniment.

*Et voilà, ça recommence. Il me plaît. Il est toujours prêt à se battre et à contourner les règles sans jamais dépasser les limites. Contrairement à moi. Je devrais suivre son exemple. Je déteste l'admettre, mais il est en train de gagner mon estime. J'aimerais tout lui avouer et lui révéler ma vraie nature. Peut-être qu'un jour, quand il découvrira ma face cachée, il comprendra que je suis là pour remettre les choses en ordre.*

Le téléphone de Beth vibra dans sa poche, la tirant de sa rêverie. Elle le sortit et lut le message reçu.

— C'est Ryder. Il a oublié de nous dire qu'il avait relâché les quatre garçons.

— Ils auraient dû être incarcérés pour t'avoir agressée.

Styles fit décoller l'hélicoptère et commença à survoler lentement la zone en formant une boucle.

— Dans le compte rendu des interrogatoires, Ryder dit que c'est ma parole contre la leur. Les types ont déclaré que j'étais vêtue comme une strip-teaseuse et que j'avais retiré mon manteau de manière aguicheuse pour les provoquer. Ils ont ajouté que quand ils sont approchés pour me parler, je les ai attaqués comme une furie. Ils n'ont fait que se défendre et n'ont compris que nous étions du FBI qu'à ton arrivée. Ryder s'est entretenu avec le procureur, et sans témoin, on ne peut pas les maintenir en détention plus longtemps.

— Fantastique, ironisa Styles en amorçant une nouvelle boucle avec l'hélicoptère. Regarde le chemin de terre en dessous. Il a été emprunté récemment. Il va jusqu'à la voie rapide. La terre est trop sèche pour qu'on puisse relever des empreintes, mais le coupable est venu ici plus d'une fois.

Il fit descendre l'hélicoptère un peu plus bas. Un frisson parcourut l'échine de Beth et elle admira les épis de blé dorés qui ondoyaient sous le vent créé par les pales.

— C'est sûrement un tueur méthodique, dit-elle. J'espère qu'il n'est pas revenu pour lui rendre des petites visites. Ces types sont vraiment trop flippants.

— Je me demande comment il fait pour se débarrasser de l'odeur, s'interrogea Styles en lui lançant un regard. On ne peut pas masquer ça simplement avec de l'eau de toilette.

Beth secoua la tête.

— On a peut-être affaire à un tueur en combinaison étanche ?

## 10



Désorientée et incapable de bouger, Vicki Strauss sentit sous ses doigts un tissu épais. Son nez était écrasé contre une surface râpeuse, et quand elle inspirait, l'odeur caractéristique d'un vieux tapis poussiéreux lui emplissait les narines. Saisie de panique, elle voulut hurler, mais le chiffon crasseux enfoncé dans sa bouche étouffa son cri. Quelqu'un l'avait enveloppée si étroitement dans un tapis qu'elle parvenait à peine à respirer. Une douleur sourde irradiait dans ses tempes. Elle essaya désespérément de se libérer sans y parvenir et finit par rester immobile, haletante. Une voix douce et enjôleuse lui parvint à travers la toile étouffante qui l'enveloppait. Elle s'efforça de répondre, mais seul un grognement assourdi s'échappa de son bâillon.

— Reste calme, ma jolie, dit une voix d'homme. Je vais devoir te porter maintenant. Sois sage et je ne te ferai aucun mal.

Vicki fut traînée par terre puis soulevée. Tête en bas, le corps plié en deux, elle était suspendue dans les airs quand le tapis se déroula. Elle tournoya et s'effondra brutalement sur le sol poisseux d'une pièce sombre et humide. Essayant de se mettre à quatre pattes, elle jeta un œil par-dessus son épaule pour voir l'homme qui l'avait kidnappée, mais elle n'aperçut que des ombres danser à travers l'ouverture située au-dessus d'elle. Elle retira le bâillon de sa bouche et une odeur de pommes de terre pourries lui envahit les narines. Elle comprit qu'elle venait d'être jetée dans une cave. Des bruits de pas retentirent au-dessus de sa tête et un objet tomba à côté d'elle, lui cognant la main. Dans la pénombre, elle distingua ce que c'était : une grande bouteille d'eau en plastique. Elle s'en saisit au moment où la trappe au-dessus d'elle se refermait brutalement dans un grincement, la plongeant dans le noir. L'instant d'après, elle entendit un verrou cliqueter.

— Laissez-moi sortir. Qu'est-ce que vous me voulez ?
Silence.

Elle cria de toutes ses forces jusqu'à ce qu'un nouveau bruit de pas se rapproche.

— Laissez-moi sortir. Je ne dirai rien.

— Plus tard.

Un rire grave et lugubre retentit à travers la trappe en bois située au-dessus d'elle. L'ouverture était trop haute pour qu'elle puisse l'atteindre, mais elle entendait la voix étouffée de l'homme.

— On ira faire un petit tour dans mon antre. J'ai quelqu'un à te présenter et peut-être que tu pourras danser pour moi. Ça me plairait bien. On sera rien que tous les trois, ma douce.

Un spasme de dégoût secoua tout son corps. C'était l'un des gros pervers du club. Il lui était arrivé d'assurer des shows privés en extra, mais la promiscuité avec ces vieux types haletants et transpirants lui donnait la nausée. Elle s'était juré de ne plus recommencer, mais maintenant qu'elle était à la merci de cet homme, jusqu'où était-elle prête à aller pour éviter de finir six pieds sous terre ?

Les pas s'éloignèrent à un rythme lent et régulier. Seule et prise au piège, elle laissa échapper un long sanglot. Que s'était-il passé ? Comment s'était-elle retrouvée dans cette terrible situation ? Elle essaya d'ignorer le bourdonnement dans ses oreilles pour remettre ses idées au clair. Ses souvenirs étaient flous, mais elle fouilla dans sa mémoire. On devait encore être mardi. Elle était arrivée vers 9 heures au *Silver Nugget Saloon*. Les danseuses récupéraient habituellement leur paie le vendredi, mais à la suite d'une indigestion, elle avait raté un week-end entier de travail. Après avoir quitté le club, elle avait pris la direction de la décharge pour aller jeter les ordures accumulées au cours de la semaine. C'était sa routine du mardi matin. Alors qu'elle arrivait en banlieue de Serenity, elle avait eu le sentiment d'être suivie par un pick-up et avait régulièrement regardé dans ses rétroviseurs. Elle avait commencé à paniquer lorsque, après quelques détours, le véhicule était toujours derrière elle, mais quand elle avait emprunté le chemin en terre qui menait à la déchetterie, le pick-up l'avait dépassée pour prendre la direction de la voie rapide. Elle avait jeté ses sacs-poubelles et se dirigeait vers la zone du tri sélectif lorsque le pick-up était soudain réapparu, avait reculé jusqu'à elle... et puis, plus rien. Elle n'avait pas le moindre souvenir de ce qui s'était passé ensuite.

Elle se mit debout, chancelante. Au-dessus d'elle, la lumière filtrait à travers les lattes de bois, dessinant des formes étranges sur le sol jonché de saletés. Elle fit quelques pas, les bras tendus devant elle. Ses doigts heurtèrent de grossières étagères en bois couvertes de poussière. Des toiles d'araignée collaient à ses phalanges et un frisson la parcourut à l'idée que des araignées, des rats et d'autres bestioles occupent cet espace clos. Elle fit quelques pas supplémentaires en traînant des pieds et trébucha sur un objet. Une chaise. Elle la tira pour la placer sous la trappe. Les jambes flageolantes, elle grimpa sur l'assise et souleva la trappe à bout de bras, mais celle-ci bougea à peine. La panique s'empara d'elle. Elle ne pouvait pas sortir. Aucun moyen de s'échapper. Elle se laissa tomber sur la chaise et attrapa la bouteille. L'eau était fraîche et elle but à grandes gorgées. Des larmes roulaient sur ses joues et ses épaules étaient secouées de tremblements. Elle prit une nouvelle gorgée et la pièce vacilla. Sa vision se brouilla et la bouteille lui échappa des mains. Elle glissa de la chaise et son visage heurta le sol crasseux. Elle ne pouvait plus bouger. Alors que la pièce disparaissait par intermittence de son champ de vision, elle haleta, essayant d'aspirer une dernière bouffée d'air.

*Oh, non, il m'a droguée.*

## 11

Le docteur Shane Wolfe avait démarré sa carrière dans les Marines en tant que pilote d'hélicoptère. Il avait participé à des évacuations sanitaires héliportées sur de nombreux théâtres de guerre et avait été témoin de bien des carnages, mais rien ne prépare vraiment à l'horrible cruauté qu'un être humain peut exercer sciemment sur un autre. Pendant le vol, Styles l'avait informé de la situation qui l'attendait à Rattlesnake Creek. Il jeta un coup d'œil à sa fille Emily, médecin légiste stagiaire, et se demanda si elle était prête à faire face à ce genre de scène de crime. Son autre assistant, Cole Webber, un des adjoints du shérif de Black Rock Falls, était plus qu'endurci. Wolfe avait déjà eu l'occasion de travailler avec les agents Styles et Katz, et il les avait trouvés très professionnels. Quant à Cash Ryder, le jeune shérif, il manquait d'expérience dans les affaires d'homicide. Ceux qui s'imaginaient qu'il était capable de maintenir l'ordre dans plus d'un seul comté sans l'aide d'un adjoint n'avaient aucune considération ni pour lui, ni pour les habitants du coin. Le taux de criminalité était en hausse un peu partout et Wolfe avait pris conscience depuis son arrivée à Black Rock Falls que cette région montagneuse et reculée constituait un havre pour tous ceux qui souhaitaient vivre en marge. Les gens pouvaient s'y cacher ou disparaître sans jamais être retrouvés. Bien souvent c'était le hasard qui leur permettait de mettre la main sur le cadavre d'une personne assassinée avant que les bêtes sauvages nettoient la zone.

Il posa l'hélicoptère au milieu d'un vaste terrain à proximité de la cabane et attendit que Ryder et Webber en descendent, emportant la civière et les housses mortuaires. Il avait besoin de parler à Emily. Il retira son casque et se tourna vers elle.

— C'est une scène de crime particulièrement sordide. La victime est dans un état de décomposition avancée. Son corps a été mis en scène et maquillé au point que d'après l'agent Styles, l'expression de son visage est perturbante, presque clownesque. Si tu préfères rester en retrait cette fois, il n'y a pas de problème.

— Oh, papa ! dit Emily en secouant la tête. J'ai vu des cadavres mangés par les asticots au centre d'études médico-légales et des victimes sauvagement assassinées. Cela fait partie du boulot. Je sais que je resterai toujours ta petite fille, mais j'aurais choisi le mauvais métier si je redoutais de voir la mort dans tous ses états.

Elle pressa le bras de son père.

— J'apprécie que tu te soucies de moi et surtout, continue de me protéger des fous qui commettent tous ces crimes. Ce sont eux qui me réveillent la nuit. Les morts ne peuvent me faire aucun mal et ils ont besoin de nous pour faire éclater la vérité, pas vrai ?

Wolfe sourit. L'intelligence de sa fille l'impressionnait toujours autant.

— Absolument. Dans ce cas, allons-y. Habille-toi. Styles a dit que ça empestait à l'intérieur.

Alors qu'il descendait de l'hélicoptère, une rafale de vent charria une odeur putride jusqu'à lui. Il grimaça et s'avança vers les agents Katz et Styles.

— Vous n'êtes pas entrés ?

— Non, répondit Styles en étalant un baume mentholé sous son nez avant d'enfiler un masque chirurgical. On ne voulait pas contaminer la scène de crime, on n'avait pas de combinaison de protection. La victime est manifestement morte. On est tombés sur elle par hasard. On survolait la zone pour repérer des nuées de corvidés ou un attroupement de prédateurs. Quand on a remarqué les corbeaux amassés sur le toit, on s'est posés pour jeter un œil.

— Quelqu'un est venu régulièrement ici, ajouta Beth en désignant le chemin terreux qui partait de la cabane en bois délabrée. On a suivi le sentier jusqu'à la voie rapide. Les herbes sont écrasées à plusieurs endroits, il ne fait aucun doute qu'il y a eu du passage ces derniers jours. On a cherché tout autour, mais on n'a trouvé aucune trace de pneus ni aucun indice sur le type de véhicule utilisé.

Elle se racla la gorge avant de poursuivre :

— On pense que la victime pourrait être Cassie Burnham, une strip-teaseuse portée disparue à Rattlesnake Creek depuis vendredi. Elle travaille au *Outlaws Saloon*. Son sac à main et son téléphone ont été retrouvés sur Quartz Road par une autre danseuse qui a signalé sa disparition.

Wolfe acquiesça et les regarda l'un après l'autre.

— Vous avez vérifié qu'il n'y avait pas plusieurs corps à l'intérieur ?

— Non.

Styles attrapa la combinaison bleue que lui tendait Ryder et commença à l'enfiler.

— Aucune autre disparition n'a été signalée, il n'y a aucune raison de penser que quelqu'un d'autre se trouve là-dedans.

Après avoir vu ce dont les tueurs en série étaient capables, Wolfe ne prenait jamais rien pour acquis.

— Peut-être qu'il n'y a pas eu d'autres disparitions dans ce comté, mais on ignore à qui on a affaire. Cette cabane pourrait servir de chambre mortuaire à un tueur en série.

D'un geste du bras, il désigna le terrain autour d'eux.

— Regardez comme cet endroit est isolé. On sait tous que les tueurs en série se déplacent un peu partout, et s'il s'agit d'un fétichiste qui aime rendre visite à ses victimes, l'endroit est idéal.

Il les regarda à tour de rôle.

— Si vous comptez entrer dans la cabane avec moi, équipez-vous. Je vous demanderai de rester dans un coin de la pièce. Si le tueur a passé du temps avec la victime, je m'attends à trouver des indices un peu partout. Il y a de puissantes lampes torches dans ma mallette, vous n'avez qu'à les attraper. Il va nous falloir autant de lumière que possible à l'intérieur.

Wolfe se tourna vers Webber et Emily.

— Habillez-vous. Combis intégrales, visières, la totale. Lorsqu'un corps est dans un état de décomposition aussi avancé, il dégage des fluides corporels.

Il s'adressa ensuite à Beth et Styles.

— Vous feriez mieux de faire pareil.

Puis il lança un regard à Ryder.

— Vous aussi. En tant que shérif, votre présence est requise. Si l'un d'entre vous a envie de vomir, qu'il sorte. Compris ?

— Oui, monsieur, répondit Ryder, le visage blême.

Après s'être équipé, Wolfe ouvrit la marche jusqu'à la porte d'entrée et jeta un œil à l'intérieur de la cabane. L'odeur restait insupportable malgré l'application du baume mentholé. Il inspecta le sol et remarqua des empreintes sur le parquet poussiéreux. Il leva la main pour faire signe aux autres de s'arrêter.

— Webber, prenez quelques clichés de ces empreintes. On n'en tirera pas grand-chose, mais ça nous donnera au moins une idée de la pointure des bottes que le tueur portait.

Il retourna dehors pour laisser Webber accomplir son travail. S'adressant aux autres, il désigna la porte.

— Vous voyez comme il est facile de piétiner des indices ? Je sais que vous n'en êtes pas à votre première scène de crime, mais si vous comptez arrêter le meurtrier, il faudra rassembler autant de preuves que possible. Cette cabane pourrait être une mine de renseignements.

Styles lui sourit et agita les sachets destinés à la collecte de pièces à conviction qu'il tenait à la main.

— Vous prêchez un convaincu, répondit-il. J'espère les remplir.

Wolfe acquiesça.

— Bon, dès que Webber aura terminé, on entre.

Remarquant que Beth s'était éloignée pour discuter avec Emily, Wolfe baissa la voix.

— Beth s'adapte bien ?

— On ne peut mieux, répondit Styles.

Il frotta sa cicatrice et croisa le regard de Wolfe.

— C'est un sacré personnage, à vrai dire. Elle est comme moi, elle n'hésite pas à s'affranchir des règles. Elle ne recule devant rien et elle se bat comme une lionne. Je vous raconterai sa rencontre avec quatre rustres avinés autour d'un verre un de ces quatre, ajouta-t-il avec un clin d'œil. C'est l'une des meilleures enquêtrices avec lesquelles j'ai eu le plaisir de travailler. Je ne sais pas quelles étaient vraiment les intentions de Mac en l'envoyant ici. Je commence à croire que c'était pour garder un œil sur moi. C'est un bon agent et j'espère qu'elle restera ici un petit moment.

Wolfe hocha la tête, agréablement surpris.

— Les scènes de crime ne la rebutent pas ? Elle ne montre aucun signe de déprime ou de repli sur elle-même ?

— Absolument pas, répondit Styles en fronçant les sourcils. Je dois la retenir. Tout se passe bien.

Il donna une tape dans le dos de Wolfe.

— C'est la meilleure coéquipière que j'aie jamais eue !

— Shane, j'ai terminé avec les empreintes, dit Webber qui venait de réapparaître sur le seuil. Je continue.

S'armant de courage, Wolfe le suivit à l'intérieur. Les scènes de crime ne le poursuivaient pas dans son sommeil, mais la compassion qu'il éprouvait pour les victimes lui nouait souvent l'estomac. Tenant à la main sa lampe torche allumée, il pénétra dans un petit vestibule. Sur l'un des murs, un vieux ciré était suspendu à un crochet. Une paire de gants en cuir couverte de toiles d'araignée était posée sur un banc. Ils avaient conservé la forme des dernières mains qui les avaient portés. Wolfe entra le premier dans le séjour. Un canapé poussiéreux avait été déplacé pour faire face au couloir qui menait jusqu'à la porte arrière de la cabane. Par-dessus le dossier, de longs cheveux soyeux ondulaient dans le courant d'air qui venait de la porte. Des bras nus décolorés par la lividité cadavérique reposaient sur les coussins. Wolfe s'approcha et se pencha pour observer les mains de la victime. Il se tourna vers Webber.

— Photographiez les bras en gros plan.

Il fit signe aux autres de s'avancer.

— Les bras ont été cousus au canapé avec du fil de couture.

Il fronça les sourcils en observant les points.

— Les sutures ont saigné, ajouta-t-il en levant les yeux vers les visages choqués des autres. Elle était vivante quand il a fait ça.

— Ce type est un sadique, dit Beth en secouant la tête, une lueur de rage brillant dans ses yeux.

Après avoir inspecté le sol, Wolfe se déplaça autour du canapé. Malgré l'avertissement de Styles, le visage déformé en une expression clownesque le fit sursauter. Dénudée, la jeune femme était installée dans une posture indécente et il dut se retenir de jeter une couverture sur elle. Il mettait toujours un point d'honneur à rendre leur dignité aux victimes, mais cette fois, la position du corps était une preuve fondamentale si l'on voulait démontrer qu'un esprit grandement dérangé avait œuvré ici. Il examina le corps, prit sa température, puis il hocha la tête en signe de dénégation. Rien ne permettait de déterminer clairement les causes de la mort. Il remarqua quelques égratignures superficielles sur les genoux et la paume des mains. Il fit tourner la tête de la victime : la nuque n'était pas brisée. Son attention fut alors attirée par un éclat argenté venant d'une de ses oreilles. Wolfe se pencha un peu plus et lâcha un soupir avant de lancer un regard à Beth.

— Je suppose que c'est une pointe dans son oreille. J'en saurai plus après l'autopsie, mais c'est peut-être ça qui a causé sa mort.

Beth secoua la tête.

— Il n'a pas ménagé ses efforts, dit-elle en contournant le canapé pour venir se placer à côté de Wolfe. La profileuse avec laquelle vous travaillez, Jo Wells, serait très intéressée par cette affaire. Cela doit avoir une signification particulière pour lui de faire poser cette jeune femme ainsi. Je pensais savoir comment fonctionne l'esprit des psychopathes, mais celui-ci bat tous les records. Il a dû avoir une enfance terrible, ajouta-t-elle en se tournant vers Styles.

— On ne reconnaît rien de Cassie Burnham, en dehors des cheveux, dit Ryder en secouant la tête.

— J'imagine que le tueur l'a défigurée pour qu'elle réponde à son fantasme, dit Styles avant de se tourner vers Beth. Tu dis toujours que c'est ce qui pousse ces meurtriers à agir. Il a fait en sorte qu'elle lui plaise, c'est tout.

Intrigué, Wolfe examina la tête de la victime. Des points de suture grossiers retroussaient les lèvres en un rictus et d'autres maintenaient les paupières ouvertes. Une épaisse couche de maquillage avait été appliquée sans ménagement sur tout le visage, mais la chevelure était intacte. Il se pencha en avant.

— Il a embarqué un trophée. Une mèche de cheveux a été coupée.

Il se tourna vers les autres.

— Séparez-vous et ratissez toute la zone, dit-il. J'ai un mauvais pressentiment concernant cet homicide.

— Lequel ? demanda Beth en le fixant.

Wolfe se tourna à nouveau vers le corps et indiqua à Emily d'emballer les mains de la victime. Il lança un regard à Beth par-dessus son épaule. Elle avait l'air calme et intéressée par ce qu'il se passait.

— Il n'en est pas à son premier meurtre. La préméditation, la mise en scène, les visites. Il a déjà fait ça, et plus d'une fois.

12

Intriguée de voir jusqu'où le tueur était capable d'aller pour assouvir ses fantasmes, Beth fit le tour du corps à plusieurs reprises pour en mémoriser les moindres détails. L'assassin avait veillé à ne laisser aucune trace derrière lui. Une fois le corps emballé dans sa housse mortuaire et allongé sur la civière, elle examina minutieusement chaque centimètre carré du canapé, retirant les coussins en quête d'indice. Elle trouva une fine lanière de cuir, semblable à un élastique à cheveux, et une pièce de monnaie. Puis elle tendit les coussins un à un à Webber pour qu'il recueille à l'aide d'un petit aspirateur d'éventuels éléments pileux qui s'y seraient accrochés. Autour d'elle, les autres s'affairaient à fouiller les moindres recoins de la cabane. Elle remit les coussins en place et suivit les empreintes de pas jusqu'à la porte arrière, puis se tourna pour faire face au séjour. Le tueur avait-il placé le corps pour choquer quiconque entrerait par là ou pour être accueilli ? Elle fit signe à Styles de s'approcher.

— Laisse-moi t'exposer mon point de vue. On était sous le choc quand on a découvert la victime, pas vrai ? Et si le tueur l'avait délibérément installée là pour qu'elle l'accueille à chacune de ses visites ?

— Tu veux dire que ça l'exciterait de voir le corps nu d'une femme morte lui sourire ?

Styles l'observa un moment avant de reporter son attention sur la pièce.

— C'est vraiment tordu, dit-il en laissant échapper un long soupir. Après tout, ce n'est pas impossible, les nécrophiles existent bien. Je suis d'accord avec toi. L'agent Jo Wells pourrait être intéressée par ce tueur. On ferait bien de lui en toucher deux mots et de reprendre l'enquête. Ryder doit se sentir complètement dépassé par les événements. Je vais lui demander s'il veut faire officiellement appel à nous. Tu en penses quoi ?

Beth approuva d'un signe de tête et détourna les yeux pour éviter le regard pénétrant de Styles. L'intervention de l'agent spécial Jo Wells constituait une arme à double tranchant. Si elle était aussi douée qu'on le racontait, Beth allait se retrouver dans une situation épineuse. Mais après tout, ils n'étaient pas obligés de la faire venir à Rattlesnake Creek. Un coup de fil ferait l'affaire.

— Oui, je veux absolument récupérer cette enquête. On pourra appeler Jo Wells une fois de retour au bureau.

— Très bien, je vais parler à Ryder, répondit Styles avant de se diriger vers le shérif.

Une curieuse pensée se mit à titiller l'esprit de Beth. Une pointe avait été enfoncée dans l'oreille de la victime, et elle avait elle-même utilisé de la même façon et plus d'une fois une épingle à chapeau pour se débarrasser d'un tueur. L'idée que quelqu'un essaie de l'imiter lui procurait une sensation étrange. Une partie d'elle se sentait intriguée et une autre vulnérable, pour des raisons qu'elle seule pouvait comprendre. Au fil des ans, elle avait varié ses méthodes d'exécution dans le seul but de semer les enquêteurs, mais l'épingle à chapeau restait son mode opératoire préféré. Depuis qu'elle travaillait au FBI, elle avait appris que les agents de police ne s'acharnaient pas à poursuivre les assassins de tueurs en série. En réalité, aucune unité n'avait été créée pour traquer le Tueur au tarot, et bien que l'autorisation d'ouvrir le feu contre lui ait été donnée, personne ne s'employait activement à sa recherche. Beth en déduisait que la flopée d'unités spéciales déployées à travers le pays devait se livrer à la traque d'autres psychopathes qui comptabilisaient bien moins de victimes.

Beth se força à ramener ses pensées sur l'enquête. Elle traversa la cuisine et entra dans le séjour. Le reste de l'équipe s'activait à mettre des pièces à conviction sous scellés avant de les placer dans une caisse en plastique. Elle s'approcha de Wolfe.

— On compte reprendre l'enquête, une fois qu'on aura éclairci les choses avec Ryder. Je suis d'accord avec vous. Je pense que ce type n'en est pas à sa première victime et qu'il risque de repasser à l'acte prochainement, dit-elle dans un soupir. Quand allez-vous pratiquer l'autopsie ?

— En général, j'effectue les autopsies à la morgue de Black Rock Falls, répondit Wolfe en la fixant par-dessus son masque facial. Si vous pouviez recueillir des échantillons ADN appartenant à Cassie Burnham à son domicile, cela me permettrait de confirmer son identité. Quoi qu'il en soit, il s'agit d'un homicide. Je réaliserai l'autopsie du corps à 10 heures demain matin. Vous comptez venir y assister ?

— Je pense que oui, dit Styles qui s'était avancé à côté de Beth. Je pourrai poser notre hélicoptère sur le toit de l'institut médico-légal ?

— Oui, bien sûr, acquiesça Wolfe. Il y a assez de place pour en parquer quatre. N'hésitez pas à prévenir Jo Wells, cela pourrait l'intéresser de venir. Un hélicoptère du FBI est à sa disposition et l'agent Ty Carter pourra le piloter. Ils forment une super équipe. Je suis sûr que vous vous entendrez bien avec eux.

Beth sentit son estomac se contracter, mais elle se contenta d'approuver la suggestion de Wolfe d'un hochement de tête.

— Parfait, on a besoin de toute l'aide possible sur cette affaire.

— On en a terminé ici, déclara Wolfe en lançant un regard à son équipe. On se retrouve demain matin. N'oubliez pas d'apporter les échantillons ADN afin que je puisse les analyser. Ça ne prendra que quelques heures pour obtenir un résultat. Vous savez ce qui peut m'être utile, n'est-ce pas ? Une brosse à dents, une brosse à cheveux, des mouchoirs usagés et des sous-vêtements sont idéaux pour recueillir de l'ADN.

— On va aller chercher ça chez elle.

Styles raccompagna Wolfe jusqu'à la porte.

— Son trousseau de clés et ses effets personnels sont au bureau de Ryder, ajouta-t-il avant de se tourner vers le shérif. Ryder, on va vous ramener pour que Wolfe n'ait pas à faire de détour.

— Merci, répondit le shérif. J'apprécie que vous me prêtiez main-forte sur cette enquête.

Il jeta un œil au canapé en secouant la tête.

— J'espère ne jamais revoir un meurtre pareil.

Beth ne voulait pas édulcorer la réalité, car elle savait ce qui les attendait : son expérience lui permettait d'anticiper la tournure qu'allait prendre l'enquête.

— Il va falloir vous accrocher, parce qu'on n'en est qu'au début. De ce que j'ai pu observer, ce type n'en était pas à son coup d'essai et il va recommencer. Voilà pourquoi on vous a demandé de nous confier l'affaire. Ce tueur ne s'arrêtera pas tant qu'on n'aura pas mis la main sur lui. Ce n'est pas le genre de personne qu'il faut essayer d'affronter seul.

Elle plissa les yeux avant d'ajouter :

— Il s'amuse à l'heure actuelle, et il va vous voir comme une menace. Si jamais vous vous retrouvez nez à nez avec lui, n'hésitez pas à l'abattre, ou bien vous serez sa prochaine victime.

# 13

## MARDI APRÈS-MIDI

Rattlesnake Creek

Le temps s'était figé pour Vicki Strauss. Les secondes, les minutes et les heures avaient cessé de s'écouler. À la place, sa vie était devenue une succession d'atroces agonies. Le monstre nu et masqué qui la retenait captive l'avait soumise aux supplices les plus obscènes qui soient. Cette fois-ci, elle s'était réveillée en hurlant de douleur après un sommeil comateux. Quelque chose de terrible était arrivé à son visage, elle ne pouvait plus bouger les lèvres ni fermer les yeux. Frigorifiée et grelottante malgré le feu qui ronflait dans la cheminée de la vieille cabane délabrée, elle tourna la tête et découvrit avec horreur les points de suture grossiers qui accrochaient ses bras au dossier d'un large canapé. Sous le choc, sa tête bascula en arrière et ses membres furent secoués de spasmes. Elle ressentait une douleur insoutenable, mais elle ne pouvait fermer les yeux pour la contenir. Que lui avait-il encore infligé ? Le canapé s'affaissa quand il s'assit à ses côtés, les yeux rivés sur elle. Il entreprit de démêler ses cheveux avec une brosse.

Elle frémit et essaya de lui parler, mais à cause de ses lèvres maintenues étirées en un large rictus, les mots qu'elle prononçait ne formaient qu'une série de sons inarticulés.

— Inutile de me remercier, dit l'homme en lui souriant.

Vicki voyait sa bouche au centre du masque hideux de zombie qui couvrait son visage. Elle se demanda pourquoi il le portait en cet instant. Quand il l'avait enlevée, elle l'avait reconnu. C'était un des hommes pour lesquels elle avait accepté de donner un show privé pas plus tard que la semaine précédente.

— On s'est tellement amusés, toi et moi. Ce serait dommage de tout gâcher. Je veux me souvenir de toi comme ça, en train de sourire et de m'accueillir comme tu le faisais au club. Je sais que tu n'avais pas envie de me laisser, et maintenant, tu peux rester. Je ne serai plus obligé de te partager avec les autres. Tu es devenue l'un de mes trésors. Tu es contente, Vicki ?

Avec la sensation que des aiguilles chauffées à blanc lui transperçaient le corps, Vicki hurla. Il fallait qu'elle s'enfuie et si y parvenir impliquait de déchirer sa chair pour s'arracher du canapé, elle était prête à le faire. Elle tira sur ses bras, mais ils étaient cousus si étroitement qu'elle ne pouvait esquisser le moindre mouvement. Sanglotant et souffrant le martyre, elle fixa l'ignoble type qui lui faisait face.

— Nooooon !

Des larmes roulèrent sur ses joues. L'homme se leva d'un bond.

— Ne pleure pas comme ça, tu vas ruiner ton maquillage.

Il se mit à faire les cent pas devant le canapé.

— Je passerai te voir tous les soirs. Ça te plairait, non ? On est si bien ensemble. Tu ne m'abandonneras pas comme Cassie. Elle était si ingrate. Je l'ai laissée une nuit et elle s'est volatilisée.

Faisant fi de la douleur, Vicki secoua la tête. Elle essaya d'articuler quelques mots, mais sans l'usage de ses lèvres, elle n'émit que des sons inintelligibles. À présent, l'homme marmonnait comme s'il s'adressait à lui-même ou à un ami imaginaire. Terrifiée, elle le regardait aller et venir comme s'il essayait de reprendre le contrôle de la situation. Quand il s'arrêta enfin pour se tourner vers elle, elle eut un mouvement de recul. À quel autre supplice allait-il la soumettre ?

— Je pensais que tu étais différente, dit-il en la fixant. Tu étais gentille avec moi au club. Je savais que tu voulais être avec moi, je pouvais le lire dans tes yeux.

Il eut un petit rire.

— Je t'observe depuis longtemps. J'ai vu comment tu me regardais pendant que tu dansais. Pourquoi t'es-tu soudain mise à regarder les autres hommes ? Ils ne t'aiment pas comme moi je t'aime.

Incapable de lui répondre, Vicki ne pouvait que fixer ses grands yeux fous. On l'avait prévenue qu'à force de se payer des shows privés avec une danseuse, certains hommes finissaient par faire une fixation sur elle, par la considérer comme leur petite amie. Elle avait exécuté sa chorégraphie, mais à aucun moment elle ne les avait autorisés, lui ou les autres hommes, à la toucher. Elle secoua à nouveau la tête et grogna comme la douleur se faisait plus vive.

— Quand tu es venue danser devant moi avec ton déhanché super sexy, j'ai immédiatement su que personne d'autre ne pourrait te posséder. La simple idée que tu puisses sourire à un autre homme comme tu me souriais à moi me rendait fou de rage.

Il se pencha pour planter son regard dans celui de Vicki et sourit.

— Tu m'as dit que tu voulais quitter cet endroit un jour et j'ai exaucé ton vœu. Maintenant, tu m'appartiens. Nous serons inséparables, dit-il dans un petit rire. Je vois bien à ton sourire racoleur que tu es d'accord avec moi.

Vicki fut saisie de panique alors que l'homme contournait le canapé et disparaissait de son champ de vision. Quelle cruelle torture lui avait-il réservée cette fois-ci ? Un instrument froid entra en contact avec ses oreilles. Une douleur aiguë transperça sa tête et le temps s'arrêta à tout jamais.

14

La *Fragrance de la Mort* était persistante, si bien qu'à leur retour de chez Cassie Burnham, Beth alla prendre une douche avant de revenir au bureau. À la demande de Wolfe, ils avaient recueilli des échantillons ADN et les avaient soigneusement emballés pour le voyage du lendemain. Intriguée par le mode opératoire du tueur, Beth s'installa directement à son ordinateur pour effectuer quelques recherches. C'était rare de croiser un assassin qui cousait ses victimes à un canapé et qui grimait leur visage, mais elle avait le souvenir d'être déjà tombée sur des cas vaguement similaires. Dans une précédente affaire, le meurtrier avait placé un masque sur le visage de ses victimes pour qu'elles aient toute la même apparence. Un autre tueur défigurait les siennes en utilisant de la glu. Elle parcourut les rapports d'expertise psychologique et constata que les conclusions confirmaient ce qu'elle savait déjà : ces psychopathes avaient agi ainsi pour répondre à leurs fantasmes. C'était un attribut propre à la victime qui les poussait généralement à passer à l'acte.

*Tout comme lui.*

Le visage de son père flotta un instant dans son esprit et elle le chassa, mais son souvenir ne la quittait jamais vraiment. Jack l'Égorgeur avait été condamné à plusieurs reprises à la réclusion à perpétuité pour homicide, et elle le détestait. Comme si ce n'était déjà pas assez difficile d'avoir pour père un célèbre tueur en série, ce dernier s'en prenait en plus à des victimes qui lui ressemblaient. Avait-elle déclenché sa folie meurtrière ? Était-elle responsable de toutes ces morts ? L'avait-il désirée au point que son esprit malade et dépravé l'avait poussé au meurtre ? Il avait assassiné sa mère pour la réduire au silence. Beth était restée immobile, incapable d'intervenir. Lors de cette effroyable nuit, elle avait entendu les élucubrations de son esprit tordu se déverser frénétiquement alors qu'il enfonçait profondément le couteau dans la chair de sa mère.

Malgré l'horreur et le désarroi, une partie d'elle-même le comprenait, et cela ne la terrifiait que davantage. Elle n'avait cessé de fuir, mais elle avait hérité de ses gènes et semblait destinée à marcher dans ses pas. Cette seule pensée lui soulevait l'estomac. Elle avait combattu cette part d'ombre de toutes ses forces, mais n'avait pas réussi à prendre le contrôle sur ce qu'elle était devenue. Une lueur d'espoir était apparue lorsqu'elle avait pris conscience qu'elle éprouvait de la compassion pour les victimes. Dès lors, elle s'était employée à faire usage de son côté obscur pour arrêter les hommes semblables à son père.

Elle s'efforça de repousser les pensées épouvantables qui galopaient dans sa tête pour se concentrer sur son écran. Le dark web demeurait sa meilleure source d'information sur les comportements déviants et inhabituels. Après avoir entré quelques lignes de code pour obtenir l'accès aux zones interdites de la Toile, elle bascula dans l'univers d'une société parallèle plongée dans un flux de données et prête à payer cher pour se dépraver. C'était un endroit où tout pouvait s'acheter. Semblables à des publicités vantant les promotions d'un centre commercial, des bandes-annonces étaient diffusées et menaient souvent vers du trafic d'enfants, des photographies et des vidéos. La plupart des utilisateurs avaient leurs préférences et utilisaient des mots-clés pour accéder aux contenus qui les intéressaient. Beth avait tapé « points de couture » et sa recherche avait donné quelques résultats lorsqu'elle reçut un message d'alerte : une autre victime venait d'être découverte, sommairement enterrée, dans le Montana. Elle se leva de sa chaise et se dirigea vers la machine à café pour reléguer l'enquête des stripteaseuses dans un coin de sa tête.

Pour elle, cela revenait au même que de changer de chaîne à la télévision. La plupart des gens suivaient plusieurs émissions ou regardaient plusieurs séries en même temps, et passaient de l'une à l'autre sans problème. Il en allait de même pour elle : elle pouvait passer d'une affaire à l'autre sans embrouiller son esprit. Certes, l'affaire Levi Jackson ne monopolisait pas son attention en permanence, mais elle n'en restait pas moins quelque part dans un coin de sa tête. Beth avait attendu qu'il frappe à nouveau et c'était ce qu'il venait de faire. Comme elle l'avait prédit, il s'était rendu dans une autre ville située dans son périmètre. Le meurtre correspondait à son mode opératoire. Le corps d'une femme violée et étranglée avait été retrouvé grossièrement enseveli sous un amas d'herbe coupée. Beth secoua la tête. Aucune arrestation n'avait eu lieu et à en croire le dossier d'enquête, aucun suspect n'avait été identifié. Grâce à sa relaxe, Jackson avait été écarté de la liste des suspects alors que son mode opératoire était aussi probant qu'une empreinte digitale.

— Tout va bien ?

Styles l'avait rejointe dans la kitchenette et remplissait une tasse de café. Ses cheveux étaient encore humides après sa douche.

— Tu as l'air absente.

Beth haussa nonchalamment les épaules et ramena ses pensées sur l'affaire Cassie Burnham.

— Le dark web constitue généralement une mine d'informations, mais je dois mal m'y prendre. Je n'ai rien trouvé au sujet de sadiques qui utiliseraient des points de couture comme moyen de torture, ni quoi que ce soit d'autre présentant un quelconque intérêt. Je me suis concentrée sur le Montana. J'imagine qu'on ferait bien d'élargir nos recherches aux autres États.

— J'ai une théorie concernant notre tueur.

Styles but une gorgée de café, poussa un soupir de satisfaction et s'appuya contre le comptoir.

— C'est forcément un mineur, car ces types ont régulièrement accès à des cartes de toute la région. Grâce à ces cartes, il peut savoir quels terrains ont été achetés par les sociétés minières et qui détient les autorisations d'exploitation. Ces informations relèvent du domaine public.

Troublée, Beth le regardait par-dessus le rebord de sa tasse de café.

— Peut-être, mais je ne vois pas en quoi c'est pertinent pour l'enquête.

— Eh bien, s'il a découvert où se trouvaient les terrains qui ont été achetés, il a pu localiser les cabanes à l'abandon, répondit Styles en souriant. J'ai fait quelques recherches, il y en a des tonnes, et il existe même des villes fantômes. Personne ne se rend là-bas, car c'est la propriété de sociétés minières. Tu sais, les risques d'explosion et tout le tintouin. La plupart des terrains sont encerclés de panneaux « Défense d'entrer ».

Beth avait du mal à voir où Styles voulait en venir. Elle repoussa une mèche de cheveux derrière son oreille et haussa les épaules.

— Et alors ?

— On a retrouvé Cassie Burnham en se fiant à l'intuition d'un garde forestier. On s'est contenté de chercher des nuées de corbeaux, non ? s'emporta Styles. Ce type a très bien pu planquer des cadavres dans n'importe quelle cabane abandonnée sans que personne ne les découvre.

Beth but une gorgée de café.

— Tu penses qu'il fait ça depuis un certain temps et que jusqu'à aujourd'hui, personne n'était tombé sur un corps ?

— J'en mettrai ma main à couper, acquiesça Styles. Tu prétends qu'il fantasme sur les strip-teaseuses, les go-go danseuses ou je ne sais pas comment il faut les appeler ces temps-ci. Le problème dans les clubs réservés aux hommes, c'est que les danseuses ne sont souvent que de passage. Elles vont et viennent, donc si certaines d'entre elles ne se sont pas présentées au travail, personne n'a signalé leur disparition... ou personne ne s'est embêté à chercher. On ferait bien de fouiller la base de données pour vérifier s'il n'y a pas des cas de disparitions non élucidées dans les parages.

Les possibilités étaient infinies. Beth soupira.

— Le problème des personnes en situation de précarité, c'est qu'elles n'ont souvent personne dans leur entourage qui se soucie d'elles. La plupart n'ont pas d'endroit où dormir. Certaines ont à peine de quoi vivre. Neuf fois sur dix, la police ne prend pas le temps de les rechercher quand elles sont portées disparues. Si on les retrouve mortes, elles ne font qu'alimenter la fosse commune. Ce sont des cibles faciles pour les tueurs en série, car personne ne s'en préoccupe.

— C'est vrai, admit Styles en se grattant la tête. Tu disais que tous les tueurs en série psychopathes sont différents, mais qu'ils ont en commun le besoin de tuer, c'est ça ?

Se demandant où cette conversation allait les mener, Beth évita le regard perçant de son coéquipier en se baissant pour attraper un sandwich dans le petit réfrigérateur situé sous le comptoir.

— Oui, d'après ce que j'ai lu dans les publications de Jo Wells et d'autres experts, cela semble être une certitude. Pourquoi ?

— Eh bien, s'il est plus facile de s'en prendre aux personnes vulnérables pour assouvir sa soif de sang, pourquoi le Tueur au tarot ne s'en prend-il qu'à de dangereux assassins en laissant une carte de tarot derrière lui en guise de signature ? Est-ce qu'il cherche à se faire arrêter ou est-ce juste une façon de faire un pied de nez aux autorités ?

Impressionnée par son analyse, Beth soupira.

— C'est un tueur au profil atypique, on ne peut pas dire le contraire. Il faudrait que tu en parles à Jo Wells. C'est elle, l'experte.

— Mais tu dois bien avoir un avis sur la question, rétorqua Styles en attrapant à son tour quelque chose à manger dans le réfrigérateur. Il n'a pas de fantasme, on dirait ? Toutes ses victimes sont différentes.

Remplissant à nouveau sa tasse à café, Beth se tourna vers Styles.

— Tout dépend de la façon dont on analyse les choses. Peut-être que ce qui anime le Tueur au tarot, c'est la vengeance. D'après ce que j'ai pu observer, il liquide des tueurs qu'on ne parvient pas à arrêter. Il regarde les flics tourner en rond alors que les meurtres se multiplient, puis quand il estime que c'en est trop, il s'occupe lui-même de régler leur compte à ces ordures. Laisser une carte, c'est sa façon de dire : « J'ai agi pour le bien de l'humanité. » Je ne pense pas que ce soit une provocation. Certains des types qu'il a tués assassinaient des enfants. Je ne devrais peut-être pas dire ça, mais je suis contente qu'il les ait mis hors d'état de nuire. Il fallait bien que quelqu'un le fasse.

15

Laissant Styles passer en revue les cas de disparitions non élucidées, Beth retourna à son bureau. Lorsqu'elle avait répondu à sa question sur le Tueur au tarot, il avait simplement hoché la tête en silence. Elle avait cru apercevoir une lueur d'amusement dans ses yeux et s'était dit qu'il devait apprécier qu'elle donne son opinion. Elle reporta son attention sur l'affaire Levi Jackson. Depuis qu'elle avait commencé à se poser en justicier, elle avait eu recours à différents moyens pour localiser les tueurs en série. Elle avait notamment consulté à plusieurs reprises un forum hébergé sur le dark web qui contenait les témoignages de prisonniers libérés. Elle parcourut les échanges, sautant les discussions qui n'étaient pas pertinentes pour sa recherche. D'autres étaient intéressantes, une en particulier accrocha son regard. Levi Jackson manquait d'imagination, car il semblait se présenter systématiquement à ses victimes sous le nom de Bill, et lorsque ce prénom surgit au milieu des publications, l'attention de Beth fut immédiatement retenue. La publication avait été rédigée par un homme qui prétendait avoir partagé sa cellule en détention provisoire avec un dénommé Bill. Il racontait à quel point c'était excitant de discuter avec son codétenu. Bill se vantait d'embarquer des femmes à bord de sa fourgonnette sous prétexte de les emmener visiter un logement à louer dans son ranch. Il les conduisait ensuite dans un endroit reculé où il les violait et les assassinait.

La description des meurtres correspondait au mode opératoire de Levi Jackson. Lorsqu'elle remarqua que la publication comportait un lien, Beth eut envie de lever le poing en l'air. Elle cliqua dessus et tomba sur une page intitulée « Les meurtres de Bill ». Il y expliquait à quel point il prenait plaisir à dormir avec le corps de ses victimes et comment il les enterrait à contrecœur dans des endroits reculés sous des branches d'arbres et des amas d'herbes de tonte récupérés dans son jardin. Elle farfouilla un peu plus en profondeur, examinant les lignes de code les unes après les autres jusqu'à découvrir un nouveau lien menant aux publications de Jackson. Après avoir contourné un certain nombre d'algorithmes cryptés, elle tomba sur une galerie de photos. Beth se félicita d'être assise en face du bureau de Styles – il ne pouvait pas regarder son écran par-dessus son épaule. Sidérée, elle fit défiler les images une à une. Il semblait y avoir une infinité de clichés ignobles. Jackson avait assassiné au moins une trentaine de personnes. Beth sentit son pouls s'accélérer et sa part d'ombre se réveiller en elle, prête à empêcher ce fou de tuer à nouveau une femme vulnérable ou un enfant.

*Calme-toi*

Essayant de maîtriser sa rage, Beth se retira méticuleusement du site, veillant à ne laisser aucune trace de son passage et à effacer l'historique sur son disque dur. Elle avait besoin de réfléchir. Elle ne pouvait pas se lancer aux trousses de Jackson maintenant, mais elle pouvait anticiper son prochain meurtre. À l'évidence, il se déplaçait d'État en État, de comté en comté, et délimitait un périmètre autour de deux ou trois villes voisines. Il commettait ses meurtres dans ce rayon, ce qui le rendait totalement prévisible. Malheureusement, dans l'immédiat, il continuerait à tuer, mais ce n'était qu'une question de temps avant que Beth le mette hors d'état de nuire. Elle fixa son écran d'ordinateur.

*Je t'aurai, Levi.*

Beth prit le temps de terminer son déjeuner et de faire redescendre ses émotions. Après avoir rincé sa tasse dans l'évier et jeté les restes de son repas, elle s'approcha du bureau de Styles.

— Alors, tu as mis le doigt sur quelque chose ?

— Non, rien. Il y a un enfant porté disparu à Helena et les deux filles de notre précédente enquête n'ont toujours pas été retrouvées, mais rien de plus, dit-il en se tournant vers elle. Tu as trouvé des infos intéressantes ?

Beth s'appuya contre le bureau et secoua la tête en signe de dénégation.

— Rien qui puisse nous être utile. Il faut qu'on identifie des suspects si on veut avancer. On ferait bien d'aller faire un tour au *Outlaws* pour demander gentiment au gérant de nous communiquer la liste des clients qui ont des ardoises à régler. Ça pourrait nous donner une idée des suspects potentiels dans l'affaire Cassie Burnham. On a besoin de savoir qui était présent au club vendredi quand elle a disparu. Je ne pense pas que l'assassin ait répondu à une simple pulsion meurtrière. Tout était prémédité. Il connaissait l'emploi du temps de Cassie et avait sûrement repéré la cabane pour planquer son corps. Il savait également qu'elle allait quitter le club seule, et vu qu'elle travaillait toujours les mêmes jours à la même heure, soit c'est un des employés du club, un videur ou un serveur, soit c'est un habitué. Je ne vois pas qui ça pourrait être d'autre.

— Mmmh... Ça fait un bon paquet de personnes, même s'il n'y a peut-être pas tant de clients que ça au *Outlaws*. Il nous faut un mandat. Les lois sur la protection des données au Montana n'autoriseront pas le club à nous remettre une liste de noms comme ça, fit remarquer Styles en caressant sa cicatrice au menton. A-t-on une bonne raison de demander l'accès à ces informations ?

Beth réfléchit un instant, puis soupira.

— On a de quoi penser que le tueur est un des clients, si on se fie aux différents témoignages qui indiquent que de nombreux hommes se montraient hostiles envers Cassie pendant ses prestations. Si on parvenait à obtenir l'identité des types présents au club ce soir-là, ça nous donnerait une liste de suspect à interroger.

Elle inspira bruyamment.

— Je ne vois rien d'autre. Ça te va ?

— Ça pourra faire l'affaire, surtout si on montre au juge une photo de la scène de crime. Je m'en occupe. Étant du FBI, on a une chance que ça passe.

Styles se mit au travail et cinq minutes plus tard, l'imprimante ronronnait.

— Très bien, on va pouvoir y aller.

Il se leva et attrapa son manteau sur le dossier de sa chaise.

— Peut-être qu'il faudrait que j'insiste sur le fait qu'il faut arrêter ce type avant qu'il ne fasse d'autres victimes.

Un frisson parcourut la colonne vertébrale de Beth alors qu'elle attrapait à son tour son manteau.

— J'espère simplement qu'il n'est pas déjà repassé à l'acte.

## 16

Bear sur les talons, Beth et Styles se dirigèrent vers le parking et montèrent à bord du véhicule de Styles. L'air glacé de l'hiver s'invitait en ce début d'automne et alors que l'après-midi touchait à sa fin, la température chuta considérablement. Des habitants marchaient sur les trottoirs le long de la rue principale, la tête baissée pour affronter les bourrasques, emmitouflés dans d'épais manteaux et des écharpes colorées. Beth aurait préféré rester au chaud à l'intérieur de la voiture avec Bear. Alors que Styles augmentait le chauffage d'un cran pour le chien, Beth enfonça sa casquette en laine sur sa tête et sauta de son siège. Une rafale de vent polaire souleva son manteau, et Styles dut tenir son chapeau pour ne pas qu'il s'envole alors qu'ils montaient les marches du palais de justice, un vieux bâtiment construit avec des blocs de granite extraits des flancs de la montagne. D'après la plaque en métal placardée sur la façade, l'édifice avait été érigé à l'époque des premiers colons et avait servi pendant des années de tribunal et de prison. Le silence qui régnait à l'intérieur fut troublé par le bruit de leurs pas résonnant dans les couloirs déserts. Comme dans les bibliothèques, le bâtiment dégageait une odeur de vieux livres et d'encre d'imprimerie.

— C'est aussi calme que dans une morgue là-dedans.

— Les procès ont généralement lieu le jeudi et le vendredi, lui dit Styles dans un sourire. On ne peut pas dire qu'il y ait beaucoup de criminalité à Rattlesnake Creek, alors le juge et les avocats font des permanences sur des horaires de bureau.

Beth grommela.

— Cela revient à gaspiller l'argent des contribuables. Il faudrait plutôt un juge itinérant qui se déplace dans toute la région.

— J'imagine que les gens pensent la même chose des forces de police, rétorqua Styles en souriant. Parfois, entre deux affaires, on part à la pêche et Ryder passe la plupart de ses journées devant son écran de télévision, mais on est prêts à intervenir quand il faut.

Beth haussa les épaules.

— Peut-être, mais il nous arrive d'être appelés dans d'autres comtés et d'autres États.

Ils arrivèrent devant le bureau du juge et pénétrèrent dans une petite pièce. Après s'être présentés à la secrétaire, ils furent conduits jusqu'au bureau du magistrat. Celui-ci tenait un document à la main et leur lança un regard par-dessus ses lunettes en demi-lune. La lumière du plafonnier se reflétait sur le sommet de son crâne dégarni entouré de deux mèches de cheveux soigneusement peignées. Ses longs sourcils noirs et broussailleux rappelaient à Beth les touffes de plumes des hiboux. Elle fut saisie d'une hilarité soudaine en se demandant s'ils pouvaient pousser jusqu'à recouvrir son crâne chauve. Elle détourna furtivement le regard.

— Si vous étiez Ryder, je rejetterais votre demande sans hésiter. J'imagine qu'il y a une information que vous me cachez ou que vous ne voulez pas rendre publique.

Le juge s'enfonça dans son siège en cuir et les observa tel un rapace.

— En fait, on a besoin d'arrêter ce tueur avant qu'il recommence.

Styles afficha la galerie photos de son téléphone et tendit l'appareil au magistrat.

— Je ne voudrais pas semer la panique si cette information fuitait, votre honneur. Pour le moment, on ne dispose d'aucun élément en dehors de ce que nous ont raconté les autres danseuses. Il faut qu'on dresse une liste de suspects. Pour ça, on a besoin de savoir qui était au club vendredi soir.

— Je vois.

Le juge saisit le téléphone et fit défiler les photos sur l'écran. Son visage blêmit.

— Et dire que cette brute arpente nos rues ! Je vais élargir le mandat pour inclure les reçus de paiements par carte bleue. Quand vous disposerez d'une liste de suspects, transmettez-moi leurs noms pour que je délivre un mandat d'accès à leur compte en banque. Il y a quelques années, j'ai travaillé sur une affaire dans un club. Certains clients utilisaient leur carte bancaire pour retirer des liasses de billets qu'ils distribuaient aux danseuses comme pourboire, entre autres. Ils effectuaient ces retraits d'argent à des distributeurs automatiques, si bien que sur leurs relevés bancaires, cela n'apparaissait pas comme des transactions réalisées au club. Il leur arrivait de payer en liquide pour obtenir des représentations privées. Ces types sont assez proches des danseuses, vous feriez bien de les surveiller. Si vous avez besoin de quoi que ce soit d'autre, ma porte est ouverte.

Il ajouta une mention sur le document avant d'y apposer sa signature. Il tendit le papier à Styles.

— Faites tout ce que vous pourrez pour neutraliser cette menace, fiston, dit-il en leur faisant signe de prendre congé.

Une fois dans le couloir, Beth adressa un sourire à Styles.

— C'était facile. Il t'apprécie.

— Son fils est mort en service, répondit Styles, l'air grave. J'imagine que je dois lui faire penser à lui, ajouta-t-il en haussant les épaules. On va aller récupérer les informations dont on a besoin au *Outlaws*. Ça va nous prendre un temps fou de tout passer en revue.

— Tout ce qu'il nous faut, ce sont les noms des personnes qui étaient au club vendredi soir et ceux des habitués qui venaient voir les représentations de Cassie. Ils ne doivent pas être si nombreux. On enverra ces noms au juge et une fois qu'on aura reçu le mandat pour consulter leurs comptes bancaires, j'utiliserai un programme de recherche avancée pour faire un tri en fonction des lieux, des dates et des horaires. Ça nous permettra d'obtenir une liste.

Elle croisa le regard de Styles alors qu'ils marchaient en direction de la voiture.

— Les habitués sont connus du club. On peut insister pour obtenir leurs noms et ceux des employés. Un mandat comme celui-ci fait forte impression. Les patrons ne veulent pas avoir d'ennuis. Je suis sûre qu'ils obtempéreront et qu'ils nous fourniront tous les renseignements qu'on veut. J'imagine qu'il y a parmi les habitués des gens du coin et des groupes de mineurs qui ont des horaires fixes. On n'aura aucun mal à savoir qui travaillait ou non vendredi soir.

— Après ce qu'il t'est arrivé, je parie sur un mineur ou sur un groupe de mineurs, dit Styles en secouant lentement la tête. J'espère que Wolfe trouvera des preuves pour coincer ce type.

Beth resserra son manteau autour d'elle alors qu'une bourrasque glaciale manquait de l'emporter.

— Moi aussi.

17

Le *boum, boum, boum* sonore de la musique faisait trembler le sol au point que Beth sentit les vibrations sous ses bottes au moment où ils franchirent l'entrée du *Outlaws Saloon*. Au fond de la pièce, la porte menant au club réservé aux messieurs était éclairée par des néons clignotants représentant une danseuse et une flèche rouge. C'était différent cette fois-ci, Beth pénétrait dans l'établissement en tant qu'agent du FBI. À chaque pas, elle renforçait son air de flic intraitable, comme pour se protéger derrière ce bouclier. Ouvrant la marche, elle passa devant le comptoir en ignorant les regards intéressés que lui lancèrent quelques hommes assis sur des tabourets hauts, le dos voûté au-dessus de leur bière. L'un d'eux la saisit par le bras. Surprise d'être importunée par un des piliers de bar alors que Styles se tenait juste derrière elle, elle s'arrêta et adressa à l'homme un regard noir.

— Vous vouliez me dire quelque chose ?

— Ouais...

L'homme releva le bord de son Stetson et promena son regard sur elle.

— Tu vas où comme ça ? T'as pas lu la pancarte ? C'est

réservé aux messieurs. Il n'y a pas de place pour une jolie petite nana comme toi là-dedans. Tu ferais mieux de rester ici, avec moi.

Ses doigts se refermèrent autour du poignet de Beth et il esquissa un sourire qui dévoila une rangée de dents jaunies. Relevant le menton, une lueur méprisante dans le regard, Beth posa les yeux sur la main de l'homme avant de les braquer de nouveau sur son visage. Dans son dos, elle entendit Styles jurer à voix basse sur un ton si menaçant qu'elle en eut la chair de poule. C'était électrisant d'avoir un coéquipier qui, comme elle, n'hésitait pas à mettre un pied hors des clous. Elle se sentait entièrement connectée à lui alors qu'il se tenait prêt à se battre, mais elle n'avait pas besoin qu'il la protège. Ce dont elle avait besoin, c'était qu'il protège l'homme *contre* elle.

— Vous feriez mieux de retirer votre main.

— Oh, mais c'est qu'elle a le sang chaud en plus !

L'homme retira sa main avec un soupir résigné, le sourire toujours aux lèvres. Il se tourna vers Styles.

— Elle est avec vous ?

— Oui. Laissez-la tranquille.

Styles se racla la gorge et s'avança à côté de Beth.

— Ou vous aurez affaire à moi.

— Je ne voudrais certainement pas contrarier le FBI, rétorqua l'homme en désignant la porte du club. Si jamais tu as envie de boire un verre, ma jolie, n'hésite pas à venir me voir. Je suis toujours ici à cette heure-ci.

Elle n'adressa pas un regard à Styles et, alors que le monstre en elle dressait son affreuse tête, elle en jeta tout le venin sur l'homme.

— Faites attention à ce que vous dites. Si je me lance à vos trousses, je serai votre pire cauchemar.

Beth se dirigea vers le club, suivie de Styles qui laissa échapper un rire. Elle se tourna vers lui.

— Quoi ?

— Je n'aimerais pas me retrouver nez à nez avec toi dans une allée sombre, ça, c'est sûr !

Riant à son tour, Beth croisa son regard.

— Je prends ça pour un compliment.

— C'est ce qui me plaît chez toi. Je peux te dire ouvertement ce que je pense, tu ne me sautes pas à la gorge. Je sais que tu n'as peur de rien et que tu n'es pas du genre à t'avouer vaincue, mais ne sous-estime pas les habitants de cette ville. Ce type portait un flingue. Ici, quand les gens se sentent menacés, ils ont le droit d'en faire usage.

Amusée, Beth sourit.

— Je connais la loi, mais il n'en serait pas arrivé là, pas vrai ? Je veux dire que je ne représente pas une véritable menace pour un type aussi costaud que lui, si ?

— Non. Pas plus qu'un serpent à sonnette avant qu'il ne morde, rétorqua Styles en haussant les épaules.

Devant l'entrée du club, un homme à la carrure imposante, vêtu d'un costume qui moulait ses muscles saillants, était assis à une table recouverte d'une nappe en velours rouge. En s'approchant de lui, Beth sentit une vague d'eau de toilette entêtante lui brûler les narines. Elle s'apprêtait à ouvrir la bouche pour s'adresser à lui, mais Styles la devança.

— Où est votre patron ? demanda-t-il en attrapant le mandat dans la poche intérieure de sa veste.

Il le déplia d'un geste de la main et le tint devant leur interlocuteur.

— On a un mandat.

L'homme qui arborait un badge gravé au nom de « Warren » se leva et attrapa une radio pour prévenir son supérieur, mais Styles l'ignora et franchit la porte. Beth lui emboîta le pas et entra à son tour dans le club faiblement éclairé. Personne ne remarqua leur arrivée, car tous les yeux étaient tournés vers la scène où trois femmes à moitié nues s'agitaient en tous sens. Styles avait l'air de savoir où il allait, alors Beth le suivit. Debout devant une porte qui affichait la mention « Privé », un homme grand et mince les dévisagea d'un air soupçonneux.

— Agents Dax Styles et Beth Katz. On a un mandat pour saisir des documents.

Styles montra rapidement son insigne, mais de toute évidence, l'homme le connaissait.

— Il nous faut tous les relevés de paiements par cartes bancaires des deux dernières semaines, ainsi que l'emploi du temps de vos salariés.

Il agita le mandat sous les yeux de l'homme avant de le ranger dans sa poche.

— Je n'ai rien à cacher aux agents fédéraux. Je paie mes impôts, déclara l'homme sans quitter Styles du regard. Qu'est-ce qu'on me reproche, Styles ?

— Rien tant que vous coopérez. Et vous savez pertinemment que je ne travaille pas pour la direction du contrôle fiscal.

Styles se tourna vers Beth.

— Voici Hal Brook, le propriétaire du *Outlaws*.

Beth hocha la tête et sortit son calepin qu'elle tendit à Brook.

— Il nous faut la liste de tous les clients qui sont venus au club ces quinze derniers jours. Je suis sûre que vous connaissez vos habitués.

Elle lui fit signe de les emmener dans son bureau.

— Donnez-moi la liste, et on pourra passer à la suite.

— Très bien. J'imagine que je n'ai pas le choix ?

Brook entra dans son bureau, suivi de Styles puis de Beth qui ferma la porte derrière elle. Elle resta debout, appuyée contre le mur, pendant que Brook s'asseyait à son bureau et dressait une liste de noms, accompagnés de jours de la semaine entre parenthèses. Quand il eut terminé, il tendit le calepin à Beth qui parcourut la liste.

— Vous savez combien d'entre eux travaillent dans les mines ?

— Oui, répondit Brook, la main tendue pour récupérer le calepin. Je vais ajouter des astérisques.

— Maintenant, les relevés de paiements par carte.

Styles se laissa tomber dans la chaise placée devant le bureau et se pencha en avant.

— J'ai aussi besoin de savoir qui parmi ces hommes a assisté à une représentation privée donnée par Cassie cette semaine.

Il soutint longuement le regard de Brook.

— Ne me dites pas que vous n'en savez rien, car je sais parfaitement que vous prenez un pourcentage sur les paiements en espèces.

— OK, OK.

Brook tendit le bras pour attraper le calepin sur le bureau.

— Cassie a commencé à assurer des prestations privées il y a seulement quelques mois, mais elle est déjà la danseuse préférée de pas mal de clients. Je vais souligner leur nom dans la liste.

Il leva les yeux vers Styles et Beth et fronça les sourcils.

— J'imagine qu'elle est toujours portée disparue ? Vous pensez que l'un de ces gars aurait pu l'enlever ?

Beth ne décelait aucune malveillance chez Brook, mais comme elle préférait ne pas lui communiquer la moindre information, elle se contenta de hausser les épaules.

— On explore des pistes, c'est tout. Pourriez-vous nous imprimer une copie des emplois du temps ?

— Oui, bien sûr.

Brook tapota le clavier de son ordinateur et l'imprimante située derrière lui se mit en marche. Il se retourna pour récupérer le document imprimé et le tendit à Beth.

— Les relevés de paiements par carte bancaire sont tous numériques maintenant et il y en a des tonnes. Vous auriez une clé USB sur laquelle je pourrais les transférer ?

Depuis son passage au département de la cybersécurité,

Beth ne partait jamais de chez elle sans avoir pris une clé USB. Elle la sortit de sa poche.

— Tenez.

Elle croisa les bras sur sa poitrine et s'adossa au mur.

— Deux des hommes inscrits sur la liste ont l'habitude de venir le mardi, dit Styles en levant les yeux du calepin. Ils sont là ce soir ?

— Oui, ils débarquent toujours après 16 heures, réglés comme des horloges, répondit Brook en souriant. Ils viennent aussi le vendredi à la même heure. Ça fait des années que je les connais. Ils sont salariés à la mine Lost Gem. Ils travaillent de nuit le mercredi et de jour le jeudi et le vendredi. Ils viennent toujours le vendredi soir. Puis ils bossent du dimanche au mardi. Ils terminent à 15 heures.

— Vous connaissez l'emploi du temps des mineurs ? demanda Styles en reportant son attention sur la liste des clients habituels. Pour combien d'entre eux ?

— Pas tous, car leurs horaires changent de temps en temps. C'est avantageux pour moi de savoir quand programmer plus de filles. Il n'y en a qu'une ou deux qui dansent les soirs de faible affluence.

Brook rassembla quelques documents qui s'entassaient sur son bureau en une pile qu'il rangea dans un tiroir.

— Les gars du coin travaillent tous en horaires décalés au sein des mines. Certains alternent une semaine de boulot et une semaine de repos. D'autres bossent en journée une semaine et de nuit la suivante. Ils ont souvent des horaires bizarres. Je ne m'en plains pas, ça veut dire qu'on a toujours des clients prêts à venir.

Il regarda Styles.

— Il y a autre chose que je peux faire pour vous ?

— Oui, montrez-moi les hommes que vous avez inscrits sur la liste, dit Styles en se levant. On peut les interroger devant tout le monde ou dans votre bureau. C'est comme vous voulez.

Brook se leva en soupirant.

— Je n'ai pas vraiment le choix, hein ? Je vous les amènerai l'un après l'autre. Je ne veux pas que tout le monde s'enfuie en courant en pensant qu'il y a une descente de police.

Beth reprit son calepin des mains de Styles.

— Comment s'appellent-ils ?

— Steve Smith et Jace Conan, répondit Brook en passant devant elle pour regagner la porte. S'il vous plaît, ne les effrayez pas trop. Ce sont de bons clients et ils sont généreux en pourboire avec les filles. Je vais chercher Steve d'abord. Je reviens tout de suite.

Après avoir pris quelques notes, Beth se tourna vers Styles.

— Je te laisse leur parler. Je ne sais pas ce qui leur prend quand ils passent la porte des clubs de strip-tease, mais tous ces types deviennent de gros porcs sexistes, comme s'ils pouvaient légitimement se comporter comme ça. Il m'a fallu toute ma volonté pour me retenir de broyer les doigts de ce type, dit-elle en secouant la tête. Une femme devrait pouvoir entrer dans un bar sans qu'un inconnu l'aborde de manière indécente et se permette de la toucher.

— Je suis bien d'accord, répondit Styles en se grattant la joue, l'air visiblement contrarié. Il n'aurait jamais dû te toucher. Je ne comptais pas rester là à le regarder faire. J'ai trouvé que tu t'en étais très bien sortie, tu as gardé le contrôle de la situation.

Beth se tourna vers lui en fronçant les sourcils.

— Je ne perds jamais mon sang-froid, Styles. Je garde toujours le contrôle. Peu importe où je vis, je m'attends à être respectée et considérée comme un être humain, pas comme un objet. Je me suis sentie menacée, surtout dans une salle pleine d'hommes majoritairement ivres. Si je m'étais sentie en danger, la loi du Montana m'autorisait à pointer mon arme sur lui... mais je ne l'ai pas fait, pas vrai ?

Elle pouffa.

— En revanche, quand tu as juré à voix basse, j'étais persuadée que tu allais lui envoyer ton poing dans la figure.

— J'y ai songé, répondit Styles en souriant doucement. Je dois admettre que ça me titille de temps à autre de me jeter dans la mêlée avec toi.

Amusée, Beth sentit son inquiétude se dissiper en un clin d'œil et elle se détendit.

— Tu as toujours été bagarreur ?

— Depuis l'école primaire.

Styles frotta la cicatrice qu'il avait au menton comme s'il se remémorait de vieux souvenirs.

— J'étais plus grand que la plupart des autres enfants, et je ne supportais pas que certains s'amusent à racketter les plus jeunes. Je passais donc le plus clair de mon temps en retenue. Il faut croire que j'ai toujours été capable de frapper fort. C'est la raison principale pour laquelle je me suis engagé dans l'armée. J'avais besoin d'autodiscipline et d'un exutoire à mon agressivité. Ça ne m'a pas aidé. Je n'ai pas changé. Quoi que, je sais garder mon sang-froid maintenant, et je préfère régler un problème à coups de poing plutôt qu'avec un revolver.

Il sourit.

— Voilà pourquoi ça me convient très bien de travailler ici.

— Ah, répondit Beth d'un ton amusé en secouant la tête. Et c'est moi que tu compares à un serpent à sonnette ?

## 18

Alors qu'ils attendaient de démarrer leur interrogatoire, Beth se tourna vers Styles.

— On ferait peut-être mieux de ne pas leur dire que Cassie est morte.

— D'accord.

Styles sortit un carnet de la poche intérieure de sa veste.

— On va simplement leur dire qu'elle a disparu, et on avisera.

Il regarda la porte au moment où celle-ci s'ouvrait sur Brook accompagné d'un jeune homme de forte stature.

— Merci, monsieur Brook. On va prendre le relais.

Une forte odeur d'eau de Cologne se répandit à l'arrivée du nouveau venu et Beth recula d'un pas. Les hommes dans la pièce voisine devaient baigner dans ces effluves. S'ils pensaient sérieusement séduire les femmes en répandant un nuage de parfum bon marché autour d'eux, ils se leurraient. Beth n'était certainement pas la seule femme à apprécier des fragrances plus subtiles dès lors qu'il était question d'eau de toilette masculine.

— Qu'est-ce qu'il se passe ? Hal m'a dit que le FBI voulait

me parler, dit le jeune homme en regardant alternativement ses deux interlocuteurs.

— Je suis l'agent Styles, et voici l'agent Katz. On s'entretient avec toutes les personnes qui ont interagi avec Cassie Burnham, une des danseuses du club, au cours de la semaine écoulée.

Styles s'assit au bord du bureau de Brook en affichant une absolue décontraction.

— J'ai cru comprendre que vous êtes un de ses habitués et que vous avez assisté à une représentation privée vendredi soir.

— Et alors ? rétorqua Smith en croisant les bras sur son torse. Je ne suis pas le seul. C'est une jolie fille et elle danse très bien. Ça ne vous regarde pas si j'apprécie d'être en sa compagnie quelques minutes par semaine. Ce n'est pas comme si je la fréquentais en dehors ou je ne sais quoi.

— C'est vrai, dit Styles en haussant les épaules. Peu m'importe ce que vous faites quand vous venez ici. Je cherche à savoir ce qu'il s'est passé quand elle est partie. À quelle heure avez-vous quitté le club vendredi soir ?

— Je ne me souviens pas exactement, vers 22 heures ou 23 heures, répondit Smith en se frottant la nuque. Jace et moi, on passe généralement la nuit au motel, comme la plupart des gars qui viennent ici. C'est juste à côté. On ne reste pas tout le temps au club, on finit souvent la soirée au bar à jouer au billard.

Une idée traversa l'esprit de Beth.

— Il arrive aux gars qui traînent ici de ramener des filles au motel ? Je ne cherche pas à accuser qui que ce soit de prostitution. Je veux simplement comprendre les habitudes d'ici.

— Certains le font, ouais, répondit Smith en fronçant les sourcils. Pourquoi ? Il est arrivé quelque chose à Cassie ? Elle n'est pas là ce soir et j'espérais la voir danser.

Styles ignora sa question et fixa son regard sur lui.

— Vous l'avez vue quitter le club vendredi soir ?

— Non.

Smith sourit avant de poursuivre :

— Elle prend congé sur scène à la fin de ses prestations. Certaines d'entre elles restent là pendant une heure, à se déhancher doucement, mais Cassie, elle, elle nous offre un vrai show sur la barre. Enfin, vous voyez ce que je veux dire. Puis elle rampe jusqu'au bord de la scène pour qu'on puisse glisser des billets...

— Oui, je vois.

Styles lança un regard à Beth et leva les yeux au ciel avant de reporter son attention sur Smith.

— Dites-moi, de quoi avez-vous parlé pendant la représentation privée ? Je sais que vous avez discuté.

Intriguée, Beth écouta avec attention. Ce qui se passait dans les clubs relevait des affaires secrètes de la gent masculine et être une petite souris en pareille situation valait de l'or.

— De plein de choses, répondit Smith en s'essuyant le bout du nez avec le dos de la main. Je l'invite à sortir depuis la première fois qu'elle a dansé pour moi et je ne suis pas du genre à baisser les bras facilement. Les danseuses sont quasiment les seules filles libres en ville, vous savez. Elles sortent avec des mineurs. Je ne veux pas dire par là qu'elles vendent leurs corps.

— Que vous a-t-elle répondu ?

Styles s'était redressé, attentif.

— Elle a toujours refusé.

Les épaules de Styles s'affaissèrent.

— Je ne voulais pas la harceler, continua Smith. Elle disait toujours qu'elle avait eu sa dose avec les mecs, qu'elle m'aimait bien et qu'elle préférait qu'on reste amis. J'ai vu ça comme un bon début et je lui ai proposé de l'inviter à déjeuner un midi, loin du club, comme des gens normaux.

Beth se détacha du mur et se plaça face à lui.

— Elle vous a fait part de son inquiétude au sujet de quelqu'un en particulier ?

— Oui, répondit Smith en clignant des yeux, comme s'il

venait juste de remarquer la présence de Beth. Elle m'a dit qu'un type n'arrêtait pas de la regarder avec insistance, comme s'il désapprouvait ce qu'elle faisait. Ça avait l'air de la faire flipper. Je lui ai demandé de me montrer qui c'était, mais elle a refusé. Elle ne voulait pas créer d'esclandre et se faire virer par Hal.

— Très bien, monsieur Smith, conclut Styles en lui tendant sa carte. Si vous vous souvenez de quoi que ce soit ou que vous entendez parler de Cassie, appelez-moi. Elle a disparu et on a l'intention de la retrouver.

— Elle a disparu ? s'exclama Smith, les sourcils froncés. Depuis vendredi ?

— Il semblerait, en effet. Elle vous a dit d'où elle venait ? Si elle avait de la famille ou des amis à qui elle aurait pu rendre visite ?

— Non, mais je poserai la question autour de moi, dit Smith en glissant la carte dans sa poche. Si j'apprends quelque chose, je vous appellerai.

Il se dirigea vers la porte. Beth le suivit du regard.

— Faites venir Jace Conan.

Puis elle se tourna vers Styles.

— Qu'est-ce que tu en penses ?

— Il était là et il aurait un mobile valable. Il a reconnu qu'il lui courait après et qu'elle l'avait repoussé. Ça peut suffire à l'échauffer si c'est un psychopathe. Ils ne supportent pas d'être rejetés, pas vrai ?

Styles secoua lentement la tête avant d'ajouter :

— Pour moi, il fait partie des suspects.

Quelques minutes plus tard, Jace Conan entra dans la pièce. Les joues rouges, il tenait son chapeau à la main et portait un jean, une veste et un tee-shirt blanc. Il avait l'air d'un gamin et gardait les yeux rivés au sol, refusant de croiser le regard de Beth. Celle-ci jeta un œil à Styles et lui fit signe de commencer l'interrogatoire.

— Jace Conan ?

Styles déclina leur identité. Conan releva la tête, dévoilant des traces de griffures au niveau de son cou.

— Oui, quel est le problème ?

Conan croisa le regard de Beth et baissa à nouveau les yeux vers ses bottes. Beth cligna des paupières, puis claqua des doigts.

— Hé, regardez-moi dans les yeux !

C'était l'un des jeunes hommes qui l'avaient agressée la veille.

— Vous savez pourquoi on est là, non ?

— Aucun délit n'a été retenu contre moi.

Conan la regarda fixement, les yeux plissés.

— C'est vous qui nous avez allumés, avec votre jean moulant à deux doigts de craquer et votre manteau que vous avez enlevé de manière hyper sexy. Ne rejetez pas la faute sur moi, madame. Vous vous exhibez et tous les mecs accourent.

Tout en restant appuyée contre le mur, Beth haussa les épaules.

— C'est un agent du FBI qui se tient devant vous. Pas un membre de l'aristocratie britannique.

— Je sais que vous étiez là vendredi soir.

Styles s'était immiscé dans la conversation avec une telle douceur que Beth se tourna vers lui en clignant des yeux.

— Vous avez payé pour une représentation privée de Cassie Burnham, ajouta-t-il.

— Écoutez, il n'y a rien de mal à payer une fille pour une danse.

Conan sourit.

— J'ai choisi Cassie parce que ça rend Steve fou quand elle danse pour moi. Enfin, elles appellent ça danser, pas vrai ? Quand elle se déhanche sur mes genoux, elle m'envoie au septième ciel.

— D'où viennent ces égratignures sur votre cou ?

Styles attrapa son téléphone et prit une photo avant même que Conan ait eu le temps de réagir.

— C'est elle qui a fait ça, répondit Conan en désignant Beth d'un geste du menton.

Secouant la tête en signe de dénégation, Beth s'écarta du mur.

— Ce n'est pas moi. Je portais des gants, il faisait beaucoup trop froid dehors pour s'en passer. Et je ne griffe pas les gens qui m'agressent. En général, je leur casse quelque chose.

— Où étiez-vous vendredi soir vers 22 heures ?

Styles glissa son téléphone dans sa poche.

— Une fois que Cassie a terminé ses prestations.

— Je suis resté ici, au bar, à jouer au billard jusqu'à environ 23 heures, puis je suis rentré au motel avec Steve.

Il jeta un coup d'œil à sa montre.

— Vous en avez encore pour longtemps ? Je rate toutes mes danseuses préférées.

Styles, qui prenait des notes, releva les yeux vers lui.

— Y avait-il quelqu'un à la réception de l'hôtel quand vous êtes rentrés ? J'ai besoin de vérifier l'heure à laquelle vous êtes retournés au motel.

— Je ne sais pas.

Il attrapa une clé dans la poche arrière de son jean et l'agita sous le nez de Styles.

— On n'a pas besoin de passer par la réception. On a tous des clés.

— Quand avez-vous vu Cassie pour la dernière fois ? demanda Styles en le dévisageant.

— La dernière fois qu'elle était sur scène. Ma représentation privée a eu lieu plus tôt, vers 20 heures.

Conan fit tourner son chapeau dans ses mains.

— Je ne l'ai pas vue partir. On était déjà au bar à ce moment-là.

— Vous savez donc à quelle heure elle part ? dit Styles en

souriant. Elle doit vraiment faire partie de vos danseuses préférées.

— On peut dire ça, répondit Conan, le teint virant au rouge cramoisi. Elle m'aime bien et m'accorde du temps. On a pris un verre après la danse vendredi soir. Elle s'est assise à côté de moi, toute gentille, et on a parlé. J'étais le dernier inscrit pour les danses privées et elle avait du temps.

— De quoi avez-vous parlé ?

Le regard pénétrant de Styles restait fixé sur Conan.

— De choses et d'autres, répondit celui-ci en baissant les yeux. Je ne me souviens pas.

— Très bien, dit Styles en lui tendant sa carte. Si vous pensez à quoi que ce soit d'autre ou si vous entendez parler de Cassie, appelez-moi. Si je découvre que vous cachez des informations concernant sa disparition, je saurai où vous trouver. Compris ?

— Sa disparition ?

Conan redressa la tête.

— Elle a disparu ?

— Il semblerait bien.

D'un geste de la main, Styles l'invita à sortir.

— Ce sera tout pour le moment, monsieur Conan.

Après avoir fermé la porte derrière lui, Beth se tourna vers Styles.

— Ces deux-là trempent jusqu'au cou dans cette histoire. Je ne suis pas responsable de ces griffures. Il nous cache quelque chose.

— C'est le moins qu'on puisse dire.

Styles enfonça fermement son Stetson sur sa tête.

— Aucun d'eux ne m'inspire confiance.

19



Un tourbillon de pluie froide s'abattit sur Tina Simmons au moment où elle descendait du bus. Autour d'elle, les gens se hâtaient en tous sens : certains regagnaient leur véhicule, d'autres se dirigeaient vers le restaurant routier. Elle tourna en rond, ne sachant pas quelle direction prendre. Le halo chaleureux de lumière en provenance du restaurant était attirant et semblait presque l'inviter à entrer. Une odeur de hamburgers et de frites lui parvenait chaque fois que la porte s'ouvrait. Son estomac gargouilla comme pour lui rappeler qu'elle n'avait pas mangé depuis des heures. Elle attrapa son portefeuille dans sa poche et l'ouvrit. Il lui faudrait se montrer raisonnable si elle devait survivre avec le peu d'argent qu'il lui restait, mais où allait-elle bien pouvoir trouver un emploi à Running Water ? Elle se fraya un chemin à l'intérieur du restaurant pour rejoindre la file d'attente qui s'étirait devant le comptoir. Après avoir patienté quelques instants, elle commanda un hamburger et des frites, prit un ticket avec un numéro et alla s'installer à une table située à proximité d'un panneau d'affichage.

Son attention fut attirée par une petite annonce rédigée à la main qui proposait un logement, des repas et une petite rémunération en échange d'un coup de main dans un ranch. Intéressée, Tina se leva et détacha l'annonce du panneau. Elle retourna s'asseoir à sa table, sortit son téléphone et composa le numéro.

— Vous êtes Bill ? Je vous appelle au sujet de votre annonce concernant le travail au ranch. Vous cherchez toujours quelqu'un ?

— *Oui, je suis Bill*, répondit un homme à la voix agréable. *Mon employé précédent est parti et ma femme vient juste de remettre le logement en ordre. Si ce boulot vous intéresse, c'est votre jour de chance. Vous avez déjà travaillé dans un ranch ? J'espère que vous n'avez pas fugué comme le dernier jeune qui a postulé. Je ne veux pas d'ennuis.*

Tina but une gorgée de café et réfléchit à une réponse convenable.

— Oui, j'ai déjà travaillé avec des animaux. On avait des chevaux quand j'étais petite. J'apprends vite et je ne me suis pas enfuie de chez moi. J'ai dix-neuf ans.

— *Entendu, je vais vous prendre à l'essai quelques semaines pour voir comment vous vous en sortez. Prenez la voie rapide en direction de la ville. L'entrée de mon ranch est le troisième portail à gauche.*

Réprimant un bâillement, Tina hocha la tête comme si l'homme était dans la pièce avec elle.

— Malheureusement, je n'ai pas de voiture. Je suis bloquée au restaurant routier. C'est là que j'ai vu votre petite annonce. J'arrive juste de Helena.

Une serveuse lui apporta son repas et Tina se mit à grignoter une frite. Elle entendit un bruit étouffé, comme si son interlocuteur posait la main sur le combiné du téléphone pour parler à quelqu'un d'autre.

*— D'accord. Mon ranch n'est pas très loin. Je vais venir vous chercher et je vous montrerai le logement.*

Bill avait l'air essoufflé.

*— Je serai là dans une vingtaine de minutes. À quoi ressemblez-vous ?*

Étonnée qu'il ne lui ait pas demandé son prénom, Tina fronça les sourcils.

— Je porte une doudoune bleue et un jean. Je suis blonde et j'ai un bonnet en laine jaune avec un pompon. Au fait, je m'appelle Tina.

*— Très bien, Tina, à tout de suite. Je conduis une fourgonnette blanche. Rejoignez-moi sur le parking quand vous me verrez arriver.*

Bill raccrocha. Après avoir regardé l'heure sur son téléphone, Tina termina son repas et se dirigea vers les toilettes pour se rafraîchir. Quand elle revint dans la salle de restaurant, la fourgonnette était garée à quelques mètres de l'entrée, le moteur tournant, un panache de fumée blanche s'élevant du pot d'échappement. Elle enfila son sac à dos et se précipita au-dehors. La pluie fouetta ses joues alors qu'elle courait en direction du véhicule. La vitre du conducteur descendit dans un bourdonnement et l'homme au volant la regarda. Elle s'approcha.

— Vous êtes Bill ?

— Oui, et vous devez être Tina, répondit-il en esquissant un sourire timide. Montez.

Il remonta la vitre et Tina contourna l'avant du véhicule, la pluie ruisselant dans son cou. Elle retira son sac à dos, le jeta à l'intérieur et grimpa à bord. Bill avait plutôt l'air normal. C'était un homme à la beauté brute, propre sur lui. Il portait un blouson d'hiver et une paire de gants en cuir, un jean déchiré aux genoux et légèrement humide au niveau des chevilles. Tina rangea son sac à ses pieds et boucla sa ceinture.

— Vous avez évoqué votre femme. Vous avez des enfants ?

— Oui, toute une ribambelle, lui dit-il en souriant. Vous rencontrerez tout le monde demain matin. Je vais vous déposer à la cabane pour que vous puissiez vous installer. C'est propre, chauffé et un peu à l'écart. Si vous logiez dans la maison, mes enfants vous rendraient folle. C'est pour ça qu'on installe nos employés dans la cabane.

Il tendit la main.

— Passez-moi votre sac, je vais le mettre derrière.

À contrecœur, Tina le lui donna. Ce sac à dos contenait tout ce qu'elle possédait et elle fit la grimace quand Bill le jeta à l'arrière de la fourgonnette. Il démarra et roula lentement, les essuie-glaces grinçant sous la pluie battante. Au moment où il s'engageait sur la voie rapide, il lui lança un regard du coin de l'œil.

— Alors, qu'est-ce qui vous amène à Running Water ?

Il pointa du doigt le ciel pluvieux.

— Il ne pleut pas tout le temps. La ville doit son nom à la rivière, c'est tout.

Tina haussa les épaules et se tourna vers lui.

— Je cherche du travail.

— C'est dangereux pour une jeune fille de voyager dans les parages sans avoir un endroit où dormir.

Bill accéléra et la fourgonnette fendit les flaques d'eau avec un sifflement.

— Où aviez-vous prévu de passer la nuit si vous n'aviez pas vu mon annonce ?

— Je ne sais pas trop.

Tina regarda par la vitre. Un mauvais pressentiment l'envahit. Cela faisait un moment qu'ils roulaient et ils avaient dépassé pas mal de routes sur leur gauche depuis qu'ils avaient quitté le restaurant. Or, Bill avait dit qu'il fallait tourner à la troisième. Elle dissipa son appréhension. Il avait l'air plutôt bienveillant.

— J'aurais peut-être attendu le prochain bus pour partir d'ici. J'arrive sans problème à dormir dans les transports.

— Vous avez remis l'annonce sur le panneau ? demanda Bill.

Tina fouilla dans ses poches et en sortit un bout de papier qu'elle lui tendit.

— Non, désolée. Je ne voulais pas que quelqu'un d'autre ait ce travail.

— Ce n'est pas grave.

Bill quitta la route pour emprunter un chemin en terre qui serpentait au cœur d'un terrain boisé puis s'arrêta.

— La cabane se trouve après les arbres. Je suis passé par-derrière.

Il ouvrit la portière et descendit en la claquant derrière lui.

— Prenez votre sac, je vais vous montrer le chemin.

Tina entendit la portière de côté coulisser au moment où elle contournait la fourgonnette par l'avant. Une odeur de pin et d'herbe coupée s'échappait de l'intérieur du véhicule.

— Vous avez jardiné ?

— Oui. J'irai déposer ça à la décharge quand il ne pleuvra plus.

Il lui sourit et haussa les épaules. Une lumière s'alluma à l'intérieur du véhicule, et Tina aperçut un énorme sac-poubelle rempli de feuilles mortes qui se déversaient sur un matelas recouvert de couvertures et d'oreillers. Soudain effrayée, elle hésita. Elle n'aurait jamais dû venir jusqu'ici. Ils étaient au milieu de nulle part et c'était de la folie de s'enfoncer dans une forêt sombre avec un inconnu. La panique s'empara d'elle. Il fallait rapidement trouver un plan. Elle regarda autour d'elle en quête d'une solution. Son sac à dos était juste à côté de la portière ouverte et la voie rapide se trouvait à un kilomètre à peine. Elle pouvait l'attraper et s'enfuir en courant. Il ne s'attendait sûrement pas à ce qu'elle se rue vers la forêt. Elle aurait disparu entre les arbres en moins d'une seconde.

Le cœur battant à tout rompre, elle fit un pas vers la portière. Alors que ses doigts se refermaient sur l'anse de son sac, une douleur vive lui transperça l'arrière de la tête. Elle se mordit la langue et sentit le goût du sang emplir sa bouche. Étourdie, elle eut l'impression que la fourgonnette basculait lorsque l'homme la souleva comme une brindille pour la jeter sans ménagement à l'intérieur. Son dos heurta le matelas et elle le sentit s'asseoir à califourchon au-dessus d'elle pour lui attraper les mains. La gorge nouée par la peur, elle se cabra, mais retomba sous le poids de l'homme. Elle ne pouvait pas bouger. Elle essaya de lui asséner un coup de tête dans le nez, mais il l'esquiva comme s'il s'y attendait et lui sourit.

— Continue de gigoter, Tina, dit-il dans un petit rire. J'adore ça.

Se débattant comme une folle, elle le frappa.

— Lâchez-moi !

— Désolé, mais ça fait partie du jeu. Tu vas voir.

Il immobilisa un de ses bras avec son genou. Sous la pression, elle sentit ses doigts s'engourdir et les os de son avant-bras craquer. Elle ne pouvait plus bouger et suffoquait sous la masse écrasante du corps de son agresseur. Quelques secondes après, des menottes froides se refermèrent autour de ses poignets, et ses bras se retrouvèrent attachés à des chaînes fixées aux parois du véhicule. Écartelée, elle regarda le visage réjoui de l'homme face à elle. Son poids la clouait au matelas et elle avait du mal à respirer.

— Laissez-moi partir. Je ne dirai rien, je le jure.

— Impossible.

Il glissa le long de son corps en la regardant avec une lueur cruelle dans les yeux. Hurlant, Tina se débattit en tous sens, mais l'homme était fort et il immobilisa ses jambes en quelques secondes. Des larmes roulèrent le long de ses joues et elle frémit en apercevant un couteau. La lame acérée scintillait sous la lumière du plafond. Elle n'avait plus d'autre choix que de le supplier.

— S'il vous plaît, ne me faites pas de mal. Je ferai tout ce que vous voudrez, promis.

— Tu n'as pas vraiment le choix, hein, Tina ? Personne ne peut t'entendre et personne ne se soucie de toi. Il n'y a que toi et moi. On a toute la nuit devant nous.

Bill défit lentement la fermeture Éclair de sa doudoune et l'ouvrit en grand.

— Regarde-toi, tu es enveloppée comme dans un joli papier cadeau.

Il se pencha pour renifler son cou.

— Tu sens tellement bon.

Il glissa la pointe du couteau sous l'ourlet de son tee-shirt.

— Voyons ce qui se cache là-dessous.

20

Styles posa deux verres de vin rouge sur la table et se glissa en face de Beth dans le box du *Tommy Joe's*.

— Les steaks sont sur le gril, dit-il en souriant. Ce vin est excellent. Je n'aurais pas dit non à une bière, mais il fait trop froid dehors. Le vin réchauffe, tu ne trouves pas ?

— Sûrement. Que t'a dit Ryder ? demanda Beth en désignant d'un geste du menton le shérif debout devant le comptoir. Il a du nouveau pour l'enquête ou il nous laisse nous débrouiller seuls ?

Styles but une gorgée de vin et sourit.

— Oh, il a avancé de son côté. Il est passé à la mine Lost Gem et a parlé avec le patron. Il a obtenu les copies des rotations de service des deux derniers mois. On va pouvoir recouper ça avec les infos qu'on a récupérées au club.

Beth s'adossa à la banquette et le regarda.

— Pourquoi seulement cette mine ? Tu as dit qu'il y en avait plusieurs dans les parages.

Styles opina du chef et se mit à faire tourner son verre entre ses doigts.

— C'est vrai, mais Lost Gem tourne vingt-quatre heures sur vingt-quatre et sept jours sur sept. Les roulements se font donc à des horaires inhabituels. Comme deux de nos suspects travaillent là-bas, Ryder a pensé que c'était une bonne idée de chercher quels autres employés de la mine fréquentaient le club.

Il s'éclaircit la gorge.

— Il connaît un des barmans qui bossent au *Outlaws*. Il lui a passé un coup de fil pour savoir s'il n'avait pas remarqué des clients qui venaient régulièrement le vendredi soir. Il a obtenu une liste.

— Et qu'est-ce qu'il compte en faire ? demanda Beth, les yeux rivés sur Styles. On doit assister à l'autopsie demain matin. Il a l'intention de creuser d'autres pistes ?

— Tu veux vraiment le laisser aller donner un coup de pied dans la fourmilière tout seul avec un tueur en série en liberté ? Il n'a que nous comme renfort. Ce serait trop dangereux.

— Toi, tu irais seul, pas vrai ? répondit Beth, l'air perplexe. Je sais qu'il manque d'expérience, mais tu devrais arrêter de le traiter comme un enfant. Il doit avoir une trentaine d'années et il sait utiliser son arme de service, non ?

— En effet.

Styles l'observa une longue minute avant de reprendre :

— Et c'est vrai, j'agirais seul, mais je suis différent et tu le sais. Pourquoi tu te montres si dure avec lui ? Il suit la procédure habituelle, et j'en ferais autant à sa place.

— Je suis désolée, ce n'était pas mon intention.

Beth poussa un long soupir et le pli qui barrait son front s'estompa. Elle s'enfonça dans la banquette et secoua la tête. Ses lèvres se retroussèrent en un sourire et elle haussa les épaules.

— Je peine à me défaire des habitudes de Washington. J'avais des supérieurs qui m'aboyaient dessus en permanence. Je sais qu'il faut que je me détende et que j'intègre que le rythme de vie est plus lent ici. J'ai bien conscience que Ryder n'a pas les ressources nécessaires pour aller plus vite.

Elle croisa le regard de Styles.

— J'ai du mal à trouver ma place et ça ne me ressemble pas de lâcher prise. J'imagine qu'il faudrait que je décompresse pendant mes jours de repos.

Styles acquiesça et lui rendit son sourire, heureux de la voir plus décontractée. Elle était à cran depuis quelques jours, mais son masque de femme froide et distante venait soudain de tomber, et il pouvait apercevoir la charmante face cachée de sa personnalité. Son sourire illuminait son visage et on avait l'impression de voir une personne différente. Peut-être était-ce dû au vin ?

— Lâcher prise comme tu le fais maintenant, ça te va plutôt bien. Je comprends que tu aies besoin de te montrer professionnelle et inflexible quand on bosse, mais là, on est que tous les deux, Beth. Je ne suis pas ton supérieur. Tu peux te détendre quand tu es avec moi. Tu devrais le savoir depuis le temps, non ?

— Oui.

Beth but une gorgée de vin et haussa les épaules.

— Je n'ai jamais vraiment accordé ma confiance à qui que ce soit, alors ce n'était pas facile de se faire des amis au bureau.

Il prit soudain conscience de la situation de la jeune femme, comme s'il venait d'actionner un interrupteur. Il plaqua ses mains contre son visage et lui lança un regard à travers ses doigts. Bien entendu, quiconque avait déjà travaillé avec elle savait que son père était un tueur en série. Même si les détails avaient été censurés, la mention figurait toujours dans son dossier. Il l'avait lue : « Père condamné pour une série de meurtres, actuellement en rétention au centre pénitentiaire de Washington. » Elle avait été traitée en paria.

— Oh, non ! Tu sais, je n'ai jamais considéré que l'histoire de ta famille pouvait entrer en ligne de compte. Je suis désolé de m'être comporté comme un abruti.

Il retira ses mains de son visage.

— Je dois admettre que ça m'intéresserait de savoir qui est ton père et qui il a tué, mais là, c'est le flic en moi qui parle, dit-il en souriant. Ça ne change rien pour moi. Je prends les gens comme ils sont. Au début, disons que je te trouvais un peu bizarre, dans ta façon d'interpréter la loi, mais à y réfléchir, je suis pareil.

Il fit un geste de la main entre eux.

— On se ressemble. Je m'affranchis des règles, et toi aussi. Si tu avais été à cheval sur le règlement, on aurait eu de sacrées engueulades.

Leur conversation fut interrompue par l'arrivée de Tommy Joe qui apportait leurs plats.

— Et voilà, dit-il en posant les assiettes sur la table.

Il leur tendit deux paires de couverts enveloppées dans des serviettes en papier.

— Bon appétit. Si vous avez encore faim après, il y a de la tarte aux pommes maison. Je vous ressers du vin ?

— Non merci, répondit Beth en souriant. Bien qu'il soit très bon. On démarre tôt demain matin.

— Très bien, dit Tommy Joe en acquiesçant. Faites-moi signe si vous voulez du dessert, ajouta-t-il avant de s'éloigner.

— Tu veux vraiment savoir qui est mon père ? interrogea Beth en déroulant lentement la serviette en papier. Je ne parle pas souvent de lui, surtout parce que j'ai refoulé la plupart des souvenirs à la mort de ma mère.

Elle le dévisagea longuement.

— Je sais ce qu'il a fait, j'ai lu les comptes rendus du procès. Y compris les parties censurées. C'était mon droit et j'ai obtenu une ordonnance du tribunal pour y avoir accès. L'avocat de mon père m'en a remis une copie.

Surpris qu'elle lui parle de son père, Styles donna un coup

de couteau dans son steak et acquiesça, espérant qu'elle continue. Il s'était souvent demandé quel impact sa filiation avec un tueur en série avait eu sur sa carrière. Cela n'avait pas dû être facile pour elle de faire ses preuves auprès de ses supérieurs. Elle avait peut-être simplement besoin d'une oreille attentive.

— C'était après son incarcération ?

— Oui, au moment où j'ai rejoint le FBI.

Beth mâcha une bouchée de son plat, déglutit et leva les yeux vers Styles.

— Quand je bossais dans la cybersécurité, j'avais accès aux dossiers d'à peu près n'importe qui, mais je n'ai vraiment su ce qu'il s'était passé qu'une fois que j'ai reçu les procès-verbaux du tribunal. Après que mon père a assassiné ma mère, j'ai tout refoulé. Cela faisait des années qu'il tuait, et avec le recul, je me dis que ma mère était forcément au courant. Il ne tuait que la nuit et elle avait dû remarquer ses absences.

Intrigué, Styles écoutait son récit avec intérêt.

— Peut-être pas, dit-il. J'ai lu beaucoup de dossiers dans lesquels les hommes inculpés étaient mariés. Personnellement, j'ai tendance à penser qu'il devait rester des taches ou une odeur de sang sur leurs vêtements.

Il leva une épaule et songea un instant à son ex-femme.

— J'ai du mal à croire qu'une épouse ne remarquerait pas un comportement anormal chez son mari si celui-ci se mettait à assassiner des gens, reprit-il. Peut-être que ta mère était au courant, mais qu'elle n'a rien dit parce qu'elle avait peur pour sa vie ?

— Si c'est bien ça, elle avait raison, non ? répondit Beth alors qu'elle coupait son steak en petits morceaux. Il s'est acharné sur elle en lui mutilant le visage et la poitrine. Il l'a fait souffrir.

Elle leva les yeux et regarda longuement Styles.

— Pourquoi tu crois que je le déteste autant ? Il a ruiné ma vie. J'ai vécu un véritable cauchemar en famille d'accueil. Je ne restais jamais dans une maison plus de quelques mois. Certains endroits où j'ai été placée étaient pires que les prisons des pays sous-développés.

Elle continua d'avaler le contenu de son assiette comme si elle réfléchissait à ce qu'elle allait dire ensuite. Styles s'arrêta de manger et la regarda.

— Je pense que je vais prendre un autre verre de vin, dit-il. Ce n'est pas comme si on devait prendre le volant juste après. Tu en veux un autre ? On ne doit partir qu'à 9 heures demain matin et il est encore tôt.

— D'accord.

Beth termina son verre et adressa un signe de la main à Tommy Joe.

— Puisqu'on reste un peu, je pense que je vais aussi prendre une part de tarte, dit-elle en souriant. J'apprécie notre conversation. Ça me fait du bien de pouvoir parler de mon père à quelqu'un. C'est comme muselé au fond de moi.

Styles adressa un sourire à Tommy Joe quand celui-ci s'approcha de leur table.

— Tu nous as mis l'eau à la bouche. On va reprendre du vin et goûter cette tarte.

— Je vous apporte ça tout de suite.

Tommy Joe débarrassa leurs assiettes et disparut en cuisine. Cinq minutes plus tard, il était de retour avec deux verres de vin et deux parts de tarte.

— Si vous voulez terminer votre repas avec une tasse de café, c'est offert par la maison.

— Peut-être plus tard, acquiesça Beth. Merci, Tommy, c'était très bon.

Styles n'avait pas l'intention de mettre fin à leur conversation, mais il prit le temps d'entamer sa part de tarte et de siroter une gorgée vin avant de reporter son regard sur Beth. Il ne voulait pas paraître trop curieux, et à vrai dire, si elle se dévoilait un peu, cela ne pourrait lui faire que du bien.

— Tu peux te confier à moi quand tu veux. Je ne répéterai à

personne ce que tu me racontes. Bien sûr, Mac exige que je lui fasse régulièrement un compte rendu, mais ce dont on parle entre nous reste privé. J'imagine que ton ancien patron se soucie simplement de ton bien-être.

— Ouais. Il estime que je suis une coéquipière imprudente et dangereuse, soupira Beth, et son regard s'assombrit. Il n'a jamais pris le temps d'essayer de me connaître. J'imagine que tu veux en savoir plus sur mon père ?

Hochant la tête, Styles planta sa petite cuillère dans sa part de tarte.

— Bien sûr.

— Les journaux l'avaient surnommé Jack l'Égorgeur.

Elle glissa la main dans son blouson et en sortit un rasoir à longue lame. C'était un objet ancien qui semblait dater des années 1900, doté d'une lame argentée et d'un manche en corne abondamment décoré.

— C'était son arme de prédilection.

Styles connaissait les détails de l'affaire. Il but quelques gorgées de vin en regardant Beth. Jack l'Égorgeur avait assassiné en tout cas une trentaine de femmes qui avaient été identifiées. Il comptait probablement une vingtaine d'autres victimes. Styles regarda longuement le rasoir et secoua la tête.

— C'est un bel objet de collection, mais c'est impossible que tu aies récupéré ça parmi les pièces à conviction.

— Pas celui-là, en effet.

Beth replia lentement le rasoir et le remit à l'intérieur de sa poche.

— Qui sait s'il l'a utilisé ? Il faisait partie d'une panoplie de onze rasoirs et je suppose qu'aucune trace d'ADN n'a été trouvée sur celui-ci. Je suis tombé dessus en fouillant le garde-meuble où sont stockés les meubles de mes parents. La maison a été vendue et l'argent placé sur un compte épargne jusqu'à ma majorité. Nos affaires sont toujours consignées là-bas et je paie les frais d'entreposage chaque mois. Tous les objets qui pouvaient présenter un intérêt ont été passés au crible au moment de son arrestation, mais seuls un ou deux éléments ont été saisis comme pièces à conviction. Il n'avait jamais commis de meurtre à la maison avant l'assassinat de ma mère. On a retrouvé sa collection de trophées derrière un pan de mur dans le garage. Il conservait des ongles.

Elle tapota le pan de son blouson.

— Ce rasoir et quelques autres appartenaient à mon grand-père. Ils figurent dans la liste des effets personnels mentionnés sur son testament.

Elle bascula en arrière sur la banquette.

— Avant que tu ne poses la question, je le garde dans ma poche pour ne jamais oublier qu'il faut supprimer les types comme lui. C'est un être abject et tordu. J'ai honte de lui.

Conscient qu'évoquer son père devait être éprouvant pour elle, Styles hocha la tête.

— Moi aussi, je le détesterais à ta place. À moins que tu aies besoin de me parler de lui, laissons-le en dehors de nos conversations. Parle-moi plutôt de ta nouvelle maison.

— Elle est magnifique et elle le sera encore plus quand j'aurai eu le temps de l'aménager.

Beth but une gorgée de vin et fit rouler ses yeux.

— Je rêve d'avoir un peu de temps libre pour aller faire les magasins.

Souriant, Styles lâcha un petit rire.

— J'ai une canne à pêche neuve qui m'attend dans ma cabane avec tout un tas de nouvelles mouches que j'ai hâte d'essayer. Crois-moi, après une enquête aussi difficile que celle-là, il n'y a rien de tel qu'une semaine au calme !

— Je n'aurais pas mieux dit ! répondit Beth en levant son verre.

## 21

MERCREDI

Dans l'hélicoptère qui les emmenait à Black Rock Falls, Beth repensa à la conversation qu'elle avait eue avec Styles la veille. Ce n'était pas le vin qui avait délié sa langue. Elle avait laissé sa part d'ombre transparaître quelques instants et c'était la tueuse en série charismatique qui s'était retrouvée assise en face de Styles, pas l'agent du FBI. Ce moment de détente en sa compagnie l'avait revigorée, bien qu'elle ait veillé à ne pas paraître trop sympathique. Bon nombre de tueurs en série finissaient par attiser les soupçons des profileurs à force de se montrer trop gentils. Elle comptait garder la main au travail et s'autoriser de temps à un autre un moment de relâchement avec Styles. Ce serait intéressant de voir si elle était capable d'opérer ce basculement dans un environnement social sans éveiller l'attention. La plupart du temps, son côté amical et avenant émergeait juste avant qu'elle ne supprime un assassin particulièrement monstrueux et vicieux. Bien qu'elle poursuive le même idéal que Styles en matière de lutte contre la criminalité, sa définition de la justice était légèrement différente.

— Les autopsies sont toujours difficiles, mais celle-ci risque d'être horrible.

La voix de Styles résonna dans les oreillettes de son casque.

— Je peux y aller seul si ça te pose un problème.

Beth cligna des yeux et se tourna vers lui.

— Merci, mais ça ira.

Elle croisa les bras sur sa poitrine.

— J'ai déjà vu le corps. En quoi cela risque-t-il d'être plus horrible ?

— Holà ! lança Styles en lui jetant un regard en coin. Ne crois pas que je cherche à te surprotéger. Tu n'as pas décroché un mot depuis qu'on est montés dans l'hélicoptère et je me disais que tu appréhendais peut-être l'autopsie.

Il poussa un long soupir.

— Qu'est-ce qu'il s'est passé pour que tu sois à ce point sur la défensive ?

Des souvenirs datant de ses années passées en foyer envahirent les pensées de Beth. C'était une époque qu'elle aurait aimé oublier, mais elle lui collait à la peau comme une vilaine cicatrice. Elle lui rappelait en permanence pourquoi elle devait épurer la société de tous ces monstres. Elle secoua la tête, ignorant son coéquipier.

— Ne me snobe pas, Beth. Je sais que tu me fais confiance. Peut-être que je peux t'aider ?

Elle n'aimait pas se replonger dans ces souvenirs, certains d'entre eux étaient trop douloureux.

— Tu ne peux pas m'aider. C'est trop tard.

— Il n'est jamais trop tard.

Styles fit prendre un peu plus hauteur à l'hélicoptère au moment où ils passaient au-dessus des monts enneigés.

— J'ai besoin de comprendre comment réagir face à tes sautes d'humeur. Je sais que ça ne te ressemble pas vraiment d'être caustique. Il n'y a pas de problème si c'est l'attitude que tu préfères adopter au boulot, mais je me plais à croire que nous sommes amis.

Beth n'avait jamais eu d'amis en qui avoir confiance.

Personne ne pouvait comprendre ses démons, pas même Styles qui s'était pourtant épanché au sujet de son ex-femme tyrannique et de la souffrance qu'elle lui avait fait endurer. Malgré tout, elle pouvait peut-être lui laisser entrevoir ce qu'elle avait vécu et s'en servir d'excuse, vu qu'elle ne pouvait pas se permettre de lui confier qu'elle tuait des gens.

— Je t'ai dit que j'avais été placée en famille d'accueil, et même si je sais qu'il y a des gens bienveillants au sein du système, je n'en ai rencontré aucun. J'ai vécu des choses qui ne devraient jamais être infligées à un enfant. Lorsque je pleurais ou que je faisais des histoires, on m'envoyait dans un autre foyer, souvent pire que le précédent. C'était un cercle vicieux, et je n'ai pas envie d'en parler avec toi.

— Très bien, je vois.

Styles frotta sa cicatrice au menton.

— Je sais que ce n'est pas pareil, mais crois-le ou non, j'étais petit quand j'étais enfant. J'ai eu une poussée de croissance incroyable à l'adolescence et je t'ai déjà parlé de cette période de ma vie, mais j'ai vécu un cauchemar entre mes six et mes dix ans. Les autres enfants me harcelaient et c'est comme ça que j'ai hérité de cette cicatrice. Un gamin m'a frappé avec une bouteille, expliqua-t-il en haussant les épaules. Je ne l'ai dit à personne, ça n'aurait fait qu'aggraver les choses. Mes parents croyaient que j'étais maladroit.

Styles était si sûr de lui que Beth avait du mal à concevoir que quiconque ait pu le harceler un jour. Elle secoua la tête.

— C'est comme ça que tu es devenu bagarreur ? Ça a dû être dur pour toi de te plier à la discipline de l'armée. J'imagine que tu as toujours été un peu canaille sur les bords. Comment as-tu fait pour monter en grade avec cette attitude ?

— Parce que je suis bon dans ce que je fais, répondit Styles en haussant les épaules. Je voulais être le meilleur et j'ai travaillé dur pour y arriver. C'est tout, il n'y a pas de secret.

Il lui lança un bref regard alors que Black Rock Falls apparaissait devant eux.

— Tu sais, Beth, tout ça appartient au passé et je le laisse derrière moi. Je ne peux rien y changer, alors je vais de l'avant. C'est pareil pour mon divorce. Je n'aime pas être confronté à l'échec, mais il n'y avait pas d'autre solution.

Beth contemplait le magnifique paysage qui s'offrait à eux. Elle se passa les mains sur le visage. Oh, ça, elle avait une solution, mais elle ne pouvait décemment pas la partager avec lui. Elle soupira.

— Tu as une cicatrice que tout le monde peut voir. La mienne est invisible.

— Je comprends.

Styles manœuvra l'hélicoptère pour le poser sur la plate-forme d'atterrissage de l'institut médico-légal. Beth défit sa ceinture de sécurité et se tourna pour lui faire face alors qu'il éteignait le moteur.

— Non, tu ne comprends pas, parce que je ne sais pas moi-même pourquoi je suis comme ça. Comme tu le disais, c'est un mécanisme de défense semblable à celui de rire à un enterrement ou je ne sais quoi d'autre. Mac pense que je n'ai aucun filtre et il a sûrement raison.

Elle rassembla ses affaires et tourna les yeux vers lui.

— Tu sais, les médecins m'ont fait passer des tests pour savoir si j'étais bipolaire, mais non. J'imagine que me montrer dure fait partie de ma personnalité au travail.

— Dans ce cas, quand tu me sauteras à la gorge, je ne le prendrai pas personnellement.

Styles lui sourit.

— Allez, viens. Finissons-en rapidement pour retourner aider Ryder.

## 22

Black Rock Falls

Un souffle d'air froid frappa Beth lorsqu'elle passa le seuil de l'institut médico-légal. Elle s'élança à la suite de Styles et Bear pour franchir une série de portes électroniques. À chaque fois, ils s'arrêtaient le temps que Styles valide sa carte d'accès sur un boîtier. Alors qu'ils se dirigeaient vers le bureau de Wolfe, l'odeur de la mort rôdait dans les couloirs, vaguement camouflée par celle du désinfectant. Soudain, Styles s'immobilisa devant Beth. Devant la porte du bureau, un doberman grognait en montrant les crocs. Il poussa un aboiement féroce qui brisa le silence et résonna à travers les couloirs. La porte s'ouvrit brusquement et un homme souriant apparut dans l'encadrement. Coiffé d'un Stetson, sa chevelure blonde tombant en bataille sur ses épaules, il était vêtu d'un jean, d'un blouson du FBI et de bottes de cow-boy en peau de serpent. Beth jeta un coup d'œil à Styles et adressa un signe de tête à l'homme.

— Agents Beth Katz et Dax Styles du bureau de Rattlesnake Creek. On vient voir le docteur Wolfe.

— Bonjour, répondit l'homme en faisant un pas sur le côté.

Agent Ty Carter de Snakeskin Gully. Ne faites pas attention à Zorro. Il est persuadé que le bâtiment lui appartient.

Il baissa les yeux vers le chien.

— Assis.

Une femme apparut à son tour, et Beth reconnut aussitôt son visage, imprimé au dos des livres qu'elle avait lus. Une vague de panique s'empara d'elle et souleva son estomac. Il s'agissait de l'experte en comportement criminel, l'agent Jo Wells. Elle était vêtue de manière décontractée, portant un jean et un sweat-shirt sous son blouson du FBI et une paire de chaussures de randonnée semblables à celles que possédait Beth. Apparemment, l'agent Wells avait elle aussi délaissé ses habitudes de Washington pour adopter le style de vie de la région.

— Voici l'agent Jo Wells, dit Carter en souriant. Wolfe a laissé entendre que vous voudriez discuter de cette affaire avec elle. Vu qu'on était en ville, on a fait le détour.

— Absolument, répondit Styles. Ça tombe bien, on avait l'intention de vous appeler.

Tout le monde se serra la main. Le cœur battant, Beth se força à esquisser un sourire.

— J'ai lu vos livres. Les entretiens avec les tueurs en série sont fascinants.

— Merci.

Jo replaça une mèche de cheveux derrière son oreille.

— Vous êtes la bienvenue pour m'accompagner la prochaine fois que j'irai mener un entretien.

Elle posa les yeux sur Styles et l'observa des pieds à la tête, comme pour le jauger.

— Dax aussi, bien entendu.

Beth jeta un regard à Styles et se pencha en avant pour dire sur le ton de la confidence :

— C'est Styles, tout court. Il n'utilise que son nom de famille. Ça doit être une réminiscence de ses années dans l'armée, j'imagine.

— Entendu, répondit Jo en riant. J'appelle Ty « Carter » la plupart du temps. Il faisait partie des commandos de la Marine.

— Quand vous aurez fini vos bavardages, je suis prêt.

Wolfe apparut dans l'embrasure de la porte de la salle d'examen.

— Enfermez les chiens dans mon bureau et habillez-vous.

— D'accord.

Styles attrapa Bear par le collier et l'emmena à l'intérieur du bureau.

— Reste là.

— J'imagine que c'est un chien de la brigade cynophile. Comment s'appelle-t-il ? demanda Carter, les yeux posés sur Bear.

— Voici Bear. C'est bien un chien de la brigade canine. Il a servi en Afghanistan et a été blessé. Son dresseur est mort au combat. On m'a proposé de le prendre avec moi quand je suis revenu à la vie civile.

Styles fit un geste du menton en direction de Zorro.

— C'est rare de voir un doberman parmi les chiens d'intervention. D'où vient-il ?

— Des unités de déminage. Il est capable de reconnaître un engin explosif improvisé en quelques secondes. C'est moi qui l'ai dressé, je l'ai depuis qu'il est chiot. Quand j'ai quitté les forces spéciales de la Marine, il est venu avec moi. Il refuse de manger tant que je ne lui en ai pas donné l'ordre.

Carter leva le doigt et Zorro entra dans la pièce.

— Tu restes ici avec Bear.

Tout en écoutant la conversation, Beth imita Jo qui s'habillait et enfila une blouse de bloc, un masque et des gants. Elle n'oublia pas d'étaler l'indispensable noisette de baume mentholé sous son nez avant d'entrer dans la salle d'examen. Elle reconnut Emily, la fille de Wolfe, ainsi que son assistant, Cole Webber, et les salua d'un signe de tête. Puis elle alla s'aligner avec les autres dans un coin de la pièce. La différence de température lui donnait la chair de poule et elle ne parvenait pas à détacher ses yeux des photos de la scène de crime qui défilaient avec d'autres données sur des écrans plats fixés au mur. La table d'autopsie avait été dépliée et placée sous une énorme lampe en aluminium. Wolfe abaissa un micro pour enregistrer la séance et se tourna vers eux.

— J'ai pratiqué les examens préliminaires sur le corps pour récolter les premiers indices matériels. J'ai notamment effectué quelques prélèvements et analysé le contenu de son estomac. Il fallait absolument procéder à ces étapes le plus rapidement possible pour éviter toute contamination ou détérioration. Qui que soit le tueur, il a pris ses précautions. Comme je le disais sur la scène de crime, il n'en est pas à son coup d'essai. Je n'ai trouvé aucun élément de preuves et le corps a été nettoyé avec de l'eau de Javel diluée pour supprimer toutes traces d'ADN.

Wolfe leur jeta un coup d'œil par-dessus son masque.

— Vu la faible température du corps et son état de décomposition, j'estime que le décès remonte à vendredi soir au samedi matin. Je pense qu'elle a été tuée peu de temps après son enlèvement, probablement dans les douze heures qui ont suivi.

Wolfe indiqua une série de résultats affichée sur les écrans.

— Je n'ai trouvé aucune trace d'alcool dans son organisme, mais son estomac contenait des résidus de fentanyl. Je pense qu'elle a été droguée pour être maîtrisée ou endormie. Son dernier repas remontait à quatre à six heures avant son enlèvement.

Il souleva la couverture qui couvrait le corps de Cassie Burnham.

— Il s'agit d'une femme âgée d'environ vingt-cinq ans, de taille et de corpulence moyenne, en bonne condition physique. Elle a des implants mammaires, des piercings aux oreilles et au nombril, et une rose rouge tatouée au niveau des lombaires.

Intriguée, Beth leva la main et Wolfe interrompit l'enregistrement. Elle le regarda par-dessus son masque.

— Vous avez pu déterminer la cause du décès ?

— Puisqu'on fait une pause, moi aussi, j'ai une question, déclara Jo en s'approchant du corps. Ses cuisses portent des marques de contusion comme si elle avait été violée. Y a-t-il le moindre élément qui laisse penser qu'il a touché au corps post mortem ?

— Je ne pourrai pas tirer de conclusion avant d'avoir terminé l'autopsie, mais j'ai repéré un traumatisme pénétrant à la base de son crâne que je n'avais pas vu dans la cabane. Le point d'entrée est très petit, sûrement une pointe similaire à celle qui était dans son oreille. En tout cas, sa colonne vertébrale a été sérieusement endommagée.

Wolfe regarda Jo.

— Elle était encore en vie quand il a cousu ses bras au canapé et suturé son visage. D'après les hématomes et les gonflements, c'est arrivé six à douze heures avant sa mort. Il y a des signes d'activité sexuelle pré et post mortem. Comme je le disais, j'ai retrouvé des résidus de javel dans ses cavités corporelles. Il semblerait donc que le tueur a fait en sorte de ne laisser aucune empreinte ADN derrière lui. Je n'ai trouvé aucune trace de sperme.

Il s'éclaircit la gorge avant de poursuivre.

— Elle a été placée dans cette posture après son décès.

— Il l'a installée face à la porte pour que n'importe quel visiteur puisse la voir en entrant, commenta Jo alors qu'elle observait les photos de la scène de crime. Vous pensez qu'il est revenu la voir plus d'une fois ?

— Oui. Les lésions sur le corps laissent penser qu'il est revenu au moins trois fois.

Wolfe leva ses sourcils blonds et une lueur de profonde inquiétude traversa ses yeux gris.

— On a affaire à un malade.

Beth croisa le regard de Styles qui hochait la tête. Elle fit un pas en avant et observa Cassie Burnham.

— Est-ce qu'elle présente d'autres blessures significatives ? Je ne vois pas de traces de lutte. Cela signifie sûrement qu'elle n'a pas eu le temps de se défendre.

— Bonne remarque, répondit Wolfe en opinant du chef. Elle présente des hématomes sur le côté gauche de la tête qui indiquent que son agresseur est droitier. Les égratignures sur ses genoux et ses paumes laissent penser qu'elle est tombée sur un trottoir. J'ai trouvé de la terre et de la poussière incrustées dans son épiderme. Elle a donc été assommée sur le côté avant de tomber au sol et d'être probablement traînée jusqu'à un véhicule. Elle a sûrement été séquestrée et droguée avec de l'eau contaminée au fentanyl. La netteté des points m'indique qu'elle n'a pas lutté ou bougé quand il la cousait au canapé ou qu'il suturait son visage.

Tirant ses propres conclusions, Beth devinait sans peine les motivations du tueur, mais elle devait jouer la carte de la naïveté.

— Pourquoi la faire sourire et maintenir ses yeux ouverts ? demanda-t-elle en se tournant vers Jo. Il y a un côté clownesque plutôt terrifiant, cela n'a rien d'attirant.

— C'est la même raison pour laquelle il l'a fait poser, expliqua Jo. Elle représente une amante pour lui, ou quelqu'un qu'il désirait ardemment et qu'il ne pouvait pas atteindre. Il l'a placée face à la porte pour qu'elle l'accueille chaque fois qu'il venait lui rendre visite. Pour lui, elle était magnifique.

— Oh, Seigneur, s'exclama Carter en secouant la tête. Comment peut-on être aussi tordu ?

— Je pourrai achever l'autopsie en votre absence, mais il faut d'abord que j'examine l'incision provoquée par le traumatisme pénétrant pour déterminer la cause du décès.

Wolfe pointa du doigt Webber pour qu'il vienne l'assister et ils se penchèrent tous deux au-dessus du corps. Captivée, Beth observa attentivement Wolfe écarter les bords de l'incision jusqu'à dévoiler la base du crâne. Il n'y avait aucun doute sur la façon dont la jeune femme était morte. Il suffisait de frapper au bon endroit avec une lame affûtée pour causer instantanément la mort. Elle attendit le verdict.

— Oui, c'est une grave lésion du tronc cérébral qui est à l'origine du décès.

Wolfe se tourna vers eux.

— D'autres questions ? Sinon, je vais poursuivre et je vous enverrai un rapport complet. Comme ça, vous pouvez retourner traquer ce fou furieux.

Une lumière clignota au-dessus de la porte et Emily quitta la pièce. Elle revint quelques instants plus tard, les sourcils froncés.

— Désolée de t'interrompre, papa.

Emily se tourna vers Beth, l'air grave.

— C'était votre shérif. Il y a eu un autre meurtre.

23

Impressionnée par la réactivité de Wolfe, Beth retira lentement ses gants, son masque et sa blouse. Dans le couloir, le médecin légiste donnait des ordres à son équipe. Elle l'écoutait avec intérêt.

— Emily, remets Cassie Burnham en chambre froide. On finira avec elle plus tard. Webber, vérifie qu'on a bien le caisson réfrigéré pour le transport du corps dans l'hélicoptère.

Il s'adressa à Beth.

— Appelez Ryder et demandez-lui de transmettre les coordonnées à tout le monde. Je vais effectuer les vérifications sur l'hélico avant le décollage.

Beth hocha la tête et attrapa son téléphone. Jo s'approcha d'elle.

— Ça vous embête si on vous accompagne ? demanda-t-elle en jetant sa blouse dans la trappe à linge. S'il s'agit du même mode opératoire, on pourra vous aider à accomplir les tâches fastidieuses. J'imagine que le shérif Ryder est seul à Rattlesnake Creek ?

Tenant son téléphone contre son oreille, Beth leva l'index.

— Un instant.

— On serait ravis de vous avoir avec nous, répondit Styles en s'approchant d'elle. Je monte sur la plateforme préparer l'hélicoptère pour le vol. Rejoignez-nous quand vous serez prêtes.

Il se tourna vers Beth.

— Wolfe a une machine à café dans son bureau. Prenez-en à emporter.

Il siffla Bear et emprunta les escaliers qui menaient jusqu'au toit. Beth le regardait s'éloigner quand Ryder décrocha.

— C'est Beth. Quel est le topo ?

— *C'est exactement le même meurtre que l'autre, jusqu'à la pose de la victime sur le canapé face à la porte arrière.*

Manifestement secoué, Ryder s'éclaircit la gorge.

— *C'est sacrément flippant. Vers quelle heure vous pensez être là ?*

Beth jeta un œil à sa montre.

— Je vous enverrai un message quand on décollera. Styles procède aux vérifications avant le vol. On va avoir besoin d'un terrain assez grand pour faire atterrir trois hélicoptères. Où êtes-vous ?

— *Au même endroit que la fois dernière*, répondit Ryder d'une voix qui trahissait son incrédulité. *Les gardes forestiers ont remarqué des corbeaux depuis leur poste de vigie anti-incendie et m'ont prévenu. Je suis venu sur place et je l'ai trouvée là.*

Soucieuse, Beth commença à se ronger les ongles et laissa retomber sa main face au regard inquisiteur que lui lançait Jo.

— La même scène de crime, c'est une première. Enfermez-vous dans votre 4 x 4 et garez-vous à un endroit où vous aurez une visibilité à 360 degrés. Si quelqu'un approche, faites des photos et déguerpissez. Ne jouez pas aux héros.

— *Compris*, répondit Ryder avant de raccrocher.

Secouant la tête, Beth regarda Jo et lui résuma la situation.

— Dans le genre « Je retourne sur la scène du crime », il pousse le concept un peu loin. Qu'est-ce que vous pensez de son comportement ?

— Mmmh... J'imagine qu'il a déjà fait ça avant. Il faudra qu'on cherche des momifiés si on veut trouver ses autres victimes.

Jo attrapa son sac à main dans le bureau de Wolfe et en sortit une brosse. Elle démêla ses cheveux et les releva en une queue-de-cheval qu'elle attacha avec l'élastique qui entourait son poignet. Elle se dirigea ensuite vers la kitchenette qui se trouvait derrière le bureau de Wolfe.

— Je vais mettre la machine à café en route. Elle fonctionne avec des dosettes, ça va prendre un peu de temps. Wolfe a une tonne de bouteilles isothermes dans ce placard. Il nous en faut deux par équipe. Il y a aussi des barres énergisantes sous le comptoir. Prenez-en plusieurs boîtes. On ne sait pas pour combien de temps on va en avoir, et si Styles ressemble à Carter, il appréciera de manger quelque chose. La matinée a été longue pour nous tous.

Beth acquiesça et se mit à la tâche. Jo ne plaisantait pas, il y avait littéralement une tonne de bouteilles isothermes dans le placard et tout autant de boîtes de barres énergisantes empilées sous le comptoir, à côté de gobelets à emporter.

— Il a vraiment besoin de tout ça ?

— Il est amené à se déplacer un peu partout au moindre appel et s'arrête rarement pour manger, lui répondit Jo en souriant. Alors, oui, il lui faut au moins ça.

Tout en réfléchissant au profil que Jo avait dressé au sujet du tueur, elle retira les couvercles des bouteilles isothermes et les aligna pour que Jo les remplisse.

— D'après mon expérience, la plupart des tueurs en série opèrent dans un périmètre établi. J'ai comme l'impression que cette théorie est bonne à mettre au rebut.

— Pas forcément, répondit Jo en rechargeant la machine à café avec des dosettes. Il s'agit peut-être de son rayon d'action pour le moment. Il en a sûrement d'autres, disséminés à droite à gauche. Il ne faut pas oublier que ces types sont loin d'être idiots. Ils se doutent que la police ne reviendra pas de sitôt sur les lieux du crime.

Elle remplit une des bouteilles et vissa le couvercle avant de la poser sur le comptoir à côté de Beth.

— J'imagine qu'il a dû faire le guet et vous voir emporter le corps, reprit-elle. C'est une région montagneuse. On peut facilement trouver un plateau en altitude pour monter la garde. Il s'y est probablement réfugié quand il a remarqué que le shérif quittait la ville ou que l'hélicoptère du FBI était en route.

Beth acquiesça et fourra des barres énergétiques dans trois sacs en plastique. Elle avait une petite idée de la raison pour laquelle le tueur réutilisait la cabane.

— Wolfe a confirmé qu'il était retourné à plusieurs reprises voir le corps. Je suppose qu'il n'arrivait pas à se séparer de Cassie et que quand on a emporté son corps, il l'a remplacée. Cette cabane doit être son sanctuaire. Elle doit correspondre à son fantasme. Sur la scène de crime, Wolfe a précisé que le tueur avait emporté une mèche de cheveux comme trophée. J'imagine qu'il doit fantasmer sur les femmes aux cheveux longs. Si la victime est à nouveau une strip-teaseuse, cela nous aidera à comprendre ce qui l'attire et à définir une liste de suspects.

— Je suis d'accord. On ferait bien de faire quelques recherches sur des affaires similaires incluant des prostituées. Pour moi, le maquillage criard et la pose du corps évoquent de manière flagrante les travailleuses du sexe.

Jo lui adressa un sourire et reprit :

— Vous êtes plutôt douée pour le profilage. Quelle est votre spécialité ?

Après avoir ajouté deux bouteilles isothermes dans chacun des sacs en plastique, Beth se tourna vers elle. Cette femme avait un regard pénétrant qui lui rappelait la façon dont Wolfe, lui aussi, transperçait les gens du regard. Beth avait l'impression que Jo décortiquait son âme.

— La cybersécurité, mais j'ai toujours été intéressée par le profilage, surtout des tueurs en série. Les psychopathes sont tous différents et présentent de multiples psychoses passionnantes à étudier. On ne peut jamais vraiment savoir à qui on a affaire avec eux.

— Oh, la cybersécurité, voilà qui est intéressant. Vous devez connaître Bobby Kalo, ajouta Jo en prenant le sac que lui tendait Beth. On l'a recruté alors qu'il était encore tout jeune. Il avait eu des soucis après avoir tenté de pirater le Pentagone. C'est un garçon très intelligent, et bien qu'il ait parfois du mal à respecter la loi, son aide est précieuse.

Beth se souvenait vaguement de ce nom. Elle posa les sacs sur la table le temps d'enfiler son blouson.

— Oui, j'ai entendu parler de lui. Il est doué.

*Mais pas autant que moi.*

24

Styles fit décoller l'hélicoptère haut dans les airs et prit la tête du convoi en direction de Rattlesnake Creek.

— Comment ça s'est passé, avec Jo Wells ?

— Pour être franche, elle m'impressionne un peu.

Beth versa du café dans deux gobelets jetables et en glissa un dans le support prévu à cet effet pour Styles. Elle déchira l'emballage d'une barre énergisante et la déposa sur le tableau de bord.

— Mange quelque chose. On ne va pas s'arrêter avant plusieurs heures et après avoir analysé une nouvelle scène de crime, on sera épuisés. Je ne voudrais pas que tu t'endormes aux commandes de cet engin.

Surpris de sa sollicitude envers lui, il lui sourit.

— Tu t'inquiètes ? C'est quelque chose que j'aime chez toi. Je pensais que tu allais encore me sauter à la gorge pour avoir proposé à Jo et Carter de coopérer sur notre enquête sans t'avoir demandé ton avis.

— On a parlé d'appeler Jo hier soir pendant qu'on dînait. Je n'ai rien contre l'idée de les consulter de temps à autre, mais je pense qu'on peut se débrouiller tout seuls. Non ?

Beth ouvrit une barre énergisante et mordit dedans.

— Et faire attention à ce que tu restes éveillé relève seulement de l'instinct de survie, ajouta-t-elle en souriant. À moins que tu aies l'intention de m'apprendre à piloter un de ces quatre.

Prenant sa remarque au sérieux, Styles haussa les épaules.

— Je pourrai te former sur notre temps libre dès que tu auras obtenu le permis qu'il faut. Enfin, si tu as encore du temps libre une fois que tu commenceras à bricoler dans ta cabane.

— Sûrement pas, répondit Beth en buvant une gorgée de café. Quand j'en aurai fini, je compte aller peindre des paysages. Il y a tellement de panoramas incroyables dans le coin ! La peinture, c'est comme la pêche, ça permet de se détendre et de prendre son temps. J'utiliserai ma cabane comme pied-à-terre pour me reposer quelques jours d'affilée entre deux affaires.

Elle lui lança un regard.

— Tu ne comptes quand même pas rester traîner au bureau ?

Styles éclata de rire et secoua la tête.

— Non. Je garderai juste mon téléphone à portée de main au cas où il se passe quelque chose. On a assez de budget pour financer un poste de réceptionniste ou d'assistant. Le siège pourrait s'arranger pour habiliter quelqu'un à travailler avec nous. Comme ça, quand on serait en déplacement ou en congé, il y aurait quand même une permanence au bureau.

Il lui lança un regard.

— Il y a deux appartements vides au deuxième étage qui pourraient être utilisés.

— Tu ne m'en avais jamais parlé, répondit Beth qui se tourna sur son siège pour lui faire face. Je croyais que le deuxième étage était condamné et rempli de dossiers confidentiels. L'ascenseur ne s'y arrête pas.

Styles acquiesça.

— Oui, il n'y a pas d'éclairage. J'ai coupé l'alimentation et j'ai programmé l'ascenseur pour qu'il ne desserve pas ce niveau. La configuration est la même qu'à notre étage.

— Ah, je vois.

Beth réfléchit un instant, puis haussa les épaules.

— J'imagine que cela permettrait que Ryder cesse de faire appel à toi en permanence, ce qui est une absurdité. En réalité, un assistant serait d'une grande aide. On reçoit des appels ridicules à longueur de journée et il pourrait les filtrer, gérer notre budget et traiter les urgences. C'est une bonne idée ! Et j'imagine que si on ne s'entend pas avec lui, il sera réaffecté ailleurs.

Après avoir survolé rapidement la cabane pour disperser la nuée de corbeaux installée sur le toit, Styles fit atterrir l'hélicoptère aussi près que possible de la porte d'entrée. Le 4 x 4 de Ryder était garé au loin, au milieu du terrain poussiéreux. Il se mit en route vers eux alors qu'ils atterrissaient.

— OK, mais à une condition, dit Styles en coupant le moteur. Ne te fais pas d'illusion. C'est difficile de faire venir quelqu'un ici. Si on y parvient, prépare-toi à opérer des changements parce que ta façon de contourner les règles risque de ne pas être appréciée. Laisser une tierce personne nous rejoindre supposera inévitablement de bousculer nos habitudes.

Beth s'éclaircit la gorge.

— À bien y réfléchir, oublie tout ça, finit-elle par dire. Je pense qu'on peut s'en sortir à deux.

Elle attrapa un kit médico-légal situé derrière son siège.

— Cette fois, je vais m'équiper avant de m'approcher de la cabane.

Dans un vacarme assourdissant et un nuage de poussière, Carter puis Wolfe atterrirent à leur tour. Styles attendit que les particules retombent pour descendre de l'hélicoptère. Il s'habilla et appliqua une bonne couche de baume mentholé sous son nez. Il se tint à côté de Beth en attendant que les autres les rejoignent. Ceux-ci se dirigeaient vers eux, semblables à une horde d'aliens avec leurs blouses bleues et leurs visières vissées sur la tête. Styles se tourna vers Beth.

— Peut-être qu'on pourrait passer par la porte d'entrée cette fois-ci.

— Bonne idée.

Styles se mit lentement en route vers la cabane et Beth lui emboîta le pas. Des corbeaux tournoyaient haut dans le ciel en une gigantesque nuée noire. Apparemment, même les hélicoptères n'avaient pas suffi à les dissuader de profiter d'un potentiel repas. Il y avait comme une impression de déjà-vu. Tous reculèrent alors que Wolfe ouvrait la porte à la volée et jetait un coup d'œil à l'intérieur. Carter et Jo firent le tour par-derrière après que Jo eut expliqué qu'elle voulait se confronter au choc que représentait la scène. Styles se tourna vers Beth.

— Elle est sérieuse ?

— Oui, elle aime se glisser dans la peau et la tête du tueur pour essayer de comprendre comment il réfléchit, expliqua-t-elle en haussant les épaules. Personnellement, ça ne me surprend pas.

Elle se tourna vers Ryder qui s'était approché d'elle.

— On a une idée de l'identité de la victime ?

— Oui, on a une piste tout du moins.

Ryder fronça les sourcils derrière son masque.

— Après avoir découvert le corps, je vous ai appelés et pendant que je vous attendais, j'ai téléphoné à tous les clubs de strip-tease des quatre comtés voisins pour leur demander si une de leurs filles manquait à l'appel. Apparemment, Vicki Strauss ne s'est pas présentée mardi soir. Il s'agit d'une go-go danseuse qui travaille au *Silver Nugget Saloon* et qui vit à Riversedge. J'ai appelé le shérif Caleb Adams à Serenity pour qu'il aille sonner chez elle. La voisine lui a expliqué que tous les mardis, Vicki va porter leurs déchets recyclables à la décharge, mais que cette fois, elle ne l'a pas vue revenir. Le shérif Adams est allé à la déchèterie et a trouvé son véhicule, mais aucune trace de Vicki.

Ryder fit un geste en direction de la cabane.

— Elle est mince et a de longs cheveux blonds... comme l'autre victime.

Passant en revue les éléments de l'enquête dans sa tête, Styles se tourna vers Beth.

— Il a élargi son périmètre.

— Peut-être, répondit Beth en plissant les yeux par-dessus son masque. Jo a la même théorie que toi. Elle pense qu'il planque les corps de ses victimes un peu partout. S'il s'en prend à des femmes dans différents comtés, il se déplace dans un rayon assez proche. On a trois villes voisines qui ont toutes des clubs de strip-tease. Tu paries combien que la prochaine fois, il frappera à Rainbow ?

## 25

Beth fut saisie d'un haut-le-cœur. Qu'il s'agisse d'un être humain ou d'un animal, un corps en décomposition dégage toujours la même puanteur caractéristique qui dissuade la plupart des carnivores de s'en approcher, comme pour leur indiquer que ces restes ne sont pas comestibles. Immanquablement, les individus s'en détournent donc de manière instinctive, à l'exception du tueur de Vicki Strauss. Si la jeune femme avait été aperçue mardi matin, cela signifiait que son cadavre était plus récent que le précédent et qu'ils venaient sûrement déranger le tueur en plein milieu de son fantasme. Le médecin légiste avait trouvé des preuves attestant que l'assassin était revenu voir la victime antérieure au moins trois fois. Beth sentit ses cheveux se dresser sur sa nuque comme si son intuition lui lançait un signal d'avertissement. Quelqu'un l'observait. Elle se dirigea vers la porte et examina attentivement les environs immédiats. La plaine était bordée par la forêt, si bien que le seul point de vue dégagé se trouvait en altitude. Elle tira le bras de Styles et lui fit signe de la suivre dehors.

— Ce type aime revenir auprès des dépouilles. À l'heure actuelle, il doit être remonté contre nous. Quelqu'un comme lui surveille ses victimes de près. Il considère qu'elles lui appartiennent et qu'il peut en disposer à sa guise.

— Il ne passerait pas non plus ses journées là à attendre que quelqu'un débarque.

Les mains sur les hanches, Styles scruta les alentours.

— La ville est trop loin pour qu'il soit venu à pied et je ne vois aucun véhicule dans les parages en dehors de celui de Ryder.

Incapable de se départir de la sensation d'être observée, Beth hocha la tête.

— Il est peut-être perché quelque part dans la montagne ?

— Peut-être, mais ça semble peu probable, répondit Styles en haussant les épaules. Il n'aurait pas eu le temps de s'y réfugier à moins de suspecter qu'on revienne ici, et de toute évidence, il ne s'attendait pas à ce qu'on fouille à nouveau la cabane. Sans les corbeaux, personne ne serait venu le déranger. Par chance, les gardes forestiers sont vigilants.

Une idée surgit dans la tête de Beth et elle attrapa son téléphone pour vérifier le nombre de barres sur l'écran.

— On capte parfaitement ici. S'il a installé une caméra avec un détecteur de mouvement connectée à son téléphone, il peut voir tout ce qu'on fait et entendre tout ce qu'on dit.

Elle leva les yeux vers Styles.

— Un petit panneau solaire suffit à alimenter ce genre d'appareil. Il a très bien pu l'installer et repartir. Comme ça, s'il veut surveiller l'état de la victime, il peut accéder aux images depuis son téléphone. Il ne s'aventurerait pas à charger les fichiers sur un ordinateur ou sur le *cloud*. Ce serait trop risqué, n'importe qui pourrait pirater ça. Il doit utiliser une carte mémoire insérée dans la caméra ou dans son téléphone.

— Oui, tu n'as pas tort, admit Styles en frissonnant. Pour lui, ce serait un moyen d'admirer son ouvrage macabre quand ça lui chante. Il doit avoir des caméras installées partout et prendre plaisir à regarder ses victimes se décomposer. Si on trouve la caméra, tu pourras remonter jusqu'à son téléphone ?

— Ça m'étonnerait, répondit-elle en secouant la tête. Dès qu'il saura qu'on est à ses trousses, il le détruira. Il le saura parce qu'il recevra une notification l'avertissant qu'on est ici, expliqua-t-elle en soupirant. De toute façon, il ne doit pas utiliser son téléphone personnel. Personne n'est stupide à ce point. Il doit s'agir d'un téléphone qu'il a récupéré quelque part ou de celui d'une des victimes. En tout cas, s'il utilise une carte mémoire, il doit la changer régulièrement.

Elle haussa les épaules avant de poursuivre :

— Les caméras de vidéosurveillance peuvent facilement être piratées. Il doit le savoir, voilà pourquoi je pense qu'il utilise un système Wi-Fi et qu'il stocke les vidéos sur son téléphone, à moins qu'il ne le fasse sur la caméra. Si on met la main dessus, on pourra vérifier, mais laisser une carte mémoire dans l'appareil serait imprudent, et vu ce qu'on a pu constater jusqu'à maintenant, ce n'est pas son genre.

— C'est le moins qu'on puisse dire.

Styles leva la main pour protéger ses yeux du soleil.

— Il y a des combles avec une fenêtre, dit-il en indiquant le toit avant de se tourner vers Beth. Un panneau solaire peut fonctionner à travers une vitre ?

— Oui, si la vitre est propre, opina Beth. Si elle est sale, cela réduit un peu l'efficacité, mais de toute façon, une caméra ne consomme pas beaucoup d'énergie.

Elle le regarda du coin de l'œil.

— L'appareil doit avoir une batterie rechargeable pour fonctionner vingt-quatre heures sur vingt-quatre.

— Tu penses donc qu'il a filmé le meurtre ? demanda Styles, une lueur intriguée dans le regard.

Un frisson d'excitation parcourut Beth.

— Je parierais que oui. Il est assez malade pour ça, et comme il est persuadé de ne pas pouvoir être attrapé, il doit même publier les images sur le dark web. Ils sont nombreux à le faire. Les vidéos d'exécution rassemblent des tonnes d'adeptes.

— Si on trouve la carte mémoire et qu'il apparaît sur la vidéo, on pourra l'identifier. Je vais essayer de voir s'il n'y a pas un panneau solaire.

Styles s'éloigna de la cabane et Beth s'empressa de lui emboîter le pas tout en levant les yeux vers le toit.

— Le problème, c'est que s'il partage la vidéo, il doit masquer son visage. J'ai vu plein d'images horribles sur le dark web, et il est rare que les criminels se montrent. Ils savent que les autorités surveillent ce qu'il s'y passe et qu'il suffirait d'une ligne de code pour les coincer. Ils ne sont pas aussi bêtes.

Beth suivit Styles à l'intérieur de la cabane. Ils contournèrent l'équipe de Wolfe pour rejoindre le couloir. Au plafond, une corde pendait entre les portes qui donnaient accès aux chambres. Styles tira dessus et l'escalier menant aux combles apparut.

— Attends. Et s'il se cachait là-haut ?

Styles marmonna en sortant son Magnum 357 de son holster d'épaule et grimpa les marches.

— FBI, restez où vous êtes.

Le cœur battant, Beth s'avança à sa suite et fit volte-face en entendant Carter et Jo se précipiter dans le couloir.

— Cherchez une caméra. Elle est sûrement minuscule. On pense qu'il y a un panneau solaire sous les combles.

— Compris.

Carter tourna les talons et regagna le séjour, suivi de près par Jo.

— Il n'y a personne là-haut, dit Styles en jetant un coup d'œil en bas des escaliers. Ce n'est pas bien grand. J'ai trouvé le panneau solaire sous la fenêtre, là où tu pensais qu'il serait. Je vais le débrancher et faire passer le câble dans le trou au sol. Retourne dans le salon, je vais agiter le câble. Tu devrais pouvoir localiser la caméra en suivant les branchements électriques.

Beth dévala les escaliers et rejoignit les autres à toute allure. Tout le monde balayait attentivement la pièce du regard. Elle avait l'habitude d'utiliser des caméras de vidéosurveillance et elle alla se placer devant le canapé. C'était l'emplacement qui concentrait toute l'attention du tueur. Le moindre appareil présent dans la pièce serait braqué sur la victime et placé en haut d'un mur ou dans un angle de sorte à filmer le moindre mouvement. Ses yeux se posèrent sur une vieille pendule fixée au-dessus de la porte du salon.

— Regardez là-haut.

Elle pointa l'horloge du doigt et Carter s'étira de tout son long pour l'attraper. Derrière, un long câble bougeait : celui que Styles agitait depuis l'étage du dessus.

— C'est bien ça. Ce n'est pas une serrure pour la clé de remontage au centre, c'est un objectif.

Elle attrapa l'horloge et la démonta, révélant une minuscule caméra dissimulée à l'intérieur. Elle s'en saisit, l'ouvrit et fut frappée de stupeur.

— Il y a une carte mémoire.

Elle regarda Wolfe.

— Vous auriez une pince à épiler pour que je puisse la retirer et une pochette pour le transport ? Je ne préfère pas y toucher.

— Bien sûr, je vais vous passer ça, mais laissez-moi d'abord y jeter un œil, dit-il en lui tendant la main.

— C'est une carte classique. Je vais pouvoir la lire sur mon ordinateur.

Il se tourna vers sa fille.

— Passe-le-moi.

Il retira la carte mémoire avec précaution et l'inséra dans le lecteur. La vidéo se mit en route et tout le monde se figea.

À l'écran, un homme nu franchissait la porte d'entrée et pénétrait dans le salon en portant une femme. Le tueur était un homme grand, vêtu seulement de bottes et d'un masque hideux. Beth l'observa attentivement, mais ne remarqua aucun signe distinctif. Le masque recouvrait toute sa tête et ne laissait apercevoir que sa bouche et ses yeux. Leur couleur n'était pas perceptible dans la pénombre. Il n'y avait aucun moyen de l'identifier.

— Attendez une minute.

Wolfe arrêta la lecture de la vidéo et zooma sur la victime.

— On voit des hématomes sur ses cuisses. Il a dû se planquer avec elle ailleurs. Regardez-la. Elle est sale et elle porte des marques de liens au poignet.

Il se tourna et observa le corps, se déplaçant tout autour pour examiner la base de ses mains.

— Elles sont moins visibles que sur la vidéo, ce qui signifie qu'il l'a retenue ici assez longtemps pour que les marques s'estompent avant le décès. Elle a été lavée post mortem. Ses ongles ont même été nettoyés. À en croire la vidéo, elle est restée sur un sol crasseux. Peut-être une cave ?

— Donc il a une cachette quelque part, pas très loin, où il séquestre ses victimes avant de les amener ici pour les tuer, dit Jo en levant les sourcils. De toute évidence, il lui faut du temps pour venir installer la caméra. Vous avez mentionné qu'il utilisait du fentanyl. C'est un anesthésiant puissant employé en chirurgie. Ce n'est pas étonnant qu'elles ne se soient pas réveillées et échappées.

Alors que la lecture de la vidéo se poursuivait, Beth regarda avec une fascination morbide l'homme dénudé coudre la victime au canapé et la défigurer. Quand il eut terminé, il utilisa des sels pour la réveiller, et l'horreur monta d'un cran. Il n'y avait pas de son, mais Beth imaginait sans peine les cris épouvantés de la femme. Derrière elle, Ryder fut secoué d'un haut-le-cœur et se précipita dehors. Après plusieurs autres minutes de violence et d'avilissement, Beth jeta un coup d'œil aux visages fermés autour d'elle. Jo secouait la tête, mais n'avait pas détourné les yeux de l'écran. Elle s'éclaircit la gorge.

— Je pense qu'on en a vu assez. On analysera ça plus tard.

— Il y a plusieurs heures d'enregistrement, dit Wolfe en arrêtant la lecture de la vidéo.

Il sortit la carte de son ordinateur, la glissa dans une petite pochette en plastique qu'il scella et tendit à Beth :

— Envoyez-moi une copie de tout ça. Cela viendra éclairer certains éléments de l'autopsie, et j'imagine que Jo et Carter voudront visionner les images. Je pense qu'on en a terminé ici.

Beth fit un geste pour repousser la pochette.

— Emportez-la. Ce sont des preuves.

— Je vous en enverrai une copie alors. On va ramener la victime à la morgue. Ce meurtre est l'exacte réplique du précédent. Je vais pratiquer une autopsie et si je trouve quelque chose de nouveau, je vous appelle. À moins que vous ne souhaitiez y assister ?

La sonnerie de son téléphone retentit.

— Wolfe, dit-il en décrochant.

Il écouta son interlocuteur quelques instants.

— Je suis à Rattlesnake Creek. Je peux être là dans vingt minutes. Il y a de la place pour poser l'hélicoptère ? Envoyez-moi les coordonnées.

Il raccrocha et se tourna vers l'équipe.

— J'ai un autre homicide à Running Water. Apparemment, ce serait peut-être lié aux récents meurtres de Billings. C'est le même mode opératoire : une jeune femme violée et torturée. Son corps était recouvert de branches et d'herbes coupées, comme les autres.

Il s'adressa à Webber.

— Emballe Vicki Strauss dans une housse mortuaire et

mets-la dans le caisson. J'en ai terminé avec cette scène de crime. Remballez tout. Au boulot.

Un frisson de stupéfaction parcourut l'échine de Beth. Sa prochaine victime, Levi Jackson, alias Bill, n'avait pas perdu de temps.

## 26

À l'extérieur de la cabane, Beth retira sa protection faciale et inspira profondément à plusieurs reprises. Elle se tourna vers Jo Wells alors que celle-ci s'approchait d'elle.

— Qu'est-ce que vous en pensez ?

— J'en tire la même conclusion que précédemment, répondit Jo en ôtant ses gants avec un bruit sec. Le problème, c'est qu'il prend plaisir à jouir de la compagnie de ses victimes sur la durée. Maintenant qu'on l'en empêche, cela risque de déclencher un déchaînement de violence chez lui et de le rendre plus téméraire. Il va falloir redoubler de vigilance.

— Appelez-nous si vous avez besoin de renfort.

Carter inséra un cure-dents entre ses lèvres et se mit à la mordiller en souriant.

— On peut être là en une demi-heure. De jour comme de nuit.

Beth sourit à son tour. Elle aimait bien Carter. Il ne représentait pas une menace pour elle, car elle n'avait pas l'impression qu'il essayait de sonder son esprit. Elle espérait que son masque ne s'était pas fissuré devant Jo, mais elle pensait avoir fait bonne figure. Pour l'instant, l'agent Wells cherchait seulement à leur rendre service.

— Merci pour votre aide. C'était un plaisir de faire votre connaissance.

— Pareillement.

Carter inclina son chapeau et rejoignit l'hélicoptère à pas lents.

— À bientôt, dit Jo en lui adressant un signe de la main avant de rejoindre Carter. Ryder était appuyé contre un arbre, l'air secoué. Beth s'approcha de lui.

— Ça va ?

— Oui, répondit-il en levant vers elle des yeux rougis. Je ne comprends pas comment vous arrivez tous à rester là, devant cette femme sauvagement assassinée, sans être affectés.

Beth haussa les épaules et retira sa combinaison stérile.

— À force de voir ce genre de scène, on finit par s'habituer. Ce n'est pas qu'on devient insensible. C'est juste qu'on a besoin de décortiquer les faits pour empêcher que cela se reproduise. Vous comprenez ?

— Je crois. Quand j'ai pris mes fonctions de shérif, je ne m'attendais pas à voir des meurtres aussi sordides, expliqua Ryder en désignant la cabane. Je n'arrive pas à croire que le responsable de tout ça se promène dans nos rues.

Songeant aux images de la vidéo, Beth regarda l'expression perplexe sur le visage de Ryder.

— Quand vous avez épluché les emplois du temps des mineurs, vous avez pris en compte ceux des villes voisines ?

— Pas pour le meurtre de Cassie Burnham, mais j'ai dressé une liste, dit-il en attrapant son téléphone. La mine Gold Rush fonctionne avec de nombreuses équipes qui ont des horaires différents. Je vais recenser les mineurs qui ne travaillaient pas entre vendredi et mercredi. Si on réduit à ceux qui étaient libres mardi soir, on va considérablement restreindre le nombre de suspects.

Il haussa les épaules et ajouta :

— Ça va prendre du temps de passer la liste en revue, car on ne peut pas traîner les types hors de la mine pour les interroger.

Styles avait fait descendre Bear de l'hélicoptère et lui lançait un jouet à ramener pendant qu'il procédait aux vérifications habituelles avant le vol. Beth se dirigea vers lui, Ryder sur les talons.

— On s'est concentré sur les mineurs, mais qui d'autre se déplace régulièrement entre les trois villes ?

— Les livreurs, les facteurs, les médecins, les infirmières, les éleveurs, les maraîchers, énuméra Ryder en secouant la tête. En soi, des tas de gens, mais ils ne fréquentent pas forcément tous les clubs de strip-tease.

Beth acquiesça.

— Il faut qu'on détermine qui sont ceux qui y vont. Il faut aussi prévenir les clubs que leurs danseuses se font assassiner pour qu'ils fassent circuler l'information. Ça leur permettra de prendre conscience qu'un prédateur court les rues.

— Je peux m'en occuper, pas de problème.

Ryder ouvrit la portière de son 4 x 4 et retira son chapeau.

— Je ne suis pas un bleu. Je mènerai mon lot d'interrogatoires, je ne laisserai pas la situation dégénérer. Je ne suis pas stupide, je sais qu'il va falloir qu'on se répartisse les tâches pour coincer ce type avant qu'une autre femme soit assassinée.

Styles s'avança derrière eux.

— Vous avez vu de quoi il est capable, Cash. Y a-t-il quelqu'un de confiance que vous pourriez solliciter pour vous seconder quelques jours ?

— Oui, je crois, répondit Ryder en souriant à Styles. Je vais voir que ce que je peux faire.

— Entendu, lui répondit Styles en lui donnant une tape dans le dos. On va rentrer au bureau. Envoyez-moi la liste des suspects potentiels et je retirerai tous ceux dont la description générale ne correspond pas à l'homme de la vidéo. J'imagine que vous ne tenez pas à visionner l'enregistrement ?

— Non, merci.

Ryder pianota sur son téléphone.

— Je viens de vous l'envoyer. J'explorerai les pistes que Beth a soulevées une fois de retour au bureau.

Il se glissa à l'intérieur de son véhicule.

— À plus tard.

Beth grimpa à bord de l'hélicoptère et enfila son casque. Elle avait bien réfléchi à la meilleure façon de coincer le coupable.

— Jo pense qu'on a perturbé le tueur dans son fantasme. On a trouvé le corps avant qu'il ait eu le temps de revenir lui rendre visite. Quand on a retiré la dépouille de Cassie de la cabane, il a frappé à nouveau. Jo pense qu'il va s'en prendre à une autre femme dans les jours à venir. Ça ne paraît pas improbable qu'il le fasse à Rainbow la fois prochaine. C'est dans son périmètre et il s'y sent en sécurité. Il nous faut un plan pour l'arrêter. Je ne suis pas certaine que ce pervers soit un mineur. Ryder a mentionné tout un tas de gens qui font régulièrement les trajets d'une ville à l'autre, et bien que le public des clubs soit majoritairement des mineurs, ils ne sont pas les seuls à apprécier regarder des femmes danser.

— Où veux-tu en venir, Beth ? demanda Styles en lui lançant un regard inquiet. J'ai l'impression que tu nous donnes une montagne de profils à vérifier. Le plus logique, c'est de chercher du côté des mineurs : cela colle au niveau de leurs emplois du temps et ils ont leurs habitudes dans les clubs. Pourquoi ne pas s'en tenir à ça ?

Beth versa du café dans deux gobelets et constata avec satisfaction qu'il était encore chaud.

— Il faut qu'on avance sur cette enquête avant qu'il commette un autre meurtre. On n'est que trois à travailler sur cette affaire, on doit tailler dans le vif.

Styles attrapa le café qu'elle lui tendait.

— Je ne demande que ça. Que veux-tu faire cette fois-ci ? C'est légal ?

Secouant la tête en signe d'incrédulité, Beth ricana.

— Bien entendu que c'est légal. Je pensais mener une opération d'infiltration et me faire passer pour une danseuse. Je te l'ai déjà dit, je sais faire de la pole dance, ça ne sera pas compliqué pour moi. Je passerai incognito sans problème. Bien sûr, il faudra d'abord se mettre d'accord avec la direction du club. C'est notre seule chance de coincer ce type.

Styles fit monter l'hélicoptère haut au-dessus des monts enneigés.

— Et comment vas-tu supporter tous ces gars qui auront les yeux rivés sur toi ? lui répondit-il. J'ai vu comment tu réagis quand un homme adopte une attitude inappropriée envers toi. Je ne pense pas que tu seras capable de supporter ça plusieurs jours d'affilée au sein d'un club. En plus, tu as toi-même dit que ce type prenait le temps de tout planifier.

Beth acquiesça.

— Je suis persuadée qu'il le fait, et pour mémoire, quand je me suis infiltrée dans la maison close, je m'en suis très bien sortie.

Elle haussa les épaules.

— J'ai accompli le travail rapidement et j'ai sauvé des vies. Cette fois-ci, c'est pareil, et tu seras là pour assurer mes arrières. Tu disais que tu pouvais te fondre dans la masse sans te faire remarquer. Tu seras donc dans la salle pendant que je serai sur scène.

Elle se tut un instant, absorbée dans ses pensées, puis reprit :

— Réfléchis. On vient de priver le tueur de sa récompense. Il jettera son dévolu sur la première venue. Je veux faire en sorte de l'attirer jusqu'à moi.

— Et comment tu comptes t'y prendre ?

Styles manœuvra l'hélicoptère pour mettre le cap sur Rattlesnake Creek. Le sourire aux lèvres, Beth but une gorgée de café.

— Quand j'aurai regardé la vidéo, je te dirai ça. Cet assassin a des goûts précis. Si on se fie à l'état dans lequel il laisse ses victimes, il aime les grands yeux très maquillés et les lèvres rouges. Je peux agrandir mes yeux et les rendre totalement différents. Je possède toute une collection de lentilles de contact et de perruques, et je mettrai des faux ongles rouges. Crois-moi, il ne pourra pas me résister.

— Tu es complètement barjot, répondit Styles dans un petit rire.

Il fit atterrir l'hélicoptère sur le toit du bâtiment du FBI. Beth haussa les épaules, imperturbable.

— Tu me l'as déjà dit. Je pense que c'est peut-être le seul moyen d'attraper ce type.

— Écoute, je sais que tu es sacrément douée pour les opérations sous couverture, mais c'est trop risqué, affirma Styles en se tournant vers elle. Avant que l'on considère cette option en dernier recours, prenons au moins le temps d'interroger les deux autres suspects. On a un créneau plus large à prendre en compte maintenant, et l'un d'eux crachera peut-être le morceau. De toute façon, ça va prendre un peu de temps d'organiser l'opération sous couverture avec le club de Rainbow. Si on n'a pas d'autres pistes demain, je donnerai mon accord pour ton plan.

— D'accord, ça marche. Mais on n'aura pas beaucoup de marge pour tout mettre en place, soupira Beth. Il ne va pas en rester là et il est possible qu'on passe à côté de notre seule chance de l'arrêter avant qu'une pauvre fille soit tuée. On pourrait facilement tout planifier et interroger les suspects cet après-midi et demain. Ça me permettrait de m'infiltrer dans le club dès demain soir, donc d'y être jeudi et vendredi. Ça correspondrait à l'emploi du temps du tueur.

— Très bien, mais cette fois, on prend toutes nos précautions.

Styles hochait lentement la tête tout en réfléchissant à cette idée.

— Je resterai caché pas loin au moment où tu quitteras le club et on prendra Ryder avec nous en renfort. C'est un bon tireur. Ne le sous-estime pas. Je connais du monde à Rainbow. Il y a plein de vieilles cabanes de mineurs qu'on pourrait utiliser. Pour que tout ça soit crédible, il faut que tu aies un endroit où loger. Si on réussit à capter l'attention du tueur, je suppose qu'il te suivra jusque chez toi. Tu penses qu'il cherchera à t'enlever à la sortie du club ou à ton arrivée à la cabane ?

Tout en réfléchissant au plan, Beth attrapa le sac contenant la bouteille isotherme de café et les barres énergisantes et fourra les deux gobelets usagés à l'intérieur.

— Il est sur les nerfs, ce qui va le pousser à prendre des risques. Il se pourrait qu'il me suive jusque chez moi pour voir si je vis seule et m'attaquer dans la foulée. Ou alors il attendra la nuit suivante pour me kidnapper. À ce moment-là, il saura à quelle heure je quitte le club et à quelle heure j'arrive chez moi. Si tu arrives à me trouver une cabane un peu isolée, il attendra probablement mon retour là-bas, caché à l'extérieur. Il risque d'épier tous mes faits et gestes, alors si tu veux me protéger, tu devras avoir une longueur d'avance sur lui.

27

Je tremble de rage face à l'écran noir de mon téléphone. Il est devenu inutile, maintenant que les flics ont découvert la caméra de vidéosurveillance. J'ouvre le boîtier du téléphone, j'arrache la carte SIM et je la gratte avec mon couteau. Puis, après avoir essuyé et nettoyé l'appareil, je le jette dans le courant agité de la rivière. Ce n'est pas une grande perte, j'en ai plein d'autres planqués dans une cachette secrète. En revanche, la caméra sera difficile à remplacer, surtout parce que les flics vont surveiller si quelqu'un n'en achète pas une prochainement. Peu importe, il y en a une autre dans la cabane de Rainbow. Les flics sont souvent stupides. Après avoir découvert deux corps dans la même cabane, ils vont penser que je vais à nouveau choisir une fille de Rattlesnake Creek. Malgré tout, ils s'interrogeront peut-être quand ils découvriront que Vicki Strauss venait de Serenity. Quoi qu'il en soit, ils ne penseront jamais à Rainbow.

*Tempters*, le charmant petit club installé à l'arrière du *Little Gem Saloon*, est l'un de mes endroits préférés. Les filles donnent généreusement de leur temps, mais je n'en ai pas encore trouvé une que je veux. La dernière fois que j'ai discuté avec le gérant, il m'a dit que de nouvelles danseuses allaient arriver cette semaine. Il a passé un accord avec un club à Bozeman pour échanger des filles tous les trois mois, histoire de proposer de nouvelles affiches. L'excitation me donne des frissons. J'ai hâte de voir danser ces nouvelles filles et d'en choisir une à ajouter à ma collection de trésors. Je suis sûr qu'elles mettront du cœur à l'ouvrage pour m'exciter, me tenter et cette fois-ci, j'en suis convaincu, l'une d'entre elles va l'emporter. Est-ce si difficile de comprendre que c'est leur faute si elles m'attirent ?

Mon dos porte encore les marques de l'humiliation infligée par mon père. Traîné devant l'assemblée des fidèles, j'ai été fouetté à nu. Je n'ai pas versé une larme, parce que j'avais vu les traces d'autoflagellation sur son dos. C'était un pécheur, comme moi. Il est mort en sachant que son châtiment n'avait pas fonctionné, car le jour où j'ai pressé cet oreiller contre son visage, j'ai murmuré au creux de son oreille : « Je désire toujours le corps des femmes et bientôt, elles seront des centaines à m'attendre, sensuelles, souriantes, les bras grands ouverts. »

28

Remisant dans un coin de sa tête les images de la scène de crime, l'ignoble vidéo du meurtre et ce qui s'était ensuivi dans la cabane, Beth regagna son appartement. Elle avait besoin de se défaire de la crasse et de l'odeur nauséabonde de la scène de crime qui s'était imprégnée sur elle malgré sa combinaison de protection. Elle avait lu de l'inquiétude dans les yeux de Styles lorsqu'elle avait évoqué l'opération sous couverture et elle avait accepté de prendre une douche avant d'aller questionner les deux autres suspects potentiels. Elle aurait dû être concentrée, absorbée par l'affaire, mais dès l'instant où Wolfe avait reçu l'appel téléphonique l'avertissant qu'un nouveau corps avait été trouvé à proximité de Billings, elle avait senti son rythme cardiaque s'accélérer. Jackson sillonnait à nouveau les routes pour assassiner des femmes. Il était tellement sûr de lui qu'elle était prête à parier qu'il employait toujours le même leurre pour attirer les victimes dans son véhicule. Depuis son acquittement, il se pensait intouchable — et pourquoi aurait-il imaginé le contraire ? Ses meurtres survenaient de manière totalement aléatoire, car il n'avait pas besoin de préméditer quoi que ce soit.

Tout ce qu'il avait à faire, c'était placarder une petite annonce sur un panneau d'affichage et attendre que sa prochaine victime lui téléphone. Si c'était un homme, il lui suffisait de dire que le poste était déjà pourvu et de le congédier. Les employés des restaurants routiers devaient le voir régulièrement punaiser ses annonces, puisqu'il utilisait les panneaux de trois villes aux alentours de Billings pour proposer ses services de réparation. Il était alors facile pour lui d'afficher deux feuillets : personne n'irait vérifier. Beth devait absolument déterminer dans quel restaurant il se rendrait la fois prochaine, car quand l'enquête sur l'assassinat des strip-teaseuses serait terminée, elle n'aurait qu'un ou deux jours de répit pour agir avant que quelqu'un ne remarque son absence.

Tout en se séchant les cheveux, Beth réfléchissait à un plan d'action pour retrouver Levi Jackson. La question des déplacements était essentielle, car elle devait s'arranger pour être aperçue loin de la scène de crime au moment de la mort de Jackson. Elle veillerait à ce que les gens la remarquent, réserverait une chambre dans un motel et ferait quelques courses dans les magasins du coin pour avoir un alibi. Elle laisserait son portable éteint à bord de son véhicule. Il pourrait toujours être tracé et cela permettrait de prouver que son téléphone comme sa voiture se trouvaient à des kilomètres de la victime. Et si Styles décidait soudain de garder un œil sur elle — ce dont elle doutait —, elle pourrait dissiper ses soupçons en laissant entendre qu'elle avait un rancard dans un bar ou ailleurs. En réalité, ce ne serait pas compliqué d'organiser un tel rendez-vous avant de prendre le bus. L'absence de femmes célibataires dans les villes minières lui faciliterait la tâche pour rencontrer des hommes. Elle enfilerait son déguisement, achèterait un téléphone prépayé et prendrait le bus jusqu'au restaurant routier. Ce serait ensuite une question de chance. Si en arrivant elle ne trouvait pas de petite annonce proposant un logement et un travail dans un ranch, elle rentrerait par le bus suivant et attendrait quelques jours supplémentaires. Si une nouvelle affaire éclatait, elle n'aurait pas d'autre choix que de travailler dessus avec Styles. Elle attendrait alors que Jackson passe à nouveau à l'acte pour essayer de deviner où il tendrait son embuscade suivante.

Beth se concentra à nouveau sur l'affaire Cassie Burnham et Vicki Strauss. Styles avait insisté pour qu'ils aillent interroger les suspects après avoir mangé quelque chose. Elle noua ses cheveux en une queue-de-cheval et enfila une casquette en laine. Elle porterait des lunettes de soleil pendant l'interrogatoire. Certes, elle comptait agir sous couverture, mais elle avait face à elle un tueur très malin. Il pourrait la reconnaître malgré son déguisement et elle n'avait pas l'intention de mourir prochainement.

Alors qu'elle se dirigeait vers le bureau, une odeur de pizza envahit l'ascenseur. Elle sourit. On pouvait faire confiance à Styles pour commander de quoi manger, histoire de gagner du temps. Elle entra dans le bureau et trouva Styles et Ryder au téléphone, deux cartons de pizza vides étalés devant eux, et un autre encore fermé posé son bureau. Elle leur adressa un signe de tête et ouvrit le carton pour attraper une part de pizza. D'après leur conversation, ils étaient occupés à localiser des suspects. La carte mémoire trouvée dans la caméra avait été enregistrée comme pièce à conviction par Wolfe. Quand elle consulta ses mails, elle vit qu'elle avait reçu une copie des enregistrements. Elle n'avait aucune raison de la regarder pour le moment. À la place, elle se mit à fouiller dans les rapports d'enquête sur les meurtres de Levi Jackson. Depuis son acquittement, il n'avait été inquiété dans aucun autre des homicides et la presse locale avait fini par relayer les meurtres de celui qu'elle nommait « l'Étrangleur des bords de route ».

Par chance, Wolfe avait reçu son appel devant eux. Si le moindre soupçon surgissait, elle pourrait dire qu'elle jetait un œil à tous ces dossiers par simple curiosité professionnelle. Réprimant un sourire, Beth parcourut les déclarations initiales de la personne ayant découvert le corps et du premier officier de police arrivé sur les lieux du drame. Les photographies de la scène de crime montraient un mode opératoire désormais familier : le corps d'une jeune femme partiellement recouvert de branches et d'herbes coupées. Pour Beth, il ne faisait aucun doute que Levi Jackson était derrière tout ça. Elle fit quelques recherches pour localiser le restaurant situé à proximité de la gare routière de Running Water. Ensuite, elle pirata le système de vidéosurveillance à l'extérieur de l'établissement pour accéder aux enregistrements. Elle vit une jeune femme descendre d'un bus, tourner en rond l'air désorienté, puis pénétrer dans le restaurant. Beth fit défiler la vidéo en avance rapide et environ une heure plus tard, la même jeune fille sortait du restaurant pour se diriger vers ce qu'elle imaginait être un parking. Natalie Kingsley, la femme qui avait survécu à l'attaque de Levi Jackson, avait déclaré avoir rejoint Jackson sur un parking à l'extérieur d'un restaurant routier. Jackson revenait toujours au même scénario, car celui-ci fonctionnait. Il avait joué cette scène de nombreuses fois auparavant, et après s'être fait prendre une fois par les caméras de vidéosurveillance, il avait fait en sorte que cela ne se reproduise plus. Aux yeux experts de Beth, il apparaissait évident que Jackson était venu faire du repérage aux abords du restaurant afin de maintenir son véhicule invisible. Elle soupira en voyant la jeune femme faire un signe de la main et disparaître du champ des caméras.

*Aucun doute, elle se dirige vers le véhicule de Jackson et vers les portes de l'enfer.*

— Beth ?

Styles se leva de son bureau.

— On a identifié deux suspects potentiels qui sont en ville en ce moment. On va se séparer. Cash a demandé à un ami de l'accompagner pour aller parler à l'un d'entre eux. On va s'occuper de l'autre.

Beth enveloppa une part de pizza dans une serviette en papier avant de placer le reste du carton dans le réfrigérateur, puis elle enfila son manteau.

— Je mangerai en route.

Elle glissa une bouteille d'eau dans sa poche et suivit Styles au-dehors.

— À qui on va rendre visite ?

— À Joseph Crenshaw, répondit Styles en ouvrant la marche vers l'ascenseur. C'est un habitué des clubs et il a été vu au *Outlaws* le soir où Cassie a disparu. C'est un menuisier un peu touche-à-tout. Les associations solidaires du coin l'appellent pour venir récupérer des dons, donc il se déplace dans toute la région. Il retape les meubles et le reste part dans des boutiques de seconde main. Sa femme tient un magasin de mobilier d'occasion en ville, et il partage la moitié de son chiffre d'affaires avec une association caritative locale. Il est marié et père de trois enfants, mais cela n'a jamais empêché un homme de tuer, ajouta-t-il en se tournant vers Beth. Son atelier se trouve derrière le magasin de sa femme. J'ai appelé l'armurerie qui se trouve à côté pour leur demander s'ils l'avaient vu aujourd'hui. Jim, le gérant, m'a dit qu'il l'avait entendu travailler dans son atelier.

— Quant à moi, je vais interroger Rowdy Bright, déclara Ryder en jetant un œil à ses notes. Rowdy est chauffeur de camion frigorifique et il livre des marchandises dans les villes voisines. Il passe souvent la nuit sur place pour récupérer des cargaisons à acheminer sur son trajet retour et il fréquente les clubs de quatre villes dans le coin. Il effectue trois tournées par semaine, ce qui coïncide avec les dates auxquelles les victimes ont disparu.

Beth acquiesça en écoutant les informations.

— Très bien, voyons ce qu'ils ont à nous dire.

Elle s'adressa à Ryder.

— C'est une bonne chose que vous ayez réussi à trouver quelqu'un pour vous assister, ne serait-ce qu'une journée. Vous avez vu le genre d'homme auquel on a affaire, alors gardez vos distances et n'effrayez pas le suspect. Posez des questions génériques comme si vous étiez blasé.

— Oui, je vois le genre, répondit Ryder en levant les yeux au ciel avant de sortir de l'ascenseur. Je vous appellerai quand j'en aurai fini. Bright est au *Outlaws*. Je vais lui demander de me suivre à l'extérieur.

— Peut-être que vous pourriez demander à Tommy Joe de le faire ? demanda Styles. Vous risquez de vous faire remarquer en entrant dans un bar en uniforme.

Beth avala une bouchée de pizza et les regarda, interdite, alors qu'elle passait la porte de l'immeuble.

— Vous avez débauché Tommy Joe ?

— C'est la seule personne en qui je peux avoir confiance pour ne pas faire fuiter d'informations sur l'enquête.

Ryder la regarda du coin de l'œil.

— C'est quelqu'un de respecté en ville. Les gens ne voudront pas avoir d'ennuis avec moi s'il m'accompagne.

Ses lèvres se retroussèrent en un sourire.

— Tommy Joe a la même réputation que Styles, si vous voyez ce que je veux dire.

Beth acquiesça et se hâta vers le pick-up de son coéquipier. Le vent froid et mordant soufflait en bourrasques violentes.

— Bonne chance. On se retrouve à votre bureau après.

— Entendu.

Ryder grimpa à bord de son 4 x 4 et quitta le parking. Beth se tourna vers Styles, les sourcils levés.

— Tu ne m'avais jamais parlé de la réputation de Tommy Joe. Il est tellement gentil, toujours amical et serviable. Je l'apprécie.

— Et moi qui pensais que tu étais capable de cerner les gens

en un clin d'œil et de lire en eux comme dans un livre ouvert !
s'exclama Styles dans un sourire. Tommy Joe est un ancien militaire et il est costaud. Je sais que c'est difficile à croire, mais tu
n'es pas le seul serpent à sonnette de cette ville. Il a beau avoir
l'air d'un nounours, crois-moi, il peut être aussi féroce qu'un
grizzly.

## 29

Ryder ne savait pas quoi penser de Beth Katz. Il secoua la tête, incertain de l'attitude à adopter avec elle. Lorsqu'il s'arrêta devant chez Tommy Joe, celui-ci grimpa sur le siège passager et Ryder le briefa sur le suspect à interroger.

— Donc, tu entres et tu lui demandes de te suivre dehors pour avoir une petite conversation. Styles pense que je vais l'effrayer si je débarque en uniforme au bar.

— D'accord, je m'en occupe.

Tommy Joe se tourna vers lui et le regarda.

— On se connaît depuis un bail. Qu'est-ce qu'il t'arrive ? Tu es à cran depuis que Beth est arrivée en ville. Elle empiète sur tes plates-bandes ?

Ne sachant pas s'il devait parler à cœur ouvert, Ryder prit la direction du *Outlaws*.

— En quelque sorte, dit-il en lançant un regard à Tommy Joe. Elle est susceptible et elle me traite comme un bleu. J'ai l'impression qu'elle oublie que c'est moi qui fais régner la loi dans ce comté, pas elle. Le FBI intervient sur cette enquête seulement parce que je les y ai invités. Il n'y a eu que deux meurtres. Il n'y a aucune raison de penser qu'on a affaire à un tueur en série. Pas encore, en tout cas.

— Je vois ce que tu veux dire, répondit Tommy Joe en haussant les épaules. Il lui a fallu du temps pour briser la glace avec moi. J'ai l'impression qu'elle n'apprécie pas grand monde. Je ne l'ai encore jamais vue s'intéresser à qui que ce soit, pourtant elle reçoit de nombreuses marques d'attention. Tous les types du coin aimeraient apprendre à la connaître. Elle est intelligente, jolie, elle a un super boulot. Elle en fait rêver plus d'un.

Ryder ne voulait pas entrer dans ce débat. Il s'engagea dans la zone industrielle et serpenta le long de petites routes qui menaient jusqu'au club.

— Elle n'aime peut-être pas les hommes, mais ce n'est pas mon problème. Elle me parle mal et ça me gêne. Je lui ai dit que je n'étais pas un bleu et elle a baissé d'un ton, mais avant, elle n'y allait pas de main morte. Je ne pense pas qu'elle ait envie de créer des liens ici. À mon avis, à la première occasion, elle taillera la route pour retourner à Washington. C'est une citadine pur jus.

— Laisse-lui du temps.

Tommy Joe tourna les yeux vers lui alors qu'ils s'arrêtaient sur le parking du club.

— Elle est dans un nouvel environnement et elle se retrouve seule. Elle n'a pas d'amis à qui se confier et on lui a collé Styles comme coéquipier par-dessus le marché. Il ne doit pas être enchanté d'avoir un autre agent sous le même toit que lui. Franchement, ils se retrouvent l'un sur l'autre vingt-quatre heures sur vingt-quatre, sept jours sur sept, et tu sais qu'il aime la solitude, fit remarquer Tommy Joe. Je ne suis pas surpris qu'elle soit sur la défensive, ajouta-t-il en haussant les épaules.

Ryder acquiesça. Il comprenait son point de vue.

— Oui, j'imagine. Je sais quel est son problème : elle a l'habitude d'obtenir les choses en un claquement de doigts et de disposer des ressources des grandes villes. C'est peut-être frustrant pour elle, mais pourquoi elle me le fait payer ? Je n'ai pas les moyens de tout régler dans la minute, mais je fais de mon mieux.

— Et c'est tout ce que tu peux faire, dit Tommy Joe avec un sourire. J'ai vu son côté sympa. Elle peut se montrer charmante quand elle décroche du FBI. Tu pourrais peut-être lui parler de ce que tu ressens ? Laisse-lui une autre chance, et je te parie que vous deviendrez les meilleurs amis du monde en un rien de temps.

Tommy Joe ouvrit la portière.

— Attends-moi là, je vais chercher Rowdy.

En voyant Rowdy Bright sortir du bar, Ryder attrapa son téléphone et afficha la capture d'écran montrant le tueur. D'après l'équipe, c'était un homme d'environ un mètre quatre-vingts qui devait peser entre quatre-vingts et quatre-vingt-dix kilos. Moins athlétique que Styles ou Tommy Joe, il était musclé, mais légèrement en surpoids. Wolfe avait estimé qu'il devait avoir entre trente et quarante ans. Le problème, c'est qu'au moins une cinquantaine d'hommes en ville pouvait correspondre à ce profil. Le visage masqué, sans tatouage, sans cicatrice ni aucun signe distinctif, l'homme nu à l'écran portait des bottes et des gants, si bien qu'il était presque impossible de l'identifier. De nombreux magasins vendaient des masques similaires pour Halloween et c'était devenu la tendance du moment. Il n'y avait quasiment aucun moyen de remonter jusqu'aux personnes qui en avaient acheté, si toutefois il existait des traces de ces achats, ce dont il doutait. Ryder observa la gestuelle de Bright alors que Tommy Joe l'escortait jusqu'au 4 x 4. Il réfléchit aux questions à lui poser et, plutôt que de prendre des notes, activa l'enregistreur vocal de son téléphone. Il glissa son portable dans la poche avant de sa veste et en défit la fermeture Éclair.

— Il y a un problème, shérif ? demanda Bright en s'installant sur la banquette arrière, Tommy Joe à ses côtés. Ryder le regarda.

— Peut-être bien.

Il retira son téléphone de sa poche et le déposa sur la console entre les deux sièges.

— Je vais enregistrer notre petite conversation. C'est compliqué de prendre des notes dans la voiture.

— D'accord, comme vous voulez.

Bright leva une épaule et ses joues s'empourprèrent.

— Je ne voulais pas tripoter cette danseuse. C'était une erreur. Je glissais juste des billets dans son costume quand c'est arrivé.

Tout en réfléchissant, Ryder se tourna sur son siège pour faire face à Bright.

— Cela n'a rien à voir avec le fait que vous pelotiez les filles, mais si vous recommencez, vous vous ferez expulser. Allons droit au but, vous savez pourquoi on est là, pas vrai ?

— J'ai entendu des choses.

Bright bascula au fond de la banquette, son chapeau à la main.

— Je sais qu'une danseuse a disparu, mais je n'ai rien à voir là-dedans. J'aime regarder les filles, mais je ne l'ai pas enlevée.

Ryder plissa les yeux et le regarda.

— Qui a parlé d'enlèvement ? Qu'est-ce qui vous fait penser qu'elle a été enlevée ? Quelqu'un a laissé entendre qu'elle a été kidnappée ?

— Pas exactement, non. Mais des gars ont dit que des agents du FBI les avaient interrogés en précisant que cette fille avait disparu.

Bright faisait tourner son chapeau entre ses mains.

— J'ai payé pour une représentation privée avec Cassie vendredi dernier, c'est tout. Elle était très occupée, il y avait toute une liste d'hommes qui voulaient qu'elle danse pour eux. Peut-être que vous feriez bien de vous intéresser à eux.

Ryder soupira et secoua la tête.

— On est en train d'éplucher la liste. Tant qu'on est là, je sais que vous fréquentez aussi le *Silver Nugget Saloon* à Serenity. Des témoins vous ont vu là-bas mardi soir. Vous y allez souvent ? Vous aimez traîner dans les clubs lorsque vous êtes en déplacement pour le travail ?

— Oui, moi et des tas de mineurs, se défendit Bright en les regardant alternativement. Pourquoi ?

Ryder haussa les épaules.

— On a besoin de savoir qui d'autre se trouvait là-bas, et comme vous vous déplacez souvent d'un comté à l'autre, vous devez connaître du monde.

Toute la ville savait qu'une danseuse avait disparu. Les mineurs avaient dispersé la nouvelle autour d'eux, et les rumeurs se répandaient comme des traînées de poudre au sein des petites villes. Ils avaient réussi à garder le secret sur les meurtres, et seul le tueur pouvait être au courant. Ryder fixa Bright avec attention.

— On pense en effet que quelqu'un a enlevé Cassie Burnham vendredi dernier et il est possible que la même personne soit responsable de la disparition de Vicki Strauss. Vous connaissez Vicki, pas vrai ? Vous étiez sur sa liste de clients au *Silver Nugget*. Vous vous souvenez avoir vu quelqu'un venir régulièrement au club ? Ou vous connaissez des gars qui se déplacent souvent et qui ont l'habitude de fréquenter les clubs certains jours comme vous ?

— Je ne connais pas tous les mineurs par leur prénom, mais certains d'entre eux travaillent sur plusieurs mines différentes.

Bright se passa une main sur le menton.

— Ils viennent en ville parce qu'ils cherchent du boulot et ils acceptent de travailler en horaires décalés. Ils ne sont pas salariés. Ce sont des intérimaires.

Ryder n'apprenait rien de nouveau.

— Oui, c'est très bien tout ça, mais il me faut des noms. Le vôtre est le seul que j'ai sur ma liste pour le moment, alors vous feriez mieux d'arrêter de protéger les autres et de me donner les noms des personnes que vous avez vues vendredi soir au *Outlaws* et mardi au *Silver Nugget*. Et ne me dites pas que vous ne connaissez personne. Je sais que vous êtes un animal social.

— C'est-à-dire que mon attention est souvent tournée vers les danseuses, mais oui, c'est vrai qu'il m'arrive de m'asseoir en attendant entre les prestations des filles et de discuter avec quelques gars.

Bright se tortilla sur la banquette.

— Je connais Joe Crenshaw, on se croise souvent. Je joue au billard avec lui certains soirs quand on attend notre tour, vous savez, pour les danses privées. Il n'est pas question de rapports sexuels là-dedans, si c'est ce que vous voulez savoir.

Ryder hocha la tête.

— Continuez. Qui d'autre ?

— Il y a deux mineurs que je connais, mais ils traînent avec d'autres types. Ils dorment au même motel que moi. Certains de leur bande ont des caravanes. On les surnomme les mineurs escargots, expliqua Bright avec un petit rire, parce qu'ils traînent leur maison derrière eux partout où ils vont.

Impatient, Ryder lui lança un regard noir.

— Leurs noms, et vous pourrez y aller.

— Steve Smith et Jace Conan, dit Bright d'un air penaud. Vous ne leur direz pas que je les ai balancés, pas vrai ?

Ryder secoua la tête et réfléchit à ce que cela impliquait.

— Vous voulez dire que tous ces hommes ont assisté à des représentations privées de Cassie Burnham et de Vicki Strauss les soirs de leur disparition ? Vous en êtes sûr ?

— Oui, certain. Ils étaient sur la liste après moi. J'aime venir tôt, quand les filles sont encore enthousiastes et qu'elles ne portent pas sur elles le parfum des types sur lesquels elles se sont assises.

Les yeux de Bright passèrent de Ryder à Tommy Joe à plusieurs reprises.

— Autre chose ?

Ryder vérifia qu'il avait fait le tour de ses questions et leva la main.

— Une dernière chose. Vous bougez pas mal dans la région, non ? Vous savez où se situent toutes les vieilles cabanes de mineurs ?

— Certaines, pas toutes. Il y en a des tonnes dans le secteur, répondit Bright en levant les sourcils et en esquissant un sourire. Vous cherchez un endroit reculé où vous installer un petit espace à vous ? Certaines danseuses ne sont pas contre quelques extras, déclara-t-il avec une lueur d'amusement dans les yeux. J'imagine que ce ne serait pas très discret si vous rameniez une danseuse chez vous, hein ? Vu que vous êtes shérif et tout.

Agacé, Ryder lança un regard à Tommy Joe qui souriait tel le chat de Cheshire, puis il reporta son attention sur Bright.

— Vous avez entendu parler de personnes qui utilisent les cabanes pour des « extras » ?

— Le sujet a été évoqué, mais ne me demandez pas par qui. Ce ne sont pas des endroits où je vais. Je ne trempe pas là-dedans.

Ryder dévisagea Bright et fit un geste de la main.

— Bien, vous pouvez y aller, dit-il en lui tendant sa carte. À la moindre conversation, au moindre nom qui pourrait m'être utile, appelez-moi. Croyez-moi, vous avez tout intérêt à coopérer.

Il arrêta l'enregistrement. Une fois que Bright fut descendu du 4 x 4 et eut regagné le bar en traînant des pieds, il se tourna vers Tommy Joe.

— Qu'est-ce que tu en penses ?

— Je ne suis pas profileur, mais ce gars a toujours été louche. Transmets l'enregistrement au FBI. Ils l'étudieront.

Ryder attendit que Tommy Joe se réinstalle sur le siège passager à l'avant.

— Bien, on va aller prendre un café chez toi, puis je retournerai au bureau attendre Beth et Styles. Pour moi, Bright est un suspect potentiel. Il coche la plupart des cases. Il a eu l'occasion d'agir, il se trouvait sur place le soir des deux enlèvements, il se déplace dans la région. Il a un camion pour transporter les corps.

Il soupira.

— La seule chose qui m'échappe, c'est le mobile. Pourquoi aurait-il tué ces femmes ?

— Si tu le savais, l'affaire serait résolue, dit Tommy Joe en haussant les épaules. Tu voudras une part de tarte avec ton café ?

Ryder acquiesça en souriant.

— Volontiers. Connaissant Styles, il va travailler bien au-delà de l'heure du dîner.

## 30

À peine Styles s'était-il garé le long du magasin de mobilier d'occasion que Beth sauta de son siège et alla coller son nez à la vitrine. Styles fit descendre Bear de la voiture et s'approcha d'elle.

— Tu vois quelque chose qui te plaît ?

— Oh, oui !

Elle se tourna vers lui et son sourire s'effaça soudain pour laisser place à un pli barrant son front.

— Imagine que j'achète du mobilier chez lui et qu'on découvre qu'il est le tueur. Je ne pourrai pas vivre dans un endroit avec des meubles qu'il a retapés tout autour de moi. Après avoir vu la vidéo, le souvenir de ces images me hanterait.

Styles perçut son trouble et haussa les épaules.

— Il y a d'autres boutiques à Rainbow, et Spring Grove possède plusieurs dépôts-ventes d'objets artisanaux qui correspondent à ce que tu cherches. C'est près de la réserve indienne et il y a quelques super magasins de mobilier traditionnel où tu devrais sérieusement songer à faire un tour. Les pièces qu'ils créent sont magnifiques, et certains des commerçants vendent même des bijoux amérindiens. Si tu veux quelque chose d'original, je te conseille d'aller là-bas. La plupart des boutiques sont situées le long de la rue principale. J'y ai acheté le canapé et les fauteuils matelassés de mon appartement, et ils proposent même un service de livraison.

— Parfait.

Elle se tourna vers lui, le regard pétillant.

— Est-ce qu'il y a un motel correct ? Il y a tellement de choses que j'ai envie d'acheter et j'aime prendre mon temps pour chiner. Je ne pourrai jamais tout faire en un seul voyage. En réservant une chambre dans un motel, je pourrai récupérer du mobilier à droite, à gauche avec ma voiture. Et si jamais j'en ai marre, ce dont je doute, je pourrai chercher de jolis sites où aller peindre des paysages. Je ne compte pas me mettre à la peinture dans l'immédiat, mais peut-être la prochaine fois que nous aurons du temps libre. Ça me ferait le même effet que de partir en vacances.

Styles passa devant l'entrée du magasin et prit la direction d'une petite allée qui menait à l'arrière du bâtiment.

— C'est un chouette programme, mais n'oublie pas la faune sauvage, Beth. Tu ne peux pas partir seule n'importe où dans la forêt ou le long de la rivière.

— Je serai armée, répondit Beth en lâchant un soupir. Je ferai attention. J'aurai une bombe lacrymogène et mon revolver avec moi. Je n'ai pas l'intention de servir de dîner à qui que ce soit.

Un caquètement retentit et Styles s'arrêta aussitôt pour saisir le collier de Bear.

— Oh, non ! Des poules.

— Et alors ? s'étonna Beth, perplexe.

Les poules étaient la seule chose qui effrayait Bear. Styles ignorait pourquoi, mais à la vue d'un seul gallinacé, le chien entrait en mode panique. Styles lança un regard à Beth.

— Cours jusqu'à la voiture et ouvre la portière pour Bear. Il va devenir fou quand il verra les poules. Appelle-le et croisons les doigts pour qu'il ne les remarque pas. Je vais rester ici et lui faire signe de te suivre.

Au moment où Beth s'élançait, quatre poules surgirent à l'angle de l'allée, grattant la terre à coups de bec. Styles essaya de faire pivoter Bear en direction de la voiture, mais aussitôt, le chien se pétrifia. Effrayé par les petites poules brunes, il tremblait de tout son corps. En l'espace de quelques secondes, ses yeux s'écarquillèrent. Styles tenait fermement son harnais, mais le chien était puissant, et alors que quelques poules s'avançaient dans leur direction, il se cabra soudain en poussant un gémissement étranglé. Incapable de créer une diversion ou de le faire avancer, Styles se pencha pour le prendre dans ses bras et courut jusqu'à la voiture. Debout à côté du véhicule, Beth observait la scène les yeux écarquillés.

— Attrape sa couverture.

Styles poussa Bear à l'intérieur de l'habitacle et saisit la couverture que Beth lui tendait. Il l'enroula autour du chien, puis le frictionna en prononçant des paroles réconfortantes. Il leva les yeux vers Beth.

— C'est bon, il ne va pas bouger. On risque d'avoir du mal à le faire descendre en rentrant au bureau.

Il soupira.

— Comme on vit en zone rurale, le vétérinaire m'a suggéré de toujours avoir un tranquillisant à portée de main pour lui. D'habitude, je vérifie que la voie est libre avant de le faire descendre de la voiture. On gère. Le problème, c'est quand les poules s'avancent vers nous.

— Wouah ! Quand tu m'as dit qu'il avait peur des poules, j'ai cru que tu plaisantais, dit Beth en secouant la tête. Pauvre Bear. Ça remonte à quand ?

Inquiet de voir son fidèle compagnon secoué de tremblements, Styles ferma la portière et haussa les épaules.

— Il s'est passé quelque chose avant que je le récupère. Je dirais vraiment peu de temps avant, parce qu'il n'aurait pas été dressé pour intégrer la brigade canine s'il avait présenté des séquelles traumatiques.

Il fit demi-tour et une fois revenu dans l'allée, il dispersa les poules.

— Peut-être que les entendre caqueter lui évoque le souvenir d'une déflagration. Il a été blessé dans une explosion qui a coûté la vie à son dresseur. C'est peut-être arrivé à ce moment-là, je n'en sais rien. On fait avec. C'est comme ça.

— Maintenant que je suis au courant, je partirai en éclaireur pour vérifier les arrière-cours, dit Beth en souriant. J'aime bien Bear. J'ai envie de l'aider. On pourrait peut-être l'emmener chez un psy pour chiens ?

Styles la regarda, interloqué.

— Je ne suis pas certain qu'il y ait beaucoup de psys animaliers dans le coin, Beth. On a de la chance d'avoir un vétérinaire et il a suggéré de lui administrer des calmants. Je ne veux pas d'un chien zombie. Je trouverai une autre solution.

Le bruit d'une ponceuse électrique leur parvint en provenance d'une large construction en bois située à l'arrière du magasin de meubles. Styles lança un regard à Beth.

— Tu veux prendre les rênes cette fois-ci ?

— Non, parle-lui, dit-elle en laissant échapper un soupir. Je vais en profiter pour essayer de le cerner et voir si je remarque chez lui un détail caractéristique du comportement psychopathique.

Alors qu'ils marchaient le long de l'allée, Styles vérifia que son revolver était en place. Quand il interrogeait un suspect, il avait l'habitude de défaire la fermeture Éclair de son blouson et de s'assurer que son arme était à portée de main sur son holster d'épaule. Bien qu'il ait rarement besoin de s'en servir, le fait de la rendre visible servait d'avertissement silencieux. En réalité, il préférait maîtriser un criminel à mains nues quand cela était possible. Les revolvers, et tout particulièrement son Magnum Smith & Wesson 357, créaient incontestablement des dégâts qu'il préférait éviter, et la paperasse à remplir après avoir ouvert le feu était une galère sans nom. Lorsqu'ils arrivèrent au niveau de la porte ouverte, Styles aperçut un homme qui correspondait au profil qu'ils recherchaient en train de poncer un élégant fauteuil en bois. Il frappa à la porte.

— Joseph Crenshaw ? Je suis l'agent Styles du FBI, et voici ma coéquipière, l'agent Katz. Vous auriez quelques minutes à nous accorder ?

— Bien sûr.

Crenshaw posa sa ponceuse et s'essuya les mains sur son épais tablier de cuir.

— Que puis-je faire pour vous ? Je n'ai pas récupéré des meubles volés, au moins ?

Styles lui exposa la raison de leur venue.

— Votre femme sait que vous fréquentez ce genre de club et que vous payez pour des représentations privées ?

— Oui, elle est au courant. Elle est très compréhensive. Elle n'aime pas que je regarde des pornos à la maison, expliqua-t-il dans un haussement d'épaules. Elle a peur que les enfants s'en rendent compte un jour, alors on a conclu un marché. Ce n'est pas comme si je lui étais infidèle. Je ne fais que regarder, je ne touche pas, pas vrai ? Ce que je fais en dehors de la maison ne la préoccupe pas plus que ça. Ce que j'aimerais bien savoir, c'est comment vous avez découvert ce que je faisais de mon temps libre ? La plupart des gars ici gardent ça secret.

Styles hocha la tête.

— Je n'en doute pas. On a obtenu la liste des réservations effectuées pour des représentations privées auprès des gérants des clubs. Votre nom figure sur cette liste et il s'avère que vous étiez présent dans les deux clubs où des danseuses ont disparu.

Crenshaw haussa les épaules et sourit.

— Je ne leur ai rien fait. Allez-y, fouillez tout ce que vous voulez. Ma femme accepte que j'aille voir des strip-teaseuses, mais les ramener à la maison reviendrait à dépasser les limites et j'aurais le plus grand mal à expliquer à mes enfants ce qu'une femme en petite tenue fait dans notre salon, dit-il avec un petit rire. Croyez-moi, je ne suis pas le seul homme marié à fréquenter les clubs. Au cas où vous ne l'auriez pas remarqué, il n'y a pas beaucoup d'occasions de se divertir en ville.

Il observa longuement Styles.

— Je vous ai vu là-bas aussi, alors ne prenez pas vos grands airs. On a tous besoin de rêver un peu, pas vrai ?

— Nous savons que vous vous trouviez dans ces clubs aux moments des disparitions.

Beth adressa un regard à Styles, puis se tourna vers Crenshaw.

— Vous avez l'air de connaître les gens du coin. Avez-vous remarqué la présence de quelqu'un d'inhabituel ou de suspect ?

— Non, je dirais qu'il y avait les mêmes têtes que d'habitude, répondit Crenshaw en haussant nonchalamment les épaules. Je n'ai pas vraiment prêté attention aux gars dans l'assistance, à vrai dire.

— Très bien.

Beth releva le menton.

— Vous avez l'air de bien vous entendre avec les danseuses. Vous ont-elles fait part d'un sentiment d'inquiétude vis-à-vis d'un des clients ?

— Je ne pense pas que mes conversations avec les go-go danseuses puissent être répétées à vos oreilles délicates, agent Katz.

Crenshaw se tourna vers Styles et lui adressa un clin d'œil.

— Pas vrai, agent Styles ? Ce qu'on se dit avec les filles reste entre elles et moi.

Styles s'éclaircit la gorge et hocha la tête en lui tendant sa carte.

— Si vous entendez quoi que ce soit au sujet des femmes qui ont disparu, ou si quelque chose vous revient, appelez-moi.

— Entendu.

Crenshaw posa la carte sur son établi, récupéra sa ponceuse et se remit au travail. Alors qu'il marchait en tête pour regagner la voiture, Styles se tourna vers Beth.

— Qu'est-ce que tu en penses ?

— Il a assurément le charme du psychopathe, mais j'imagine qu'aux yeux des autres, c'est un homme qui profite de la vie. Il a un travail, une femme, des enfants et de l'argent à dépenser en allant glisser des billets dans les sous-vêtements de strip-teaseuses.

Beth le dévisagea longuement, les yeux brillants de colère et les lèvres pincées, puis elle reprit :

— Je me demande ce que sa femme pense vraiment du fait qu'une strip-teaseuse se trémousse sur ses genoux. C'est un type costaud. Peut-être qu'elle a trop peur pour oser dire quoi que ce soit.

Styles haussa les épaules tout en l'observant. Elle était en colère et il n'était pas sûr de savoir comment réagir.

— Peut-être, mais on ne peut rien faire tant qu'elle n'a pas porté plainte.

La question de Beth resta en suspens, et une fois que Styles se fut assis derrière le volant, il se tourna vers elle.

— Ne t'inquiète pas, Nate et le personnel hospitalier ne prennent pas les violences conjugales à la légère. S'il frappait sa femme et qu'elle se rendait à l'hôpital ou chez Nate, un signalement serait effectué auprès de Ryder et les mesures nécessaires seraient prises. Ryder nous aurait prévenus si Crenshaw était un mari violent.

— Peut-être qu'elle est trop effrayée pour demander de l'aide.

Beth ouvrit la portière et descendit de la voiture.

— Je vais aller lui parler.

Styles s'empressa de la suivre.

— S'il est vraiment violent et qu'il découvre que tu as fait ça, cela ne fera qu'empirer les choses, Beth. La loi n'est pas assez stricte pour la protéger. Il écopera d'une amende, c'est tout.

— Certes, mais je vais quand même aller lui parler. Si elle a besoin d'aide, on peut l'accompagner. Elle n'est pas obligée de rester avec lui, si ?

Elle leva les yeux vers son coéquipier.

— S'il te plaît, Styles, reste dehors. Tu sais parfaitement qu'elle ne dira rien devant toi.

## 31

Beth se dirigea vers le perron et frappa à la porte. Les enfants venaient de rentrer de l'école et des éclats de voix retentirent dans le couloir au moment où une jeune femme frêle, âgée d'environ vingt-cinq ans, apparut sur le seuil. Une odeur de cookies fraîchement sortis du four flottait à l'intérieur de la maison et enveloppa Beth.

— Madame Crenshaw ? Je suis l'agent Beth Katz.

— Mon mari se trouve derrière, répondit Mme Crenshaw en fronçant les sourcils. C'est à propos de cette danseuse qui a disparu ?

Surprise, Beth attrapa son calepin et un stylo.

— Oui, c'est tout à fait ça. Que savez-vous à ce sujet ?

— Pas grand-chose.

Mme Crenshaw s'appuya contre le chambranle de la porte, ignorant les voix de ses enfants qui se chamaillaient dans son dos.

— Joe m'en a parlé, c'est tout.

Intéressée, Beth s'avança un peu plus.

— Que vous a-t-il dit ?

— Comme vous le savez, il se déplace un peu partout pour

récupérer des vieux meubles et toutes sortes d'objets dont les gens se débarrassent. Il entend des choses et on l'interroge sur les commérages, alors quand il rentre à la maison, il m'en parle.

Mme Crenshaw se pencha en avant, l'air conspirateur.

— Il paraît que cette fille a été assassinée parce que c'était une traînée.

Beth leva un sourcil.

— Vous y allez un peu fort, vous ne croyez pas ? Je suppose que vous voulez dire qu'il s'agissait peut-être d'une travailleuse du sexe ?

— Oui, voilà, répondit Mme Crenshaw en agitant la main avec dédain. Comment appeler autrement ces femmes qui s'exhibent à moitié nues devant des hommes mariés ?

Beth observa la jeune femme pour s'assurer qu'elle ne présentait pas d'hématomes ou de traces de maltraitance, mais elle n'avait pas l'air d'être battue.

— Il me semble qu'on parle de go-go danseuses, et les clubs de strip-tease sont parfaitement légaux dans cet État. Il n'y a par ailleurs aucune loi qui interdit aux hommes d'aller voir ces filles danser, et j'ai dû mal à imaginer qu'une femme puisse être assassinée parce qu'elle travaille dans un de ces établissements.

— Vraiment ? ricana Mme Crenshaw. Je connais quelques épouses qui ne sont pas du même avis que vous.

Les cheveux de Beth se dressèrent sur sa nuque.

— Savez-vous qui a raconté à votre mari que cette danseuse aurait été assassinée ?

— Il ne l'a pas mentionné, mais même s'il le savait, il ne vous le dirait pas.

Mme Crenshaw se tourna pour crier à ses enfants d'arrêter de se disputer.

— On ne veut pas faire de vagues. Les gens ne voient pas d'un bon œil ceux qui courent répéter la moindre rumeur aux flics.

De toute évidence, la jeune femme était en pleine forme. Beth referma son calepin et le rangea dans sa poche.

— Bien. Merci de m'avoir accordé de votre temps.

Le mari de Mme Crenshaw fit soudain irruption dans le couloir. Il s'avança derrière sa femme et enroula ses bras autour de sa taille. Elle sourit à Beth.

— Je discutais avec l'agent Katz.

— Je vois ça, répondit Crenshaw en posant son menton sur l'épaule osseuse de son épouse. Je veux dîner tôt ce soir. Je sors, alors ne t'attends pas à ce que je rentre cette nuit, chérie. Il y a de nouvelles filles que je veux aller voir et je compte boire quelques bières. Je ne vais pas prendre le risque de conduire en état d'ivresse, pas vrai ? C'était un plaisir, agent Katz.

Il referma la porte.

— Alors, satisfaite ?

Styles venait d'émerger d'un massif et se tenait les mains sur les hanches.

— Tu vois, elle se fiche de ce qu'il fabrique. Il est là en permanence, elle est sûrement contente de profiter d'une soirée tranquille.

Beth acquiesça et fronça les sourcils, désorientée. Les gens ne se mariaient-ils pas pour rester ensemble ? En quoi consistait l'adultère ? Elle s'était toujours figuré la fidélité comme un engagement physique et moral. Si quelqu'un était amoureux, pourquoi irait-il voir ailleurs ? Cela la plongeait dans l'incompréhension la plus totale. Beth n'avait jamais connu l'amour, mais si elle le trouvait un jour, elle voulait que ce soit absolu. Que ressentait-on dans ces cas-là ? Comment saurait-elle le reconnaître ? C'était tellement déroutant. Alors que Styles s'avançait vers la voiture, elle resta quelques pas en arrière.

— Pourquoi se marier si c'est pour aller chercher l'érotisme ailleurs ? On est censé trouver un attrait sexuel auprès de la personne qu'on aime, non ?

Elle regarda Styles.

— Tu as été marié. As-tu déjà ressenti le besoin de tromper ton épouse ? Ou peut-être que tu considères que reluquer une autre femme n'a rien d'une infidélité.

— Non, je n'ai pas ressenti ce besoin, mais je suis comme ça, répondit Styles en haussant les épaules et en la regardant du coin de l'œil. J'imagine que certains ne parviennent pas à entretenir la magie au sein du couple, et comme ils ne veulent pas se séparer, ils vont chercher ça ailleurs. J'ai entendu parler d'union libre, où chacun fait ce qu'il veut de son côté et entretient des relations extraconjugales. Cela arrive. Je ne suis pas un expert du mariage. Je te rappelle que le mien s'est soldé par un échec.

Beth le regarda, heureuse de constater qu'il se montrait sincère avec elle.

— D'après Mme Crenshaw, de nombreux hommes mariés fréquentent les clubs et leurs femmes ne se réjouissent pas particulièrement qu'ils s'extasient devant les strip-teaseuses. Franchement, si je n'avais pas vu le tueur à l'œuvre, j'aurais pu croire qu'un groupe d'épouses jalouses était à l'origine des meurtres.

— Oui, ça aurait pu être une possibilité. De toute évidence, Mme Crenshaw ne peut pas empêcher son mari de fréquenter les clubs et cela ne nous regarde pas.

Styles s'installa derrière le volant.

— Je n'ai pas de réponse, Beth. Chacun est différent. Peu importe ce qui convient aux gens, tant qu'ils sont heureux.

Beth hocha lentement la tête. Elle ne parvenait pas à imaginer un mari rentrant à la maison en portant l'odeur d'une autre femme sur lui.

*Ma mère a dû endurer la même chose, mais mon père assassinait ses amantes.*

— J'ai toujours cru que le mariage était synonyme de fidélité et de confiance. Je suis peut-être de la vieille école, mais pour moi, les danses érotiques dans les clubs de strip-tease n'ont pas leur place quand on est en couple.

— Allons, ne sois pas si catégorique, répliqua Styles avec un grand sourire alors qu'il enfilait ses lunettes de soleil. Tu crois que les femmes ne vont pas dans les clubs de strip-tease ? Et qu'elles ne font pas venir de Chippendales à leurs fêtes ? Comment crois-tu que leurs maris ou compagnons prennent ça ? Une femme aurait le droit de regarder un homme se dévêtir et pas l'inverse ? Quand on aime quelqu'un, on ne devrait pas le tromper, quelles que soient les tentations.

Il se tourna sur son siège pour caresser Beat, puis démarra le moteur.

— Je suis sûre que je n'irais pas dans ces endroits et que je ne paierais pas non plus un danseur pour animer mes soirées, affirma Beth en secouant la tête. Les strip-teaseurs ne m'intéressent pas. En réalité, cela me mettrait mal à l'aise, avoua-t-elle en lançant un regard à Styles. Tu sais, mon père a tué des femmes pendant des années et il rentrait à la maison auprès de ma mère après les avoir violées et assassinées. Je me suis souvent demandé si elle avait des soupçons et si elle l'avait confronté à ce sujet le soir où il l'a tuée. Il avait dû laisser transparaître des signes. Je sais que les psychopathes sont capables de tromper leur monde en jouant de leur charme, mais je pense que maman avait dû tomber sur quelque chose d'incriminant, dit-elle en soupirant. C'est peut-être ce qui a déclenché sa fureur. Le flic en moi veut savoir la vérité sur ce qu'il s'est passé cette nuit-là, et si je demande à mon père, il y a des chances qu'il s'en vante devant moi. Mais je n'arrive pas à le confronter sachant ce qu'il a fait. Rien que d'y penser, cela me retourne l'estomac.

— Ah... je vois. Grandir en foyer sans savoir ce qui est arrivé à ta famille a dû être traumatisant. J'aurais aimé être là. On dirait que tu avais besoin d'un ami.

*Si seulement il savait la vérité. Les cauchemars et les sueurs froides alors que dans ma tête, je revoyais chaque seconde de cette scène terrifiante.*

Beth hocha la tête.

— C'était comme vivre la vie de quelqu'un d'autre, comme si je n'avais ma place nulle part. Un ami m'aurait fait du bien, mais j'étais solitaire.

— Je peux comprendre pourquoi tu ne veux pas revivre ce qu'il s'est passé. Notre cerveau oublie certaines choses pour nous protéger. Tu ferais peut-être mieux de ne pas réveiller le fauve.

Styles s'engagea sur la rue principale.

— Il se fait tard. Tu as besoin de faire autre chose après notre entrevue avec Ryder ?

Beth repassa les événements de la journée dans sa tête et regarda Styles. C'était difficile de déchiffrer son expression avec ses lunettes de soleil.

— Quand on aura mis les fichiers à jour, si Ryder n'a pas identifié de suspect convenable à surveiller, il faudra qu'on appelle le gérant du *Little Gem Saloon* à Rainbow. J'ai consulté la page web. Je devrai démarrer jeudi soir et avoir ma photo affichée dans le foyer. Il y a une liste des danseuses avec l'horaire auquel elles montent sur scène.

— Le club s'appelle *Tempters*. C'est un endroit plus sélect. On va avoir du mal à te trouver un costume, déclara Styles en indiquant les magasins d'un geste de la main. Où veux-tu acheter une tenue pour faire de la pole dance dans les parages ?

Beth soupira.

— Tu te souviens des caisses qui sont arrivées de Washington quand j'ai vendu mon appartement ?

— Oui, j'ai donné un coup de main pour les décharger, grogna Styles en lui lançant un regard. Ça m'a bloqué le dos.

Beth sourit à l'évocation de ce souvenir. Elle n'avait jamais entendu Styles s'en plaindre auparavant, mais il y avait tout de même dix grosses caisses.

— Il y avait une machine à coudre et tout un tas de matériel dans l'une d'elles. J'ai rassemblé beaucoup de choses pendant mes missions sous couverture. Je comptais me spécialiser là-dedans après mon passage à la cybersécurité. Je me confectionnerai une tenue adaptée pour demain.

Elle haussa les épaules devant l'expression incrédule de Styles.

— Oui, je suis une vraie femme d'intérieur. S'il te plaît, évitons d'en faire tout un foin.

— Tu es une vraie perle, oui ! Je ne sais pas quel autre secret tu vas révéler la fois prochaine.

Styles déglutit avec difficulté. De toute évidence, il songeait à quelque chose de désagréable.

— J'espère que tu n'as pas l'intention de te déshabiller devant moi ? Cela sortirait totalement du cadre de notre collaboration professionnelle.

Beth secoua la tête, ne sachant pas si elle devait se sentir vexée par la crainte de Styles à l'idée de la voir nue.

— Je ne me déshabillerai pas, non. Je me contenterai de danser à la barre. En revanche, j'aurai besoin que tu prennes ma photo et que tu réserves une danse privée avec moi.

— Quoi ? s'exclama Styles.

Il retira ses lunettes aux verres fumés pour la regarder bouche bée.

— C'est hors de question, Beth. Il ne s'agit plus de sortir du cadre, mais de le pulvériser.

Riant devant le malaise de son coéquipier, Beth s'enfonça dans son siège alors qu'ils ralentissaient pour s'arrêter devant le bureau de Ryder.

— Et comment veux-tu que l'on communique, alors ?

— Pourquoi pas des micro-oreillettes ? suggéra Styles, les yeux rivés devant lui.

Beth sourit et se pencha vers lui.

— Et où suggères-tu que je cache le boîtier de la batterie ?

## 32

Lorsqu'ils quittèrent le bureau de Ryder, le soleil avait commencé à décliner et le vent s'était à nouveau levé. Beth regarda au loin, scrutant le ciel au-dessus des montagnes pour guetter l'arrivée des nuages. C'était étrange de vivre dans un endroit aussi venteux sans que le moindre orage éclate. Elle redoutait son premier hiver dans la région, à rester coincée pendant plusieurs semaines sans la moindre possibilité de quitter la ville. Que se passait-il ici en cette saison ? Il faudrait qu'elle pose la question à Styles une fois que cette affaire serait pliée.

Avant de décider d'aller dîner au *Tommy Joe's*, Beth, Styles et Ryder avaient longuement discuté de l'enquête en passant en revue toutes les hypothèses possibles. Ils s'accordaient tous les trois à dire qu'ils disposaient d'un nombre suffisant de preuves circonstancielles contre quatre hommes — Joseph Crenshaw, Steve Smith, Jace Conan et Rowdy Bright — pour les maintenir sur la liste des suspects. En attendant Beth et Styles, Ryder avait passé au crible toutes les autres pistes : seul un cinquième homme avait le profil idéal pour avoir commis les deux meurtres. Or il était en compagnie d'une fille la nuit où Cassie

Burnham avait été tuée, et après avoir interrogé la jeune femme, Ryder estimait qu'on pouvait se fier à sa déclaration.

Le plan d'infiltration présentait des lacunes et Styles manifesta son scepticisme alors qu'ils marchaient pour rejoindre son véhicule. Beth s'arrêta et le regarda.

— Écoute, je sais que Steve Smith et Jace Conan m'ont vue quand on les a interrogés, mais je ne portais pas de perruque.

— Justement, ils t'ont vue.

Styles se frotta la nuque.

— Et si jamais ils viennent au *Tempters* ? On sait qu'ils fréquentent ce club. Je parie qu'ils te reconnaîtront, et si l'un d'entre eux est le tueur, il ne tombera pas dans notre piège. On ne peut pas rater notre coup avec ces types ou ils iront raconter partout que tu es un agent du FBI.

Beth secoua la tête et le regarda. Elle devrait déployer tout son talent pour les tromper, mais elle avait déjà réussi à se faire passer pour un homme auparavant et elle était parfaitement capable de jouer les strip-teaseuses.

— Ils ne me démasqueront pas. Tu m'as reconnue quand je me suis déguisée en prostituée à San Francisco ?

— Non, mais je ne t'ai pas regardée de trop près.

Styles lui adressa un regard inquiet.

— Ta vie est en jeu, Beth.

Elle avait si souvent changé d'apparence que cette idée ne la perturbait pas le moins du monde.

— Très bien, je te laisse seul juge de la situation. Si je ne parviens pas à me métamorphoser en Crystal, la danseuse de pole dance, on laissera tomber l'affaire, mais d'ici là, on s'en tient au plan. D'accord ?

— Entendu, répondit Styles avec un sourire en coin. Tu vois, on arrive à trouver des compromis. C'est le signe qu'on forme un bon tandem.

Il se tourna vers Ryder.

— Vous montez avec nous ?

— Non, je vais vous suivre, répondit Ryder en souriant. Je meurs de faim.

Alors qu'elle montait dans la voiture, Beth répéta le plan dans sa tête. Malheureusement, Tommy Joe travaillerait à son restaurant les soirs où Beth devait s'infiltrer dans le club. Pour Styles et Ryder, cela posait un problème, mais elle refusait de manquer une occasion de débusquer le tueur avant qu'il frappe à nouveau. En deux coups de fil, Styles lui avait obtenu une cabane de mineur décente où s'installer pendant quelques jours et il en avait dégoté une autre pour que Ryder y passe la nuit.

Une fois au *Tommy Joe's*, ils passèrent commande et Beth se détendit. Les choses prenaient forme. Styles et Ryder se montraient encore sceptiques, mais peu importait. Beth savait qu'elle était capable de se glisser dans la peau d'une go-go danseuse et elle allait leur donner un aperçu de ses talents de caméléon.

Alors qu'ils dînaient, l'excitation la faisait tressaillir. Elle se nourrissait du danger et des sensations fortes que lui procurait la traque, mais cette fois-ci, si le tueur mordait à l'hameçon, elle devrait refréner l'envie de l'éradiquer pour laisser Styles et Ryder l'arrêter. Cet ignoble assassin passerait entre les mailles de son filet, car elle devait à tout prix protéger l'obscur justicier qui sommeillait en elle. Quoi qu'il en soit, elle aurait bientôt une autre proie à capturer. Dès l'instant où elle pourrait quitter Rattlesnake Creek et se rendre à Billings incognito, elle s'attacherait à retrouver Levi Jackson pour l'empêcher de s'en prendre à de jeunes femmes vulnérables. Face à ce monstre violent, elle serait entièrement seule et mettrait sa vie en péril, mais cela valait la peine de prendre autant de risques si elle parvenait à le mettre hors d'état de nuire.

Elle remarqua que Styles l'observait et posa son couteau sur le bord de son assiette, réalisant qu'elle l'avait serré tellement fort que la trace du manche était imprimée sur la paume de sa main. Détendant ses épaules, elle se laissa imprégner par l'ambiance qui régnait dans le bar. Le brouhaha des conversations et le cliquetis des couverts sur les assiettes se mêlaient à l'entrechoquement et au roulement des boules de billard sur les tables de jeu. Elle inspira profondément. D'appétissants fumets flottaient dans l'air, il n'y avait jamais le moindre relent écœurant de bière éventée. Elle se dit que Wez, le chef, devait toujours avoir quelque chose de délicieux sur le feu. Cela lui rappelait la cuisine de sa grand-mère en hiver où de bons petits plats mijotaient souvent sur la gazinière.

— Tu as l'air inquiète, fit remarquer Styles en poussant son assiette vide. Tu veux vraiment aller jusqu'au bout ?

Hochant la tête, Beth fourra le dernier morceau de steak dans sa bouche, le mastiqua et l'avala. Cela lui laissa assez de temps pour échafauder une réponse convenable.

— Oui. Je n'ai pas peur de risquer ma vie pour attraper un assassin. Ce n'est pas un problème. Cela revient au même que faire de la moto, non ? C'est juste que je ne suis jamais montée sur scène. Quand je m'exerçais, j'étais simplement dans une salle avec des barres et un entraîneur. Il n'y avait que les autres filles et moi.

Elle remarqua l'expression préoccupée de Styles et éprouva quelques scrupules à lui mentir alors qu'il se montrait si gentil avec elle. Ses joues s'empourprèrent et elle ne parvint pas à croiser son regard. Styles avait immédiatement rougi, ce qui ne faisait que renforcer le malaise de Beth. En réalité, elle avait incarné sans aucune difficulté tellement de personnages différents au cours de sa vie qu'elle n'aurait aucun mal à monter sur scène dans la peau de Crystal, la danseuse de pole dance.

— C'est vrai que vous avez installé une barre dans la salle de sport ? demanda Ryder, l'air intrigué. Styles m'a dit que vous l'utilisiez pour vous maintenir en forme.

Beth le fixa jusqu'à ce que ses oreilles virent au rouge.

— Oui, je m'en sers en plus des exercices que je fais avec Styles. On s'entraîne à effectuer des séries de mouvements plus qu'à faire de la musculation. Je compense ça à la barre. C'est plus dur qu'on ne le croit. La clé, c'est de rester souple.

— Tu es sûre de toi ? demanda Styles en inclinant la tête, les yeux braqués sur elle. On joue gros et je sais que tu peux vite perdre ton calme dans certaines situations. Pour être convaincante, tu devras séduire le public. Tu en es consciente ?

Beth lui sourit.

— Oui, je maîtrise ma chorégraphie. Ne t'inquiète pas pour moi, tout ira bien. Je peux réduire les gens au silence en un rien de temps, dit-elle en claquant des doigts.

— On verra. Pendant que tu confectionneras tes tenues, j'amènerai tout ce qu'il te faut à la cabane et vérifierai que l'endroit est sûr. Je repérerai les environs pour me trouver une cachette. D'ailleurs, il te faut quand même un peu plus d'informations.

Styles sortit un stylo de sa poche et dessina un plan sur une serviette en papier, puis reprit :

— Dans ce club, ce n'est pas la même configuration qu'au *Outlaws*. Les danseuses passent par une porte arrière et traversent un petit espace arboré pour rejoindre le parking. Demain soir, Ryder aura le pick-up de Tommy Joe et sera garé le long de la rue principale de sorte à voir l'entrée des artistes. Je partirai un peu avant avec ta nouvelle voiture. J'irai directement jusqu'aux cabanes et je me garerai sur la route qui passe derrière. Puis je viendrai me mettre en position à pied. On aura tous nos oreillettes. Beth, il faudra t'assurer de mettre la tienne avant de quitter ta voiture.

Les sourcils froncés, Beth le regarda.

— Quelle voiture ? Si tu prends la mienne, je n'en aurai pas.

— Tu conduiras le SUV de Nate. Il est aussi passe-partout que ta voiture. Il y en a des tonnes dans tout le comté, précisa Styles en souriant. Après ta prestation, Ryder sera en tête du convoi, donc il démarrera dès qu'il te verra grimper dans ta voiture et il te gardera en vue jusqu'aux cabanes. Là, il se garera devant une autre cabane, inoccupée, située un peu plus loin. Il y entrera par la porte avant et en ressortira aussitôt par l'arrière pour venir se mettre en position à proximité de ta cabane. Au moindre problème, vous utiliserez vos micros.

Beth hocha la tête.

— Compris. Je ne pense pas qu'il essaiera d'agir demain soir. Ce n'est pas un tueur opportuniste. Il est bien organisé, il se cachera d'abord quelque part pour observer. J'espère tomber dans la catégorie de femmes qui le font fantasmer. Si c'est le cas, il me suivra sûrement jusque chez moi pour voir si je vis seule. Je devrai rester dans la cabane en espérant qu'il ne s'introduise pas à l'intérieur pour tenter quelque chose. C'est plutôt isolé, par là-bas.

— Qu'il essaie, répondit Styles en souriant. Dès que tu éteindras les lumières, j'attendrais une heure ou deux puis je te rejoindrai à l'intérieur de la cabane. J'ai un double de la clé de la porte arrière. Je dormirai sur le canapé. Vendredi soir, on recommencera avec la même formule et on verra s'il tombe dans le piège.

D'abord soulagée de savoir qu'ils assureraient ses arrières, Beth réfléchit un instant puis secoua la tête.

— Ça ne marchera pas. S'il réussit à entrer, il flairera immédiatement l'embuscade, et on n'aura que l'effraction comme motif d'arrestation. Il ne se risquera pas à m'attaquer si tu es là, pas vrai ? Tout ça ne sera qu'une perte de temps, et il saura qu'on est à ses trousses.

— La cabane où je vais me cacher n'est qu'à une centaine de mètres, dit Ryder en plissant le front. Styles peut y rester avec moi. Elle est meublée.

Il se tourna vers Styles.

— Amenez quelques provisions supplémentaires quand vous irez préparer la cabane de Beth.

— D'accord, répondit Styles en se frottant le menton. Je laisserai mon arme de secours dans le tiroir de ta table de nuit, au cas où tu en aies besoin. Tu auras ton oreillette et je garderai la mienne allumée. J'ai le sommeil léger. S'il se passe quoi que ce soit, je le saurai et je viendrai aussitôt. Je suis sûr que tu peux le retenir le temps que j'arrive.

Il lança un regard à Ryder et sourit.

— Elle cogne fort quand elle se bat.

Beth frissonna de tout son corps.

— S'il ne trouve pas le moyen de me droguer avant.

Elle se passa les mains dans les cheveux.

— J'espère que tu cours vite, Styles. Je n'ai pas envie d'avoir à me défendre face à un tueur qui essaie de me coudre à un canapé.

— Je ne suis pas sûr qu'afficher un sourire constant servirait votre réputation, dit Ryder en souriant de toutes ses dents, mais quand elle tourna le regard vers lui, il baissa les yeux et ses oreilles s'empourprèrent.

— Je disais ça comme ça, ajouta-t-il.

Se tournant vers Styles, Beth leva l'index.

— Une dernière chose avant qu'on y aille. Comme il s'agit peut-être d'un de mes derniers repas avec vous ici, je vais prendre une part de tarte.

## 33

JEUDI

C'était une journée venteuse et froide. Des nuages gris striaient le ciel. Depuis que Beth avait ouvert les yeux, les heures semblaient défiler plus vite que la normale. Elle avait mis un temps fou à fouiller les caisses et les boîtes que Styles avait montées dans son appartement pour trouver du matériel et des accessoires appropriés à la confection de ses tenues. Avant de se lancer dans ses travaux de couture, elle devait se transformer en Crystal et prendre les photos qui permettraient d'annoncer sa venue au *Tempters*. Elle commença par déplacer un des tabourets hauts de la cuisine dans sa chambre afin de servir de décor aux photos. Puis elle choisit une perruque blonde, des talons aiguilles rouges et une tenue de circonstance. Le gérant du *Tempters* avait accepté d'afficher son portrait dans le vestibule du club et sur sa page internet en précisant les horaires de ses performances. Il avait même fait sa promotion sur les réseaux sociaux en la présentant comme la nouvelle tête d'affiche. Le tueur chercherait une victime à son goût et elle était sûre d'attirer son attention. Elle passa un long moment à appliquer du maquillage sur son visage pour en modifier la forme et accentuer son regard et sa bouche. Ses yeux bleus paraissaient déjà agrandis, elle choisit une paire de lentilles de contact d'un turquoise vif pour se donner encore plus l'air d'un personnage de manga. Elle apporta une touche finale à son apparence en ajoutant un dentier amovible d'un blanc étincelant qui gonflait sa lèvre supérieure et l'affublait d'un sourire éclatant. Satisfaite de sa métamorphose, elle tira les rideaux et alluma toutes les lumières de la chambre. Après s'être perchée sur le bord du tabouret haut pour mettre en avant ses jambes, elle appela Styles qui attendait dans le salon.

— Je suis prête.

Styles eut la réaction qu'elle escomptait : ses yeux s'agrandirent et ses pupilles se dilatèrent. Elle avait réveillé son instinct de mâle et il se mit à tourner autour d'elle comme un prédateur. Elle lui adressa son sourire le plus charmeur et prit une voix sensuelle pour pousser l'illusion jusqu'au bout.

– Alors, je vais les duper ?

— Bon sang, c'est flippant, dit Styles, bouche bée. Je vais finir par croire que tu es un alien polymorphe.

Il continua de tourner autour d'elle en se frottant le menton.

— Wouah ! Tu es sacrément douée. Même de près, je serais incapable de te reconnaître. La vache, ces yeux sont captivants !

Beth lui fit signe de reculer, et tout en gardant cette voix légèrement à bout de souffle, elle adopta un ton un peu plus sarcastique pour qu'il n'oublie pas que c'était elle sous ce masque.

— Ne t'emballe pas trop, Styles. Prends ces fichues photos que je puisse ôter ce maquillage et coudre mes tenues.

— Ta voix, s'exclama Styles en secouant lentement la tête. C'est parfait. Ça ne te ressemble absolument pas.

Il prit plusieurs clichés et les lui montra. Beth les passa en revue en hochant la tête.

— Bien, prends la photo 5, la 11 et la 15. Elles feront parfaitement l'affaire et on voit bien mes yeux. Envoie-les au gérant du *Tempters* le plus vite possible pour qu'il les affiche dans le vestibule. Tu n'as pas beaucoup de temps. Il faut que tu amènes mon sac, le paquet de provisions et tes affaires jusqu'aux cabanes et que tu reviennes rapidement ici.

— Compris.

Styles promena son regard à travers la pièce.

— J'ai prévu tout ce qu'il faut pour y passer la nuit. Tout ce dont tu as besoin, ce sont tes tenues et ton maquillage. Je serai de retour à temps pour aller les déposer chez Nate une fois que tu auras terminé.

Beth l'invita à partir d'un geste de la main.

— Super  L'heure tourne, alors au boulot. N'oublie pas de faire le plein des voitures.

Alors que Styles se dirigeait vers l'ascenseur, elle réfléchit à l'organisation du reste de sa matinée. Elle aurait besoin de plusieurs tenues pour avoir de quoi se changer à chacune de ses prestations. Le gérant du club l'avait surprise. Il était très content d'accueillir gratuitement une danseuse pour une soirée, voire deux. Elle avait négocié avec lui de monter sur scène pour deux sessions de dix minutes. C'étaient des performances plus courtes que celles des autres danseuses, mais assez longues pour attirer l'attention. Elle ne devait pas trop se fatiguer pour pouvoir se battre si cela s'avérait nécessaire. En outre, cela lui laisserait assez de temps pour repérer la présence de leur suspect dans la foule. Sa danse privée avec Styles aurait lieu après son dernier passage sur scène et ils pourraient alors échanger leurs ressentis pour essayer de découvrir qui allait potentiellement les suivre jusqu'à la cabane.

Après avoir confectionné ses tenues, Beth prit une douche et se lava les cheveux. Ses travaux de couture lui avaient pris la journée, la soirée allait bientôt commencer. Comme à leur habitude, ils dîneraient au *Tommy Joe's*, puis elle s'éclipserait pour aller chez Nate. Une fois arrivée, elle attendrait une dizaine de minutes avant de se mettre en route vers la cabane à bord du

SUV du médecin. Là, elle se métamorphoserait en Crystal, l'extraordinaire danseuse de pole dance.

Une heure plus tard, elle sentit la tension grimper d'un cran alors qu'elle terminait son verre de vin. Accompagné d'un repas léger, il lui avait permis de se détendre. À côté d'elle, Styles jeta un œil à sa montre et lui adressa un signe de tête. Il était temps d'y aller. Quelques instants plus tard, Nate les rejoignit. Beth lui sourit.

— On y va ?

— Oui.

Nate adressa un sourire à Styles.

— À plus tard.

Beth glissa son bras sous celui de Nate et ils se dirigèrent vers la porte arrière. Une fois à bord du SUV, ils se mirent en route vers le domicile du médecin.

— Je vais attendre une dizaine de minutes avant de partir pour la cabane. Ça va me prendre un petit moment d'aller jusque là-bas. Je suis contente que tu aies un GPS. Je ne sais pas où je vais.

— Suis Ryder. Il te gardera en vue, ne t'inquiète pas. Tu peux lui faire confiance.

Beth sentit son estomac se contracter sous l'effet de l'appréhension, mais elle sourit.

— C'est bon à savoir. Merci de me prêter ta voiture. J'espère que tu n'auras pas d'urgence à gérer en mon absence.

— Ne t'inquiète pas, la rassura Nate en entrant dans son garage. J'ai une solution de secours. Fais attention à toi.

Il se tourna sur son siège pour lui faire face.

— En parlant de solution de secours, je peux te donner un narcotique si jamais tu te retrouves en difficulté. Il te suffira de piquer ton agresseur avec.

Beth aurait préféré pouvoir utiliser son épingle à chapeau pour régler le compte de son adversaire. Elle se contenta de hocher la tête.

— Pourquoi pas ? Combien de temps cela met pour faire effet ?

— Je vais te donner du fentanyl, ça agit en quelques secondes, répondit Nate en sortant du véhicule. Allons dans mon bureau.

Le bureau de Nate se résumait à une salle d'examen, un environnement stérile pourvu d'étagères vitrées et d'un plan de travail impeccable. Dans un coin de la pièce, un bureau et des chaises étaient disposés sous une fenêtre en verre dépoli. À l'opposé, une table d'auscultation recouverte d'un drap était collée au mur. Beth se tourna vers Nate.

— C'est une bonne idée, mais ce ne sera pas facile de retirer le capuchon de la seringue en pleine bagarre. Planter l'aiguille dans sa peau et lui administrer l'injection relève presque de l'impossible. Je risque de casser l'aiguille ou de me piquer moi-même.

— Oh, donne-moi une minute.

Nate se dirigea vers une étagère et attrapa une ampoule remplie d'un liquide laiteux ainsi qu'un petit instrument. Quelques instants après, il lui tendit un stylo injecteur.

— Tu sais comment ça marche, n'est-ce pas ? demanda-t-il en fronçant les sourcils. Les premiers secours en utilisent pour injecter du Narcan ou de la naloxone aux victimes d'overdose. À moins que tu les aies vus s'en servir dans les cas de choc anaphylactique.

Beth reconnut le stylo injecteur et sourit.

— Je n'aurais jamais pensé à utiliser ça pour droguer quelqu'un. Tu l'as rempli toi-même ? Comment ça se fait ?

— Cela fait partie des prérogatives des médecins qui exercent dans les petites villes. Je t'expliquerai ça quand tu auras plus de temps.

Il lui tendit le stylo.

— Il contient cinq doses anesthésiantes. Si tu paniques et que tu lui en administres trop, tu le tueras. J'ai chargé la dose en partant du principe qu'il sera sous l'effet d'un pic d'adrénaline. Vise plutôt les zones où la peau est à nu, ou bien n'importe quel endroit où la couche de vêtement est fine. La cuisse, ça fonctionne bien. Le cou, encore mieux.

Beth sentait que le temps filait à toute allure et elle avait l'impression d'être dans un ascenseur en chute libre. Elle hocha la tête.

— Compris. Je ferais bien d'y aller. Tu as mes affaires ?

— Oui.

Nate la conduisit jusqu'à son salon.

— Elles sont sur le canapé, et voici les clés de ma voiture. Celle avec la gommette verte ouvre l'habitacle, précisa-t-il en lui tendant le trousseau.

Beth farfouilla dans les sacs et en sortit sa perruque. Elle arrangea ses cheveux et l'enfila. C'était la seule précaution nécessaire au cas où quelqu'un en ville la voie au volant de la voiture. Attrapant le sac contenant ses tenues et son sac à main, elle adressa un sourire à Nate.

— Bien, je suis prête.

— Bonne chance, lui dit Nate avec un sourire. Je suis certain que tu rempliras parfaitement ton rôle. Styles prétend que tu pourrais tourner dans des films.

Beth sentit son estomac se nouer sous l'effet du stress.

— Je ferai de mon mieux.

34

Le premier trajet jusqu'à Rainbow s'avéra assez facile. Il faisait encore jour quand Beth partit pour la cabane et sur la route, Ryder se tenait à bonne distance tout en restant en vue. Au moment de quitter la cabane pour rejoindre le club, plus tard dans la soirée, la nuit noire changea la donne. Beth ne connaissait pas les environs, et bien qu'elle n'ait qu'à suivre les feux arrière de la voiture de Ryder, elle ne parvenait pas à se défaire de l'horrible sensation qu'elle ne maîtrisait pas la situation. Ils avaient mis plus de temps qu'elle l'avait imaginé pour se rendre à Rainbow en fin de journée, et bien que le club ne se trouve qu'à dix minutes de voiture, elle ne pouvait pas courir le risque de prendre du retard. Elle décida donc d'enfiler sa tenue de scène avant son départ. Après avoir entassé ses affaires de rechange, sa trousse à maquillage, sa brosse à cheveux et le stylo injecteur dans son sac, elle s'empressa de sortir dans la nuit. Les cabanes ne possédaient pas de garages et au-dehors, l'obscurité l'enveloppa de manière presque étouffante.

Une appréhension s'empara d'elle. Et si quelqu'un l'avait aperçue quitter la ville et que le tueur l'avait suivie ? Il pouvait l'attendre, tapi dans les buissons le long de la route, et lui tendre une embuscade. Chassant cette idée saugrenue de son esprit, elle utilisa la lumière de son téléphone pour regagner le SUV à la hâte. Au loin, elle aperçut Ryder manœuvrer et se diriger lentement vers la route. Elle attendit un peu avant de le suivre, puis elle le perdit de vue lorsqu'il s'engagea sur la voie rapide. En proie à la panique, elle accéléra et poussa un soupir de soulagement lorsque la lumière rouge de ses feux arrière surgit devant elle. L'obscurité s'épaississait chaque fois que des nuages masquaient le maigre croissant de lune, si bien qu'en dehors des faisceaux des réverbères, la nuit l'entourait comme un mur impénétrable. Il n'y avait pas la moindre maison le long de la voie rapide, pas la moindre lumière réconfortante, rien. Devant elle, une épaisse brume blanche se déversait depuis la rivière et glissait sur le bitume luisant d'humidité sous les rayons embués de la lune. Dans la lumière des phares, les volutes de vapeur ressemblaient à des silhouettes éthérées tendant la main pour l'entraîner vers les ténèbres. Peut-être étaient-ce les fantômes des précédentes victimes qui attendaient que Beth les rejoigne ? Elle secoua la tête.

— Pas ce soir. J'ai un avantage sur vous. Je sais qu'il vient me chercher.

L'enseigne du *Little Gem Saloon* brillait tel un phare aux abords de la ville. Sur le toit, une énorme flèche clignotante indiquait le *Tempters*. Se remémorant le plan dessiné par Styles, Beth se dirigea vers le parking principal et le contourna pour passer par-derrière. La zone était éclairée par de faibles lumières jaunes suspendues à une corde le long du grillage. Elle se gara à côté d'un espace arboré qu'un petit chemin traversait pour mener jusqu'à l'entrée des artistes. Alors qu'elle agrippait la poignée du SUV, elle sentit ses cheveux se dresser sur sa nuque. En alerte, elle tendit la main vers son téléphone pour appeler Styles, mais elle finit par changer d'avis. Céder à la panique maintenant ferait échouer leur plan. Elle resserra son manteau autour d'elle et courut le long du chemin. Quelqu'un l'épiait et c'était le diable en personne.

Un agent de sécurité qui se tenait au bout de l'allée lui fit signe d'entrer. Elle le regarda et s'adressa à lui de sa voix enjôleuse.

— Salut, je suis Crystal. Où sont les loges ?

— Je t'y emmène, lui répondit l'homme avec un sourire. Je suis Tom. Le patron m'a dit de garder un œil sur toi. Il a ajouté tes photos sur le site internet dès qu'elles sont arrivées et il a reçu des tonnes de réservations. Les tables sont au complet. J'espère que tu as prévu de sortir le grand jeu. Tu as assurément un petit truc en plus.

Beth haussa les épaules.

— Je parie que tu dis ça à toutes les filles.

— Non, répondit Tom dans un petit rire. Regarder les danseuses, c'est comme manger des bonbons. Un peu, c'est bien, trop, ça donne la nausée.

Il lui indiqua les loges d'un geste de la main.

— Il y a des casiers contre le mur avec des cadenas à combinaison. Utilise-les. Ne laisse pas tes affaires traîner si tu ne veux pas qu'elles disparaissent. La direction n'est pas responsable en cas de vol.

Tout en hochant la tête, Beth jeta un coup d'œil à l'heure sur l'écran de son téléphone.

— Je dois y aller. Je monte sur scène dans quelques minutes.

Elle se hâta à l'intérieur des loges et après avoir retouché sa coiffure et son maquillage, elle rangea ses affaires dans un casier. Attendant qu'il soit l'heure de sa prestation, elle promena son regard à travers la pièce. Il régnait une odeur de transpiration mélangée à des bouffées de parfum, de laque à cheveux et de baume mentholé. Des mouchoirs en papier et des emballages de bonbons débordaient des poubelles en métal. Les autres danseuses la saluèrent d'un signe de tête, mais la laissèrent seule. Elles avaient toutes l'air fatigué, et leurs conversations tournaient autour des enfants et des horaires difficiles à tenir. Certaines se massaient les pieds ou discutaient en buvant du café. D'autres étaient assises à demi vêtues ou regardaient leur reflet dans les miroirs alors qu'elles se paraient d'une nouvelle couche épaisse de maquillage.

Beth secoua la tête, les doigts tremblant sous l'effet du stress. Ce n'était pas le moment de fléchir. Elle s'était trouvée dans des situations bien plus périlleuses et avait fait face aux tueurs en série les plus dangereux du pays sans faiblir, mais monter sur scène et se trémousser devant Styles lui donnait la chair de poule. Elle avait bien remarqué sa réaction envers elle, mais après tout, il n'était qu'un homme et elle s'était déguisée dans le but de plaire à la gent masculine. Elle se força à se ressaisir. Ce n'était qu'un leurre pour attirer le tueur. Rien ne changerait entre Styles et elle. Ils continueraient à se montrer professionnels. Elle se dit qu'il faudrait veiller à afficher la plus grande indifférence le lendemain, histoire de s'assurer qu'il ne doute pas de ses talents de comédienne.

Elle s'avança le long du couloir, assaillie par une odeur de bière et d'eau de toilette masculine. Tom lui sourit.

— Deux minutes.

Deux danseuses s'approchèrent d'elle, serrant contre elles des pièces de leur costume. L'une d'entre elles la regarda en plissant les yeux.

— Comment est le public ?

— Bruyant et impatient de te voir.

La femme fronça les sourcils et essuya la sueur sur son front.

— Le patron a fait beaucoup de battage autour de toi. J'espère que tu seras à la hauteur, sinon les gars vont te huer pour te faire sortir de scène. À cette heure, la plupart sont tellement abrutis par l'alcool qu'ils se comportent comme des bêtes.

Un frisson d'angoisse parcourut Beth qui acquiesça.

— C'est bon à savoir.

La musique était beaucoup trop forte et Beth sentit la vibration des basses sous ses pieds alors qu'elle entrait sur scène. Les muscles de ses jambes tremblèrent lorsqu'elle s'élança en tournoyant autour de la barre, un bras tendu derrière elle pour saluer l'assistance. Elle connaissait les mouvements sur le bout des doigts et elle avait déjà dansé sur cette musique un million de fois. Chaque fois qu'elle tournait lentement autour de la barre, elle scrutait l'audience. Elle constata avec satisfaction que sa demande que le public soit éclairé avait été respectée. À sa grande surprise, Styles et Ryder étaient assis au centre de la salle. Joseph Crenshaw était adossé au bar et, dans un coin au fond de la pièce, elle repéra Rowdy Bright au milieu d'un groupe d'hommes. Quant à Steve Smith et Jace Conan, ils agitaient des liasses de billets devant la scène avec un sourire béat. Beth grimpa à la barre, enroula ses jambes autour du poteau et se laissa tomber en arrière, ses cheveux frôlant le sol. Elle croisa le regard de Styles qui leva un sourcil, puis exécuta une nouvelle figure. Alors qu'elle balayait des yeux la foule de spectateurs, un frisson parcourut son dos et lui donna la chair de poule. Les quatre suspects l'observaient avec attention et il n'y avait aucun moyen de déterminer lequel d'entre eux était le tueur.

La musique ralentit et elle se mit à ramper sur la scène. Elle avait élaboré cette partie de sa chorégraphie à l'aide de vidéos en ligne. Se traîner au bord de l'estrade pour que les hommes puissent glisser des billets dans sa tenue ne faisait pas partie de sa chorégraphie habituelle, mais c'était ce qui était attendu au club. Elle repoussa d'une claque les mains baladeuses et se releva pour quitter la scène, soulagée que Tom vienne l'escorter pour traverser la foule en toute sécurité. C'était comme si chaque homme dans l'assistance voulait lui arracher quelque chose. Se sentant sale, elle retira les billets de son costume et les posa sur un comptoir. Elle attrapa son sac dans son casier et se dirigea vers les sanitaires où elle s'enferma dans une cabine de douche. À la pensée qu'elle allait devoir jouer son numéro encore une fois, elle sentit son estomac se nouer. Comment faisaient ces femmes pour supporter les commentaires graveleux et les mains tripoteuses ?

Après avoir bu d'une traite une bouteille d'eau, elle retira sa perruque et la suspendit à une patère avec son sac. Elle enleva ensuite son costume et prit une douche en veillant à ne pas mouiller son visage. Le simple fait de se défaire de la sensation du toucher de ces hommes sur sa peau l'aiderait à se sentir mieux. Une fois douchée, elle se sécha, enfila sa nouvelle tenue et sortit de la cabine. Devant le miroir, elle remit sa perruque et retoucha son maquillage. Quand elle revint dans les loges, la danseuse avec laquelle elle avait échangé quelques mots dans le couloir lui tendit sa liasse de billets. Elle lui adressa un signe de tête.

— Merci.

— Pourquoi tu fais ça ? lui demanda la jeune femme en la dévisageant. Tu es plutôt douée, mais ça se sent que tu préférerais être ailleurs. Ce n'est pas facile de danser devant un public de gros porcs comme eux. J'imagine que tu détestes les hommes et que tu fais ça juste pour l'argent. Je me trompe ? Tu n'arrives pas à faire abstraction ? Genre, « vous pouvez regarder, mais vous ne m'aurez jamais » ?

Beth hocha la tête et lui sourit.

— Oh, j'aime les hommes, mais pas ceux-là. Là où je me produisais avant, ils savaient mieux se tenir. Ici, ils sont comme des bêtes, mais je finirais par m'y habituer. L'argent est le nerf de la guerre, pas vrai ?

— Eh bien, bienvenue dans le Montana. C'est sûr qu'ici, les hommes sont de vrais mâles, ma belle, dit-elle en gloussant. Mais ils ne lésinent pas sur les pourboires.

Elle indiqua une cafetière fumante posée sur le comptoir.

— Essaie de relativiser et prends un café. Tu te sentiras mieux en un rien de temps.

Beth soupira et hocha la tête.

— J'espère que tu as raison.

## 35

À contrecœur, Beth remit son sac dans le casier, attrapa son téléphone et s'installa dans un coin à l'écart pour appeler Styles. Il mit un temps fou à décrocher, mais sa voix finit par résonner à l'autre bout du fil. Tout était silencieux autour de lui, et Beth comprit qu'il était sorti du club.

— Comment j'étais ? Tu crois que j'ai réussi à retenir son attention ?

— *Je pense que tu as retenu l'attention de tout le monde. Tu es sûre que tu ne t'es jamais produite sur scène auparavant ? Ah… oublie cette question. Ce ne sont pas mes oignons. Désolé.*

Styles s'éclaircit la gorge.

— *Qu'est-ce qui se passe ? Tu as une drôle de voix.*

Lorsque Beth projetait d'éliminer un monstre, l'excitation que suscitait leur confrontation à venir était exaltante. Là, elle savait que si le tueur l'assaillait, elle devrait le placer en garde à vue et cela la privait du frisson que provoquait habituellement la traque. Il n'y aurait ni règlement de compte ni récompense, mais comment expliquer ça à Styles ? C'était tout bonnement impossible.

— *Beth.*

Styles poussa un long soupir.

— *Parle-moi. Si tu m'as appelé, c'est pour une raison. Qu'est-ce qui ne va pas ?*

Beth savait réfléchir vite et improviser. Elle soupira.

— Tu avais raison. Je ne supporte pas les remarques des types dans l'assistance et leur contact me donne envie de vomir.

— *Ça te rappelle de mauvais souvenirs ?* demanda Styles à voix basse. *Tu peux faire marche arrière si c'est trop dur.*

L'évocation de son placement en famille d'accueil avait visiblement marqué Styles et elle percevait de l'inquiétude dans sa voix. Elle secoua la tête.

— Ça va aller. Je peux tenir dix minutes supplémentaires. Franchement, je ne pensais pas que ça pouvait être aussi long ! Reste concentré. Il y a des tonnes de distractions, mais c'est notre seule chance de réussir. Je ne recommencerai pas un autre jour.

— *Je ne m'attendais pas à ce que tu le fasses.*

Beth entendit des graviers crisser sous les pas de Styles. Il devait être sur le parking.

— *Je vais retourner à l'intérieur. Juste, Beth, sache qu'il faut du cran pour faire ça. Tu es un agent du tonnerre et je suis fier de faire équipe avec toi.*

Surprise, Beth regarda l'écran de son téléphone. Elle avait du mal à croire ce qu'il venait de dire. Il l'admirait en tant qu'agent ? Elle déglutit avec difficulté.

— Merci. Pourvu qu'on arrête ce type rapidement. J'ai hâte de pouvoir prendre quelques jours de repos pour aménager ma cabane.

— *On prendra une semaine,* dit Styles en riant. *Ils nous doivent bien ça. On se voit après ton prochain passage sur scène,* ajouta-t-il avant de raccrocher.

Appréhender l'assassin de Cassie et Vicki était redevenu la priorité pour Beth. Elle avait désormais une bonne raison de remonter sur scène. Elle devait attraper le tueur ce soir. Cela n'étancherait pas la soif de sa part d'ombre, mais cela empêcherait au moins ce meurtrier de tuer à nouveau. C'était suffisant. Par ailleurs, elle avait hâte de liquider Levi Jackson dès qu'elle le pourrait. Elle remit son téléphone dans le casier et se versa une tasse de café. Encore une performance et les dés seraient jetés.

De retour sur scène, Beth tournoya autour de la barre sur une autre mélodie et scruta l'assistance. À sa grande surprise, Joseph Crenshaw et Rowdy Bright avaient quitté la foule des spectateurs. Les deux autres suspects, qui l'avaient presque brutalisée en glissant des billets dans ses sous-vêtements, étaient toujours plantés devant l'estrade, le sourire aux lèvres. Amusée à l'idée de les avoir certainement dupés avec son déguisement, elle leur adressa un large sourire. Alors qu'elle tournait, elle observa la salle encore et encore, essayant de repérer une attitude qui détonnerait parmi les spectateurs. Aucun des hommes présents ne lui lançait de regards noirs, contrairement à ce que les autres strip-teaseuses avaient mentionné au sujet de Cassie Burnham. Tout le monde souriait et semblait passer un bon moment.

Elle termina sa prestation, arracha les billets de son costume et suivit Tom jusqu'aux salles réservées aux représentations privées. Lorsqu'il ouvrit la porte, elle croisa le regard de Styles et ses joues s'empourprèrent. La porte se referma derrière eux et elle saisit la bouteille d'eau que Styles lui tendait.

— Merci.

— J'ai aperçu les quatre suspects tout à l'heure, déclara Styles en se laissant tomber sur une chaise. Mais maintenant, Crenshaw et Bright sont partis. Aucun d'eux n'est dans le bar. Ça ne nous laisse que les deux mineurs.

Beth hocha la tête et but une rasade d'eau.

— Tu penses qu'ils sont impliqués tous les deux ?

— J'imagine qu'on le découvrira assez vite, répondit-il en soupirant. On m'a repéré, je vais donc rentrer vers Rattlesnake

Creek maintenant. Je prendrai une petite route pour faire demi-tour. Ryder va faire pareil, alors laisse-lui une quinzaine de minutes, le temps qu'il se mette en position. Je serai déjà dans la cabane de Ryder quand vous arriverez. Je vais me garer loin et marcher.

Beth regarda Styles. Elle avait besoin de lui faire part de son pressentiment.

— Je suis sûre que quelqu'un m'observait quand je suis arrivée. Qui est au courant que je loue la cabane ?

— Le secrétariat de la mine, mais il n'y a aucune raison qui justifierait qu'ils l'aient ébruité, précisa Styles en haussant les épaules. Ils devaient simplement faire livrer un lit, mais il y a peu de chance qu'ils aient parlé de toi aux livreurs.

Beth s'adossa au mur et soupira.

— Tu as bien effectué la location sous mon nom d'emprunt, Crystal Dreams ? On ignore à quel point le tueur est méticuleux. À la moindre erreur, il découvrira notre supercherie.

— Oui, je me suis fait passer pour ton agent. C'est du solide.

Styles se leva, attrapa doucement son avant-bras et planta son regard dans le sien.

— Tu es douée, Beth. Fais-toi confiance. N'enlève pas ton maquillage, il faut maintenir l'illusion.

Il relâcha son bras.

— Maintenant, il faut y aller avant qu'il ne se dégonfle.

Rassurée par le professionnalisme de Styles, Beth acquiesça d'un mouvement de la tête.

— Tu as raison. N'oublie pas ton oreillette. Je serai toute seule là-bas.

Elle ouvrit la porte et se dirigea vers les loges.

*Ne me laisse pas tomber, Styles.*

## 36

Vêtue d'un jean et d'un sweat-shirt et emmitouflée dans son manteau, Beth sortit des loges et tomba sur Tom, l'agent de sécurité. Elle lui sourit. C'était rassurant de savoir que le gérant du club se souciait du bien-être de ses danseuses.

— Merci d'avoir veillé sur moi ce soir, dit-elle en sortant la liasse de billets de sa poche pour la tendre à Tom. Je t'en suis reconnaissante.

— C'est mon boulot de m'assurer que tout va bien pour les danseuses et je suis sûre que tu en as plus besoin que moi, répondit-il en repoussant les billets. Je vais te raccompagner jusqu'à ta voiture au cas où quelqu'un cherche à t'aborder.

Toujours sur ses gardes, Beth le dévisagea et hocha la tête. Il ne cherchait pas du tout à l'amadouer, mais se montrait plutôt professionnel. Elle le suivit au-dehors.

— Merci.

À la sortie du chemin arboré qui menait au parking, les deux mineurs qui étaient restés plantés devant la scène l'attendaient, la mine réjouie. Styles et Ryder étaient partis depuis un moment, et sans la présence de Tom à ses côtés, les choses auraient pu mal tourner. Beth jeta un regard de travers à Steve Smith et Jace Conan alors qu'ils s'approchaient d'elle.

— Qu'est-ce que vous voulez ?

— On a bien vu que tu nous regardais, dit Conan en souriant. On est venus de Rattlesnake Creek pour te voir danser et on a réservé une chambre dans le motel à côté pour faire la fête.

Tout en continuant de marcher vers sa voiture, Beth pouffa.

— Eh bien, amusez-vous bien alors.

— Oh, allez, Crystal, gémit Smith en faisant un pas vers elle. La fête ne sera pas pareille sans toi.

— Allez-vous-en, dit Tom en s'interposant entre Beth et les garçons, les deux mains tendues devant lui. D'autres filles vont monter sur scène. Pourquoi vous n'allez pas les regarder danser ? Vous ne voudriez pas avoir d'ennuis, hein ?

Pendant que Tom les retenait, Beth se précipita vers le SUV de Nate, monta à bord et verrouilla les portières. Elle attrapa le kit micro-oreillette dans la boîte à gants, glissa le petit boîtier de la batterie dans sa poche et introduisit l'appareil sans fil dans le creux de son oreille. On ne voyait rien sous sa perruque, mais elle vérifia quand même son reflet dans le miroir pour s'en assurer. Elle démarra le moteur et se dirigea vers la sortie du parking pour s'engager sur la route sombre et tortueuse qui rejoignait la voie rapide. Elle tapota son oreillette.

— Cash, vous êtes là ?

— *Oui, vous devriez apercevoir mes phares, je sors d'une voie secondaire.*

Dans son oreillette, Beth entendit le moteur de Ryder vrombir.

— *Vous me voyez maintenant ?*

Devant elle, les feux arrière de la voiture de Cash brillaient dans la nuit. Soulagée, Beth accéléra.

— Oui, ça y est. Je suis juste derrière.

*— Ne me collez pas trop, il ne faut pas donner l'impression que vous me suivez.*

Beth leva un peu le pied.

— Bien reçu.

Essayant d'ignorer le rideau de plus en plus épais de brouillard et le poids écrasant de l'appréhension, Beth passa en revue plusieurs scénarios dans sa tête. Si le tueur avait mordu à l'hameçon, comment viendrait-il jusqu'à elle ? De toute évidence, il savait comment se rendre aux cabanes des mineurs et n'aurait aucun mal à y accéder. Beth sentit la tension nerveuse monter d'un cran au moment de quitter la voie rapide et de s'engager sur la petite route qui menait aux cabanes. Elle ne voyait plus Ryder puisqu'il avait bifurqué bien avant elle pour aller se garer devant son propre cabanon. Connaissant le chemin, Beth ralentit et prit la direction opposée. La silhouette isolée de sa cabane apparut. Sans lumière ni chaleur réconfortante pour l'accueillir, elle paraissait froide et abandonnée. Beth s'engagea dans l'allée privée et la sensation d'être observée s'empara à nouveau d'elle. Elle se pencha pour ramasser ses affaires et cacher son visage au cas où quelqu'un soit tapi dans l'ombre et voie ses lèvres remuer.

— Tout le monde est en place ? Je déteste entrer dans une maison plongée dans le noir. J'aurais dû laisser une lumière allumée.

*— On est là.*

La voix de Styles retentit comme s'il se trouvait à côté d'elle.

*— Laisse ton micro allumé pour qu'on sache que tout va bien.*

Beth attrapa ses affaires et tendit la main vers la portière, les sens en éveil.

— Bien reçu.

Parcourue de frissons qui lui donnaient l'impression d'être prise dans une toile d'araignée, elle s'avança vers la porte d'entrée. Le sol craquait sous ses pas et le vent agitait les branches des arbres, faisant danser les ombres. Est-ce que quelqu'un l'observait, quelque part par là ? Elle rassembla tout son courage pour contenir sa peur. Personne ne savait qu'elle était ici. Personne ne l'avait suivie. Elle avait passé la journée à contrôler ses rétroviseurs, alors pourquoi était-elle si nerveuse ? Quelque chose au fond d'elle avait réveillé son instinct de survie et lui envoyait un signal d'alarme. Elle tâtonna maladroitement pour trouver la serrure, y introduisit la clé et ouvrit la porte. Pour ajouter à l'atmosphère lugubre, celle-ci émit un grincement plaintif. La porte d'entrée s'ouvrait directement sur le salon. Beth déglutit avec difficulté et fit courir sa main le long du mur pour trouver l'interrupteur. Une ampoule poussiéreuse suspendue à un fil au milieu de la pièce répandit une faible lumière jaune. À côté de la cheminée, un seau était rempli de bûches, et dans l'âtre, un feu était prêt à être allumé. Une chaise à bascule en bois était installée dans un coin, et un tapis élimé recouvrait le sol devant un canapé matelassé d'un rouge soutenu. Il n'y avait pas de téléviseur, mais une étagère chargée de livres poussiéreux. Elle resta sur le seuil quelques instants et balaya du regard le moindre recoin où quelqu'un aurait pu se tapir. Derrière les rideaux, peut-être ? Les lourdes tentures étaient tirées et tombaient jusqu'au sol, mais elle verrait sûrement un renflement du tissu si quelqu'un était caché derrière.

Beth fit un pas à l'intérieur et referma la porte avant de poser ses affaires sur le canapé. Fidèle à sa nature prudente, elle fit le tour des pièces pour s'assurer que la cabane était vide. L'endroit était petit et n'offrait pas beaucoup de cachettes. Pourtant, son attention se portait en permanence vers les coins sombres. La sensation désagréable d'être observée persistait et elle se força à se ressaisir. Elle devait rester sur ses gardes et ne dormirait pas cette nuit, surtout avec ce sentiment d'insécurité ambiant. Elle se dirigea vers la cuisine où elle trouva le sac de provisions que Styles avait laissé sur le plan de travail et commença à préparer du café.

— *Tousse si tout va bien.*

La voix de Styles dans son oreillette la fit sursauter. Elle renversa du café sur le plan de travail, toussa et se figea. Des lattes de parquet venaient de craquer dans le salon. Un frisson de terreur lui parcourut le dos. Elle n'avait pour seul moyen de défense que son épingle à chapeau. Styles lui avait laissé son arme de renfort, mais elle était rangée dans la chambre. Le vent secoua la maisonnette et les vieux volets claquèrent contre les murs dans un grincement.

*Peut-être que c'était juste le vent ?*

Marchant le plus nonchalamment possible, Beth traversa le couloir jusqu'à la chambre, ferma la porte derrière elle et se dirigea aussitôt vers la table de nuit. Lorsque sa main se referma sur le pistolet, elle sourit. Un Sig Sauer P938 BRG Micro-Compact était un excellent choix pour une arme de poche. Elle le glissa dans la ceinture de son jean et le recouvrit avec son sweat-shirt. Certaine que les craquements étaient dus au vent, elle retourna dans la cuisine pour nettoyer le café qu'elle avait renversé. Les arômes de la boisson lui chatouillèrent bientôt les narines, accompagnés d'une odeur de fumée. Quittant la cuisine, elle se dirigea vers le salon et s'arrêta net sur le pas de la porte, incrédule. La chaise à bascule se balançait d'avant en arrière et une volute de fumée s'élevait dans l'âtre. La peur lui enserra la gorge et elle tendit la main pour attraper le revolver à l'arrière de son jean. Avant même qu'elle ait pu en saisir la crosse, une douleur vive lui transperça la tête et elle tomba à genoux, des étoiles tournant devant ses yeux. Son oreillette roula sur le sol, la laissant seule face à un tueur en série. Son assaillant arracha l'arme de sa ceinture et la poussa violemment dans le dos, la projetant face contre terre sur le sol poussiéreux.

— Ne bouge plus.

Un homme s'accroupit à côté d'elle.

— Joli pistolet. Dommage que tu ne saches pas t'en servir.

Il glissa le revolver dans la ceinture de son pantalon et sortit un couteau. Il le brandit devant les yeux de Beth, si près de son visage qu'elle pouvait sentir l'odeur de tabac sur ses doigts.

— C'est tellement plus amusant et discret. J'ai allumé un feu pour qu'on soit bien au chaud. Rien n'est trop beau pour mes trésors.

Écœurée par son ton chantant et enjôleur, Beth serra les dents. Comment s'était-il introduit dans la cabane ? À terre, mais pas encore vaincue, Beth secoua la tête pour reprendre ses esprits. Elle avait un léger avantage : il ne devait pas s'attendre à tomber sur un adversaire comme elle. D'habitude, il avait affaire à des femmes terrifiées qui cherchaient à s'enfuir. Il serait pris au dépourvu en la voyant se relever et se défendre, et elle devait en tirer profit. Elle avait survécu à des tueurs en série bien plus dangereux que lui. Lorsqu'il fit glisser sa main sur ses fesses dans un murmure d'appréciation, la rage prit le dessus sur la peur. D'un mouvement rapide, Beth roula sur le dos et lui asséna un coup de pied à la tête. La frappe heurta son horrible masque de zombie et envoya l'homme s'écraser au sol. Encore étourdie, elle se força à se lever d'un bond.

— Code rouge ! Code rouge !

Son kit micro-oreillette était encore allumé au moment où il était tombé par terre et elle espérait que Styles avait entendu son appel à l'aide.

Pour l'instant, elle devait sauver sa vie et délaisser l'agent du FBI en elle pour affronter ce tueur en série d'égal à égal. Seul l'un d'entre eux s'en sortirait. Elle secoua la tête pour dissiper son vertige et écrasa le poignet de l'homme avec son pied, mais au lieu de lâcher le couteau, il resserra fermement sa prise sur le manche. Loin d'être vaincu, il se redressa sur les genoux avec la force d'un taureau en jurant et agita son couteau en tous sens.

Derrière le masque, deux yeux noirs et déments fixaient Beth. L'homme ne pensait qu'à la tuer et rien ne pourrait l'arrêter. Beth fit un bond en arrière, trébucha sur le tapis et s'écrasa lourdement sur le sol. L'air quitta brusquement ses poumons et, le souffle court, elle essaya de ramper, mais la main de l'homme se referma autour de sa cheville comme un étau. Son corps massif et puissant se pencha sur elle alors qu'il la tirait vers lui en agitant le couteau. La lame acérée frôla son ventre de si près qu'elle sentit la froideur du métal lui effleurer la peau. Elle lança son pied vers le visage de son adversaire et le gifla avec son talon. Alors qu'il vacillait, elle se redressa, leva un genou et envoya le talon de sa botte dans le creux de ses reins. Le coup aurait fait tomber la plupart des hommes, mais il ne bougea pas. Il poussa un cri de douleur et tourna la tête vers elle pour la regarder. Sous le masque, sa bouche s'étira en un sourire féroce.

— Comme je vais prendre plaisir à te tuer.

Alors qu'il pointait son couteau vers elle, il essaya avec difficulté de se dresser sur ses genoux.

— Ce sera long et douloureux. Je vais te dépecer vivante.

Face à cette menace, la force obscure de Beth se dressa tel un rempart. Sa vue redevint nette, aussi perçante que celle des aigles qui repèrent une proie du haut du ciel. À la moindre erreur de sa part, l'homme la tuerait avant même que Styles n'ait eu le temps d'accourir. La mort survenait vite, en l'espace de quelques secondes, et Beth laissa sa personnalité psychopathe et son instinct de survie prendre le dessus. Elle devait l'attaquer tant qu'il était à terre. C'était sa seule chance de s'en tirer.

Sautant de gauche à droite pour éviter les coups de couteau, elle le contourna et lui donna un coup de pied dans l'entrejambe par-derrière. Il se plia en deux dans un juron et le couteau lui échappa des mains. Beth s'assit à califourchon sur son dos alors qu'il suffoquait et poussait des grognements. Après avoir balancé l'arme hors de sa portée, elle lui flanqua plusieurs coups de coude entre les omoplates, puis attrapa sa tête et l'écrasa contre le sol. Il se cabra, gémissant, et elle lâcha à son tour un petit rire. Les coups violents qu'elle venait de lui asséner l'avaient suffisamment ralenti dans ses mouvements pour qu'elle puisse récupérer le revolver à sa ceinture. Elle regarda en direction de la porte. Que faisait Styles ? Ignorant les menaces d'éviscération que proférait son agresseur, elle lui retira son masque et le regarda sans parvenir à y croire.

*Joseph Crenshaw.*

Elle pressa le canon du revolver contre son oreille, désireuse de lui faire payer ses atrocités.

— Alors, ça fait quoi quand une femme riposte ? C'est douloureux, hein ? Vous voyez, quand il s'agit de sauver sa peau, il n'y a pas de règles. Tous les coups sont permis. C'est comme une chaîne alimentaire, et en ce moment, vous êtes tout en bas. Ça vous fait quoi, Crenshaw ? Je parie que votre femme sera très fière en découvrant votre penchant pour le macabre. Comment lui expliquez-vous l'odeur de la mort sur vous ?

— Lâchez-moi.

Crenshaw se tortilla et poussa un hurlement lorsqu'elle lui donna un nouveau coup brutal sur la nuque. Il tendit les bras devant lui en signe de reddition.

— C'est bon, d'accord ? Qui êtes-vous ?

Ne prenant aucun risque, Beth pressa le revolver contre la nuque de Crenshaw.

— FBI. Vous n'assassinerez plus de strip-teaseuses. C'est terminé.

— Je vous tuerai dès l'instant où je serai libre.

Les postillons de Crenshaw inondaient le sol.

— Vous n'avez rien contre moi.

Jugulant l'accès de fureur de sa part d'obscurité pour ne pas perdre le contrôle, Beth retira son doigt de la détente alors qu'elle enfonçait un peu plus le canon du pistolet dans la nuque de Crenshaw.

— Alors peut-être que je devrais rendre service à la société en vous faisant sauter la cervelle ?

La porte s'ouvrit à la volée. Le souffle court, leurs armes tendues devant eux, Styles et Ryder firent irruption dans la pièce. Beth leur sourit.

— Vous en avez mis du temps !

Styles faisait les cent pas dans le bureau.

— Je serais curieux de savoir comment il s'y est pris pour entrer.

— J'imagine qu'on aura la réponse quand on pourra l'interroger, fit remarquer Beth en haussant les épaules. Moi aussi, ça m'étonne. J'ai fait le tour de la maison et quand j'ai entendu du bruit, je me suis dit que c'était le vent. C'est rare que quelqu'un me prenne de court. Ce type frappe comme une brute. En définitive, on l'a eu, c'est tout ce qui compte.

Après avoir entendu Beth menacer Crenshaw de le tuer, Styles s'était préparé à trouver la cabane plongée dans le chaos. Elle savait assurément choisir ses mots. Les paroles qu'elle avait adressées à Crenshaw et la malveillance qui avait percé dans sa voix avaient de quoi terroriser n'importe qui. Il s'éclaircit la gorge. Maintenant que le calme était revenu, il avait des questions.

— Tu as très bien géré la situation. À la fin, quand il t'a menacée, tu comptais sérieusement le descendre, Beth ?

— Non, je n'avais pas le doigt sur la détente.

Beth secoua la tête et ses cheveux blonds ondulèrent en une cascade soyeuse par-dessus son épaule.

— Il gémissait comme un misérable chiot. Je le tenais. Ce n'était rien d'autre que des menaces pour le garder à ma merci en attendant votre arrivée. Je veux qu'il rende des comptes. Quand les types comme lui meurent pendant les interpellations, ils laissent derrière eux trop de questions sans réponse.

Elle fronça les sourcils.

— J'étais surprise que ce soit Crenshaw. C'est un père de famille heureux en ménage, il travaille avec les associations caritatives locales et son père était pasteur. Il ne faut pas se fier aux apparences, j'imagine.

Beth bascula en arrière sur sa chaise de bureau.

— C'est un vrai lâche. Je savais qu'il se laisserait faire dès que vous arriveriez et qu'il pleurnicherait pour réclamer un avocat une fois qu'on lui aurait passé les menottes.

Elle consulta son téléphone pour la dixième fois en quelques minutes.

— Pourquoi c'est si long d'obtenir un mandat de perquisition ? On a rassemblé assez de preuves pour en justifier la demande. En réalité, toute l'instruction est bouclée et on n'a plus qu'à la servir sur un plateau au procureur.

Elle plissa les yeux.

— Ce qui m'embête le plus dans cette attente, c'est qu'on ne sait pas si l'avocat de Crenshaw a contacté sa femme pour la prévenir qu'il était en garde à vue. Et si elle vidait la maison avant qu'on arrive ?

Styles s'assit sur le rebord de son bureau et la regarda.

— Tu crois que Crenshaw aimerait que sa femme tombe sur la cachette secrète où il planque ses trophées ?

Il frotta sa cicatrice au menton puis reprit :

— Là aussi, j'imagine que c'est quitte ou double. Soit elle fait disparaître les preuves, soit elle est tellement en colère qu'elle laisse tout en place pour les flics. Il faut se méfier des femmes humiliées.

— Si tu veux mon avis, le viol, le meurtre et la nécrophilie vont au-delà de « l'humiliation » sur l'échelle de la trahison conjugale, répondit Beth en mordillant l'extrémité d'un stylo. Je ne pense pas qu'elle prendra sa défense.

Styles se remémora de vieilles affaires et haussa les épaules.

— Certaines femmes trouvent ce genre d'homme irrésistible.

Beth fit tourner le stylo entre ses doigts.

— Pas moi, mais en même temps, j'ai vu les scènes de crime. Et si on considérait la chose à l'envers ? Que ferait un homme dans la même situation ? Tu penses que tu serais attirée par une meurtrière ? Non, attends, laisse-moi reformuler la question. Tu crois qu'une femme qui tue pour protéger les autres te plairait ?

Interloqué, Styles fronça les sourcils.

— Tu veux parler d'une sorte de justicière ou bien d'une personne qui bosse dans les forces de police ?

— Y a-t-il vraiment une différence ?

Beth glissa le stylo dans une vieille tasse à café et lui sourit.

— Les deux suppriment les dangers qui menacent la société. Même si dans un cas, le cadre légal est respecté, et dans l'autre, la sanction s'élève à vingt ans de réclusion ou à la peine de mort.

Styles réfléchit et haussa les épaules.

— Je crois que chaque cas est différent. Je ne peux pas te donner de réponse précise.

Il la regarda.

— Je suis sûr que tu ne te poserais pas la question concernant un gars qui tue pour défendre son pays ou un policier qui utilise son arme en service, et moi non plus. Mais c'est vrai que les femmes aussi peuvent être des tueuses en série. Ça n'est pas déterminé par le sexe. Je suis d'accord que pour les justiciers, c'est différent. La plupart d'entre eux sont influencés par des événements de leur passé. Ils cherchent à réparer un tort ou à empêcher quelqu'un de reproduire un crime. Je peux comprendre leur point de vue et les raisons qui les poussent à tuer. Mon problème, ce serait la confiance. Comment pourrais-je être sûr de ne pas me faire tuer dans mon sommeil ?

— Pareil, répondit Beth dans un sourire. J'imagine que si on se retrouvait dans une situation semblable, on ne serait pas assez stupides pour devenir des cibles.

Son téléphone bipa, signalant l'arrivée d'un message.

— On a le mandat. Allons-y. C'est la juridiction de Ryder et on aura besoin de sa présence.

Styles téléphona au shérif.

— On vient de recevoir le mandat. Retrouvez-nous chez Crenshaw.

— *J'allais vous appeler. Jerry Blackwood est l'avocat de Crenshaw. Il s'est entretenu avec son client ce matin avant qu'il soit transféré à la maison d'arrêt du comté de Black Rock Falls. Il est au courant pour la demande de mandat. Vous devrez négocier un interrogatoire avec Crenshaw auprès de lui.*

Styles lança un regard à Beth et hocha la tête. C'était exactement ce à quoi ils s'attendaient.

— Entendu, je l'appellerai dès qu'on aura mené la perquisition. J'imagine qu'il aura besoin d'être véhiculé jusqu'à Black Rock Falls. À moins que ça pose problème ?

— *Je ne vois pas en quoi ce serait problématique. Crenshaw bénéficie de la présomption d'innocence jusqu'à preuve du contraire. Il s'agit juste d'une marque de courtoisie envers son avocat.*

Ryder eut un petit rire.

— *En tout cas, je suis content de ne pas l'avoir gardé ici trop longtemps. Ce type vociférait et tournait comme un lion en cage. Le trajet jusqu'à Black Rock Falls a dû être un cauchemar.*

Vu la rage qui émanait de Crenshaw lorsque Ryder l'avait placé en garde à vue et les difficultés qu'ils avaient eues à le ramener à Rattlesnake Creek la nuit précédente, Styles n'était pas surpris. Beth avait conduit la voiture pendant que Ryder et lui étaient assis avec le prévenu sur la banquette arrière. Après l'avoir enfermé dans la cellule du bureau de Ryder, ils étaient passés chercher Tommy Joe et étaient retournés à Rainbow pour récupérer les autres véhicules et leurs affaires dans les cabanes. Il était presque 3 heures du matin lorsqu'ils étaient enfin rentrés chez eux. Ryder avait laissé Crenshaw pieds et poings liés dans sa geôle, mais il était quand même resté dormir au bureau. Styles et Beth avaient pu profiter de six heures de sommeil et avaient déposé une demande de mandat auprès du juge à la première heure.

Fatigué, Styles bâilla.

— Vous avez réussi à dormir un peu ?

— *Oui, dès que le fourgon de l'administration pénitentiaire est arrivé, je suis rentré chez moi. Je venais d'arriver au bureau quand vous m'avez appelé.*

Styles entendit un trousseau de clés cliqueter.

— *Je suis en route vers chez Crenshaw.*

Styles acquiesça.

— On se retrouve là-bas.

Il raccrocha et attrapa le kit médico-légal que lui tendait Beth.

— J'espère qu'on trouvera l'endroit où il planque sa collection de mèches de cheveux, reprit-il. Je me demande depuis quand il tue et combien d'autres corps sont cousus sur des canapés dans des endroits reculés. Il y a forcément plus de deux victimes.

— Je pense qu'il y en a plus qu'on ne l'imagine, dit Beth alors qu'elle se hâtait vers la porte en enfilant son blouson du FBI. Comment tu veux qu'on procède ? Sa femme risque de ne pas être très coopérative.

Styles haussa les épaules avec indifférence.

— Alors on la menottera et on l'embarquera dans le 4 x 4 de Ryder.

## 38

— Vous cherchez de la drogue ?

Assise sur le canapé, Mme Crenshaw regardait Beth.

— On n'en prend pas, vous perdez votre temps.

Beth enfila une paire de gants chirurgicaux et se tourna vers elle.

— Votre mari a un bureau ou une pièce à lui dans la maison ?

— Oui, mais vous ne pourrez pas y aller. C'est fermé à clé. Il ne laisse personne y entrer, pas même pour faire le ménage.

Mme Crenshaw but une gorgée de son thé fumant et haussa les épaules.

— Où avez-vous emmené Joe exactement ?

Beth ignora sa question et enchaîna :

— Où se trouve cette pièce ?

— Au grenier.

Mme Crenshaw fit un geste en direction du couloir.

— Il y a un escalier escamotable juste là, mais comme je vous le disais, la porte est verrouillée. Il s'est assuré que personne ne puisse entrer.

— La serrure est équipée d'un dispositif piège ? demanda Styles qui s'était rapproché d'elle.

— Pas à ma connaissance, répondit Mme Crenshaw, les yeux plissés. Il y a un cadenas, c'est tout.

— J'ai un coupe-boulon dans ma voiture, déclara Ryder avant de se précipiter à l'extérieur.

Quand il fut revenu, ils se faufilèrent les uns derrière les autres dans le couloir et Styles déplia les escaliers menant au grenier. En haut des marches, ils trouvèrent une porte en bois renforcée à l'aide d'une barre en métal sur laquelle étaient fixés trois énormes cadenas. Après avoir fait sauter les cadenas en un rien de temps, Ryder poussa lentement la porte. Le cri de Beth resta coincé dans sa gorge quand elle vit les horribles images qui tapissaient la pièce. Les photographies avaient été imprimées à l'aide d'une imprimante de bureau et épinglées au mur. Elles étaient toutes accompagnées d'une mèche de cheveux soigneusement retenue par un nœud rose. Beth sortit son téléphone et filma lentement chacune des cloisons pour enregistrer les moindres détails. À ses côtés, Styles prenait des photos du reste de la pièce avec son téléphone.

Beth se dirigea vers un petit bureau sur lequel étaient installés un ordinateur et une imprimante. Elle s'assit sur la chaise et alluma l'ordinateur. Il ne lui fallut pas longtemps pour trouver le mot de passe et accéder aux fichiers vidéo. Elle découvrit que Crenshaw en avait mis en ligne un certain nombre sur le dark web. Il y avait bien plus de fichiers qu'elle ne l'aurait imaginé. Ces enregistrements ignobles, effectués par un esprit totalement dérangé, avaient été classés avec minutie par date et par lieu. Elle pivota sur la chaise.

— Tout est là. Les dates et les heures, le nombre de visites qu'il leur a rendues. Combien de temps il les a maintenues en vie avant de les tuer. Tous les détails les plus sordides.

— Combien y a-t-il de victimes ? demanda Styles, les yeux brillants de rage. Quelle horreur !

Beth fit défiler la liste.

— Il y en a trop pour faire le compte maintenant. On remettra tout ça aux unités d'enquête sur les crimes sexuels, ils pourront peut-être trouver des correspondances dans la base de données des personnes portées disparues. On a fait notre part du boulot en arrêtant ce type.

— Je suis surpris qu'il n'ait pas attiré l'attention du Tueur au tarot, dit Ryder, occupé à ouvrir des tiroirs pour collecter des pièces à conviction. On sait qu'il est dans l'État. Il se trouvait récemment à Black Rock Falls, et ce type agissait depuis un certain temps.

Réprimant un sourire, Beth haussa les épaules.

— Il est peut-être occupé ailleurs. Je suis contente qu'il ne l'ait pas liquidé. J'ai vraiment envie d'entendre ce que Crenshaw a à dire pour sa défense. Je parie que Jo Wells va rappliquer en moins de deux à Black Rock Falls pour assister à l'interrogatoire.

— Oui, on devrait la prévenir qu'il est en garde à vue.

Styles se frotta la nuque et se tourna vers Ryder.

— Il faudrait que vous demandiez à Mme Crenshaw de préparer un sac pour ses enfants et elle. Ils ne peuvent pas rester ici. On va devoir saisir toutes ces affaires et les mettre sous scellés. Je vais faire venir une équipe.

— D'accord. Je vais lui demander si elle a un endroit où s'installer provisoirement.

Ryder quitta la pièce.

— Parle-moi du dark web. Tu as dit qu'il avait mis en ligne les vidéos sur un site. Il y a vraiment des gens qui prennent plaisir à regarder ce qu'il a infligé à ces femmes ?

Styles se pencha par-dessus l'épaule de Beth pour regarder l'écran. Elle acquiesça d'un signe de tête.

— Oui. J'ai bien peur que toutes les formes de perversion trouvent des adeptes sur ces réseaux. Et je ne te parle pas que d'une poignée d'individus, ils sont nombreux à aimer ça. Le dark web, c'est leur terrain de jeu, un endroit où ils se sentent en sécurité. Le problème, c'est qu'on trouve des profils venus de tous les horizons. Je veux dire que je serais incapable de te citer un corps de métier au sein duquel on ne trouve pas de personnes déviantes à un moment donné. Il y a probablement des personnes haut placées dans le lot, car ces activités sont bien trop souvent étouffées.

— On peut remonter jusqu'à certaines d'entre elles ? demanda Styles, les sourcils froncés et les yeux rivés sur l'écran. Tu es une experte en cybersécurité. Ces gens laissent des traces ?

Beth secoua la tête et soupira.

— Ce sont les mystères du dark web. À moins d'avoir un point d'entrée, comme l'ordinateur de quelqu'un, c'est très difficile de débusquer ces sites secrets. Les internautes qui les consultent redirigent leurs données sur d'autres adresses IP, un peu partout sur la planète. C'est impossible de les retrouver à moins de dénicher un indice sur leur emplacement géographique sur une photo ou une vidéo. Par le passé, on a par exemple réussi à localiser des utilisateurs grâce aux reflets d'un panneau ou d'un bâtiment sur une fenêtre.

C'était la dernière chose qu'elle avait besoin de faire. L'affaire Crenshaw était pliée et l'envie irrépressible de se rendre à Billings pour éliminer Jackson avant qu'il tue une autre femme mettait sa patience à l'épreuve.

— Je vais transférer tous les fichiers vidéo sur un disque dur externe pour les joindre aux pièces à conviction. Je vais retirer le disque dur de cet ordinateur et je l'utiliserai pour essayer de traquer d'autres déséquilibrés de ce genre, mais on parle là de plusieurs mois de travail et il est possible que mes recherches ne donnent rien

Elle sortit un disque dur externe de son sac et le brancha à l'ordinateur.

— Le transfert va être long.

— On a du temps. La maison est grande.

Styles lui pressa l'épaule.

— Je t'avais promis qu'une fois que cette affaire serait réglée, on prendrait quelques jours de repos. Je tiens toujours parole. Est-ce qu'une semaine te semble suffisante pour recharger les batteries ?

Beth aimait le mot *recharger*. Il décrivait parfaitement ce qu'elle ressentait juste après avoir éliminé un monstre de la société.

— J'espère bien, mais je n'ai pas l'intention d'aménager ma cabane en une semaine. Ça va me permettre de souffler, alors je compte y aller doucement et la retaper petit à petit. Ce sera l'occasion de visiter les villes alentour et de faire quelques achats, autrement je vais me retrouver à errer sans but.

Elle rit.

— Tu imagines si j'avais acheté des meubles dans la boutique de seconde main et que Crenshaw me les avait livrés ? J'aurais certainement terminé cousue à un canapé.

— Peut-être, mais il sait que tu n'es pas une danseuse, et d'après ce que je vois, elles étaient ses cibles préférées.

Styles attrapa la souris et fit défiler les fichiers d'images sur l'écran.

— Quoique peut-être pas. Regarde le commentaire ici.

Intriguée, Beth pivota sur la chaise pour faire face à l'écran.

— Il les appelle ses « trésors », mais celle-ci n'est pas une danseuse. Elle est recensée comme étant une TDS.

Beth parcourut la galerie.

— Ah, TDS, c'est une travailleuse du sexe.

— Je la reconnais.

Styles jeta un œil aux photos avant et après l'application du maquillage criard par Crenshaw.

— Ryder l'avait arrêtée. Normalement, il laisse les prostituées tranquilles tant qu'elles ne causent pas de problèmes, mais celle-ci revendait de la drogue. Elle a écopé d'une amende et on pensait qu'elle avait quitté la ville. D'après ces images, elle n'a jamais eu l'occasion de monter dans un bus. C'est sûrement comme ça que Crenshaw a obtenu le fentanyl. On savait qu'elle trafiquait mais on n'a jamais retrouvé son stock. Il a dû conclure quelques transactions avec elle et a fini par la tuer.

Styles secoua la tête.

— Au fil des ans, il s'est déplacé dans de nombreux États pour le travail. Je n'avais pas réalisé qu'il bougeait aussi souvent.

Il fronça les sourcils.

— On va laisser cette pièce à l'équipe scientifique. On ferait bien d'aller poser quelques questions à Mme Crenshaw avant de fouiller le reste de la maison, mais je ne pense pas qu'on trouvera quoi que ce soit d'incriminant. Tout ce dont on a besoin se trouve ici.

Au rez-de-chaussée, Ryder était au téléphone et essayait de trouver une place en centre d'hébergement pour Mme Crenshaw et ses enfants. C'était la paroisse qui gérait le foyer local qui les accueillerait. Ce serait l'affaire d'un jour ou deux. Beth s'assit sur le canapé à côté de Mme Crenshaw et Styles prit place en face. Beth sortit son calepin et un stylo.

— J'ai quelques questions à vous poser. Il me semble que cela fait un moment que vous habitez ici, mais est-ce que Joe se déplace souvent pour son travail ? Ou est-ce qu'il part en vacances seul de temps à autre ?

— Il est tout le temps en déplacement.

Mme Crenshaw haussa les épaules.

— Les gens qui achètent nos meubles retapés vivent un peu partout et Joe insiste toujours pour assurer les livraisons lui-même. C'est arrivé qu'il parte plusieurs semaines d'affilée pour livrer des commandes dans plusieurs États. Il est toujours prêt à rendre service et en plus, les livraisons nous apportent un revenu supplémentaire.

Ses yeux s'embuèrent de larmes.

— Il aime aller à la pêche ou à la chasse, alors ça lui arrive de partir seul quelques jours. Pas tout le temps, seulement aux beaux jours. Quand la neige arrive, il reste à la maison.

Styles se pencha en avant sur son siège et reprit :

— Il vous ramène des cadeaux de ses voyages loin de chez vous ? Des vêtements ou des bijoux ?

— Oh, il m'en ramène toujours, répondit Mme Crenshaw en se levant. La plupart du temps, ces affaires ne sont pas à mon goût, mais il arrive qu'il me demande de les porter, alors je les mets pour lui faire plaisir. Vous voulez les voir ?

Beth échangea un regard éloquent avec Styles et retint un frisson involontaire. Sa femme avait-elle failli devenir une victime ? Elle suivit Mme Crenshaw jusqu'à un dressing et regarda les boîtes de vêtements alignées sur les étagères. Dans un coin, il y avait une boîte à bijoux ornementée qui débordait de pièces fantaisie clinquantes. Beth se tourna vers Mme Crenshaw.

— Il va falloir qu'on saisisse ça. Vous avez préparé vos affaires ?

— Pas encore.

Derrière elle, Ryder s'approcha.

— On va fouiller la chambre en premier.

Il s'adressa à Mme Crenshaw.

— Retournez attendre dans le salon. On n'en aura pas pour longtemps.

Il regarda longuement Beth et baissa la voix.

— Qui va lui annoncer les charges qui sont retenues contre son mari ? Elle n'en a aucune idée. Je ne pense pas qu'elle fasse semblant.

Beth était prête à ressentir de l'empathie pour l'épouse d'un tueur en série, mais elle ne croyait pas à l'innocence affichée par Mme Crenshaw. Elle leva un sourcil.

— Je vais lui parler. Terminez la perquisition. J'ai du mal à croire qu'elle ne se doutait pas que son mari avait des activités douteuses. Les gens mariés sont proches, tellement proches qu'ils peuvent lire dans les pensées l'un de l'autre. Et puis, il y a l'odeur. On sait tous que la puanteur de la mort s'imprègne partout. Il retournait voir les cadavres et elle ne s'en rendait pas compte ?

Elle revint dans le salon et s'assit en face de Mme Crenshaw.

— La matinée a été longue, et vous allez partir dans un centre d'hébergement pour quelques jours. Vous voulez manger quelque chose avant ?

— Oui, merci. Je vais faire du café et préparer quelques sandwichs.

Mme Crenshaw se rendit dans la cuisine. La pièce était propre et rangée, presque comme si elle avait prévu de partir. Ou bien était-ce la nature suspicieuse de Beth qui lui donnait cette impression ? Elle attendit que la maîtresse de maison s'asseye à la table, accepta une tasse de café, mais refusa la nourriture qu'elle lui proposait d'un geste de la main. Cela lui semblait inapproprié au vu de ce qu'elle s'apprêtait à lui révéler.

— Préparez-vous à recevoir un choc, madame Crenshaw. Avez-vous déjà eu des soupçons concernant le comportement de votre mari ?

— Joe ? Non, pourquoi ? C'est un homme bon. Il est toujours prêt à aider les autres.

Mme Crenshaw mordit dans son sandwich et releva lentement les yeux vers Beth, les sourcils froncés.

— Tout ça, ce mandat de perquisition et l'arrestation de Joe, c'est une erreur. Il n'a jamais eu de problèmes en dehors de quelques contraventions pour stationnement gênant.

Beth soupira et releva le menton.

— Ce n'est pas une erreur. Je crains que Joe ait assassiné une femme et qu'il ait tout filmé. Voilà pourquoi il garde sa pièce fermée à clé. Il a recouvert les murs avec les photos des femmes qu'il a tuées.

— Je connais l'existence de ces photos, lui dit Mme Crenshaw en souriant. Il adore les films d'horreur, et ce ne sont que des images. Il dit que ce sont ses « trésors ». Il me les a montrées un jour. Il n'y a rien de mal à avoir un hobby. Il ferme la porte à clé pour ne pas que les enfants entrent. Ils seraient effrayés s'ils voyaient ça.

S'efforçant de ne pas perdre patience, Beth but une gorgée de café.

— Ces clichés ne viennent pas de films d'horreur. Ils sont bien réels. Il a assassiné toutes ces femmes et hier soir, il a essayé de me tuer.

— Je ne vous crois pas. Il ne ferait jamais ça et ces photos sont tirées de films d'horreur. Pourquoi me les aurait-il montrées si c'étaient des vraies ?

Mme Crenshaw cligna des yeux et regarda Beth plus attentivement.

— Vous dites que vous étiez avec lui hier soir ?

Ses lèvres s'affaissèrent en une moue dépréciative.

— Vous étiez seule avec mon mari ? Où ça ?

Beth s'éclaircit la gorge.

— En effet, j'étais avec lui. Vers 23 heures, dans une cabane à Rainbow.

— Vous mentez.

La bouche de Mme Crenshaw se tordit en un horrible rictus.

— Vous, les jolies blondes, vous êtes toutes les mêmes. Vous essayez de le retourner contre moi pour l'avoir rien que pour vous.

Styles apparut sur le seuil de la porte.

— Laissez-moi vous donner quelques explications. L'agent Katz a été agressée par votre mari. Elle ne l'a pas invité à la rejoindre dans la cabane. Votre mari a été arrêté et inculpé de meurtre. Nous disposons d'assez de preuves pour le mettre en examen dans cet État, et il ne fait aucun doute que d'autres États lanceront des poursuites contre lui dans la foulée. Vous pouvez faire votre sac maintenant. Le père Paul va venir vous chercher pour vous emmener au foyer d'hébergement. Vous récupérerez les enfants en chemin à la sortie de l'école.

Mme Crenshaw regarda Styles d'un air furieux.

— Arrêtez de perdre votre temps et aller chercher le vrai tueur. Ce n'était pas lui.

— Ce sera à la justice d'en décider.

Styles lui fit signe de suivre Ryder et se tourna vers Beth.

— On a fini ici. Dès que Mme Crenshaw sera partie, on sécurisera la zone pour passer le relais à l'équipe scientifique. Des collègues de Helena vont venir collecter les preuves. Il y en a trop pour que Wolfe s'en charge.

Beth se leva, récupéra les tasses et leurs soucoupes sur la table pour les rincer, puis suivit Styles au-dehors. Elle inspira profondément l'air pur de la montagne à plusieurs reprises et se tourna vers lui.

— Tu as des nouvelles de l'avocat ?

— Oui, on va commander de quoi déjeuner et préparer nos affaires pour la nuit. On a la possibilité d'interroger Crenshaw à 16 heures cet après-midi. On passera la nuit à Black Rock Falls. Je nous ai réservé des chambres à l'hôtel *Cattleman*. On va mettre à jour les éléments du dossier et avec un peu de chance, on sera débarrassés de cette affaire avant la fin de la journée. On va passer la nuit là-bas parce que je ne préfère pas prendre le risque de voler au-dessus des montagnes de nuit, surtout après avoir aussi peu dormi la nuit dernière. Ça ne te dérange pas ?

Beth sourit.

— Absolument pas.

39



Ils arrivèrent au centre pénitentiaire de Black Rock Falls avec Jerry Blackwood, l'avocat de Crenshaw. C'était un homme sympathique et très professionnel, et Beth l'appréciait. Il marcha derrière eux pendant qu'ils traversaient la coursive qui longeait les cellules. Styles et Ryder s'étaient placés de part et d'autre de Beth. Un surveillant pénitentiaire les avait informés en s'en excusant que c'était le seul itinéraire pour rejoindre les salles d'interrogatoire depuis le toit. Ce n'était certes pas optimal, mais cela permit à Beth d'avoir un aperçu de ce à quoi ressemblait la vie dans une prison pour hommes. Des groupes de détenus traînaient sous des préaux semblables à d'immenses cages pour animaux. Chacun d'eux semblait préférer rester au sein de sa propre communauté et tous lui lancèrent sans vergogne ce qu'ils auraient aimé lui faire. À l'instar de Styles, Beth arborait délibérément son blouson du FBI, car sans cela, elle aurait paru vulnérable devant ce troupeau de grossiers criminels. Ils atteignirent le couloir qui menait à la salle d'interrogatoire et Styles se tourna vers elle. Elle lui sourit.

— C'est encore mieux que d'être au zoo, hein ?

— Ne fais pas attention à eux, répondit Styles, puis il s'adressa à l'avocat : Venez nous chercher quand il sera prêt à parler.

— D'accord.

Blackwood franchit la porte à la suite du surveillant pénitentiaire. Un autre gardien leur fit signe d'approcher.

— Les agents Wells et Carter sont ici. Ils ont demandé à vous parler.

Il leur indiqua une autre porte d'un geste de la main.

— Par ici.

Beth lança un regard à Styles et attendit qu'il prenne la parole.

— Ça ne me dérange pas qu'ils assistent à l'entretien.

Il la regarda, puis se tourna vers Ryder.

— Ça vous convient à tous les deux ?

Beth acquiesça et franchit la porte à la suite du gardien. Elle sourit à Carter et Jo.

— Contente de vous revoir. Quelle affaire ! Vous avez suivi les événements ?

— Oui, dit Jo en hochant la tête avant de porter son attention sur Styles. Salut, Styles. Comment va votre chien ?

— Bien, il passe la nuit chez Nate, répondit-il en souriant. Il ne voulait pas me quitter, mais il comprend le mot « chenil » et il s'est soudain montré docile, même s'il avait la tête baissée et la queue entre les pattes. Ce n'est que pour une nuit. Tout ira bien. Nate l'aime beaucoup.

— J'ai le même problème, mais par chance, Zorro apprécie la compagnie de Duke, répondit Carter en mâchouillant un cure-dent. C'est le chien de l'adjoint David Kane, à Black Rock Falls. On est parfois amenés à rester dans leur cottage et les chiens s'entendent bien.

Beth s'éclaircit la gorge et les regarda alternativement.

— On a un plan ? C'est un tueur dérangé et il faut qu'on lui soutire un maximum d'informations. Pour commencer, j'aimerais savoir ce qui le pousse à tuer.

— Cela risque d'être compliqué, dit Jo, puis elle fit un geste en direction de Styles.

— Styles devrait prendre les rênes de l'interrogatoire. Vous avez précisé dans vos rapports qu'il s'était comporté comme un lâche dès que Styles et Ryder étaient arrivés.

Elle adressa un regard à Ryder.

— Si cela vous convient, shérif ?

Ryder retira son chapeau.

— Oui, je n'ai pas beaucoup d'expérience avec les psychopathes. Je vais rester hors de la salle, je regarderai derrière le miroir sans tain. Sinon, il y aura trop de monde dedans.

Il sortit un petit dictaphone de sa poche.

— Vous aurez besoin de ça pour l'enregistrement.

Beth lui sourit.

— Merci. Je pensais utiliser mon téléphone, mais ce sera bien mieux.

Un surveillant pénitentiaire les emmena dans une petite pièce qui donnait accès à la salle d'interrogatoire. Dès qu'ils y entrèrent, Blackwood vint les y rejoindre.

— Il est prêt à parler.

Il les regarda d'un air grave.

— Je vous stopperai à la moindre question inappropriée. C'est clair ?

Levant les yeux au ciel, Beth hocha la tête.

— Entendu. On est tous fatigués. On peut commencer ?

Ils entrèrent dans la salle d'interrogatoire. Beth s'installa sur une chaise dans un coin et Jo prit place entre Styles et Carter. Crenshaw était assis, enchaîné à une table. Il avait beau n'avoir encore jamais eu d'ennuis avec la justice, personne ne voulait prendre de risques. Ses chaînes cliquetèrent alors qu'il les dévisageait à tour de rôle. Beth plaça le dictaphone au centre de la table et l'alluma. Elle énonça la date du jour, l'heure, et déclina l'identité des personnes présentes.

— Nous avons trouvé les vidéos et les photos placardées sur les murs de votre grenier. Votre femme nous a remis les vêtements et les bijoux que vous avez volés à vos victimes.

Styles se pencha par-dessus la table, les poings serrés.

— On aimerait savoir pourquoi vous avez fait ça ?

— Mon avocat a négocié un arrangement à condition que je vous parle. Il m'a expliqué toutes les preuves qui pesaient contre moi, alors j'en déduis que vous me tenez, vu les chaînes et tout le reste. On ne me libérera pas, j'imagine que je suis désormais dans ma nouvelle maison.

— Parlez, on vous écoute, dit Styles en le fixant.

— Bien sûr, je serais ravi de vous parler de mes trésors. Elles sont toutes ici.

Crenshaw tapota sa tempe du doigt.

— Je comprends que vous ayez besoin de connaître les raisons qui m'ont poussé à les tuer. Je ne sais pas, cela me semblait être ce qu'il fallait faire, c'est tout. La première fois, j'avais besoin de quelqu'un qui se montre gentil envers moi. Quelqu'un qui m'accueille quand je rentrais à la maison.

Crenshaw se frotta le bout du nez et ses menottes cliquetèrent contre l'anneau en métal de la table.

— Vous avez eu une enfance heureuse ?

Jo croisa les jambes et le regarda avec intérêt.

— Votre père était pasteur, n'est-ce pas ?

— En effet. Disons que j'ai été heureux un certain temps.

Crenshaw haussa les épaules.

— Je crois.

— Un certain temps ? s'étonna Jo en levant un sourcil. Qu'est-ce qui a changé ?

— Quand j'avais quatorze ans environ, j'aimais regarder les filles. C'est naturel, pas vrai ?

Crenshaw semblait attendre que Jo approuve d'un signe de tête, puis il sourit.

— Pas pour mon père. Il disait que j'étais un pécheur et il me frappait chaque fois qu'il remarquait que je regardais un joli minois. La fille des voisins était si belle, avec ses longs cheveux et son sourire rayonnant. Je l'imaginais souvent nue en train de me sourire. C'était plus fort que moi, j'ai commencé à l'espionner par la fenêtre de sa chambre quand elle se déshabillait. C'était comme un rêve jusqu'à ce que mon père me prenne sur le fait. Il m'a amené jusqu'à l'église et a raconté à tout le monde ce que j'avais fait. Il m'a fouetté devant toute l'assemblée des fidèles et a recommencé ainsi tous les dimanches. J'ai donc décidé de me trouver une fille rien que pour moi et de la cacher dans un endroit où personne ne pourrait la trouver.

Il soupira et son regard se perdit dans le vide comme s'il se remémorait son premier meurtre.

— Après ça, eh bien, c'est devenu un automatisme.

— Et votre femme ? Elle ne vous souriait pas pour vous accueillir à votre retour chez vous ? questionna Jo sans le regarder alors qu'elle prenait nonchalamment des notes sur un calepin.

— J'avais besoin d'une excuse pour pouvoir me déplacer incognito. Personne ne soupçonnerait le mec sympa, marié et père de famille qui travaille pour une œuvre caritative, pas vrai ? Aucun de vous ne m'a suspecté pendant des années. Pendant tout ce temps, mes trésors m'attendaient un peu partout et m'accueillaient les bras ouverts en disant : « Je suis là, je t'appartiens. »

Un instant, Beth eut envie que Crenshaw s'évade pour qu'elle puisse lui faire la peau. Elle ne put s'empêcher de pouffer.

— Je suis sûre que quand on révélera la vérité, que tout le monde saura que je vous ai envoyé au tapis malgré mon mètre soixante-cinq et mes cinquante kilos et que vous avez pleurniché comme un gamin, jamais plus personne ne voudra de vous, dit-elle.

Crenshaw lui sourit.

— Croyez-moi, un jour, je sortirai et je viendrai vous chercher. Vous serez tout en haut de ma liste.

Il se passa la langue sur les lèvres.

— J'adore les blondes comme vous, agent Beth Katz. Ouais, vous voyez, je sais qui vous êtes et vous apporteriez une grande plus-value à ma collection.

Beth se leva, posa les poings sur la table et lui adressa un regard noir.

— Allez-y, je vous attends. Je consacre ma vie à mettre des monstres comme vous hors d'état de nuire.

Elle tourna les talons et quitta la pièce. Dans la petite pièce attenante, elle regarda l'expression ahurie de Ryder et éclata de rire.

— Oh, je me sens tellement mieux.

— Il ne vous a pas fait peur ?

Ryder lui tendit une bouteille d'eau. Beth secoua la tête.

— Non. Je voulais le pousser à bout. Il ne fait qu'aboyer. Il utilise des drogues et des armes pour prendre l'ascendant sur les femmes. Ce n'est qu'un lâche. Il ne me fait pas peur.

— À moi, si.

Ryder se frotta la nuque.

— Après avoir vu son côté pervers, je vais faire des cauchemars pendant quelque temps.

L'interrogatoire se poursuivit, mais ils avaient déjà obtenu ce qu'ils étaient venus chercher et connaissaient désormais le mobile des meurtres. L'élément déclencheur résidait sûrement dans les humiliations et les maltraitances qu'il avait endurées dans son enfance, et une fois qu'il s'était mis à tuer, il n'avait plus été capable de s'arrêter. Beth s'assit et observa la scène à travers le miroir sans tain. Dans l'interphone, les voix qui lui parvenaient avaient un côté métallique.

Styles se laissa tomber dans le siège laissé par Beth et leva les sourcils en regardant Crenshaw.

— Où vous êtes-vous procuré le fentanyl ? On sait que vous vous en êtes servi pour soumettre vos victimes, ou plus probablement pour les anesthésier.

Crenshaw haussa les épaules.

— On en trouve partout et c'est beaucoup plus simple que vous ne le pensez d'en obtenir. Ça, et l'oxycodone. Si je voulais faire du trafic, je pourrais régulièrement m'approvisionner.

— Comment ? demanda Styles en fronçant les sourcils. J'ai personnellement démantelé le réseau de vente de fentanyl et les trafiquants sont tous en prison.

Crenshaw fit un geste dédaigneux de la main.

— Je vide les maisons des gens, vous vous souvenez ? La plupart du temps, les propriétaires sont morts. Vous savez, les domiciles des personnes âgées ? Leur famille n'a pas le temps de venir trier leurs affaires ou ne s'y intéresse pas. Ils veulent juste que je vide tout. Ils demandent toujours à ce que le travail soit fait rapidement pour pouvoir faire intervenir une société de nettoyage et mettre le bien sur le marché. Tout est une question d'argent. J'imagine que pour se sentir mieux face à son désintérêt, la famille fait don de tous les effets personnels à une association caritative, alors je viens et j'emporte tout. Les vieux ont souvent des traitements contre le cancer, des antidouleurs et ce genre de chose. On trouve toutes sortes de médicaments.

Il haussa les épaules.

— Demandez aux pharmaciens. Je viens déposer des tonnes de médicaments à recycler. Je ne conserve que ceux dont j'ai besoin.

Adressant un clin d'œil à Styles, il ajouta :

— Parfois, j'ai de la chance et je tombe sur un stock entier de morphine.

Styles plissa les yeux en le regardant.

— Et où se trouvent ces drogues maintenant ?

— Dans ma voiture, dans le compartiment pour mon revolver. Je suis un citoyen responsable. Je voulais seulement m'amuser avec mes trésors, rien de plus. Quand on examine les faits, on se rend compte qu'elles m'ont incité à les tuer. Je ne suis pas responsable de mes actes. Je respecte la loi. Posez la question à qui vous voudrez.

Jo lui lança un regard.

— Vous vous souvenez des endroits où vous avez laissé les corps de vos victimes ?

Crenshaw haussa les épaules.

— Vous avez mes fichiers. Tout est dedans. Où, quand, et comment je me sentais à ce moment-là. J'ai tendance à oublier au bout d'une semaine environ, alors je prends des notes sur chacune d'elles.

Il sourit, puis ajouta :

— Les vidéos, c'est quelque chose, hein ? Vous savez à combien je peux les vendre ?

Il lâcha un petit rire.

— Vous me regardez comme si j'étais un monstre, mais ils sont des milliers comme moi dans la nature. On partage tous les mêmes fantasmes. C'est juste que certains d'entre nous passent à l'action et que les autres, eh bien, ils attendent qu'on leur raconte nos histoires.

Jo soutint son regard.

— Vous pensez aux femmes que vous tuez ?

— Au moment où je le fais, oui. Elles deviennent une obsession. Je ne peux pas me passer d'elles jusqu'à ce que j'en trouve une autre, et là, je les oublie.

Crenshaw essaya de s'adosser à son siège, mais les chaînes qui le retenaient l'en empêchèrent.

— C'est pour ça que je filme tout. L'hiver, c'est plus difficile de se déplacer, alors je visionne les enregistrements pour me contenir.

— Avez-vous déjà eu envie de tuer votre femme ? lui demanda Jo en inclinant la tête. Vous l'aimez ?

— Je l'apprécie. Elle me comprend. Je ne l'aime pas. Je n'aime personne. Je ne ressens que des émotions fortes envers les femmes que j'enlève. Est-ce de l'amour ? Qui sait vraiment ce qu'est l'amour de toute façon ?

Crenshaw eut à nouveau un petit rire.

— J'ai failli tuer ma femme une fois ou deux. Comme je le disais, l'hiver, il me faut une tonne de sang-froid pour ne pas enlever une strip-teaseuse. Une fois, j'ai voulu en ramener une chez moi, puis je me suis ravisé. À la place, j'ai joué avec ma femme. Elle s'habille comme une danseuse pour moi, vous voyez, avec des sous-vêtements très échancrés, et elle me laisse lui mettre du maquillage. La dernière fois, c'était très dur et il m'a fallu toute ma volonté pour me retenir de la tuer.

— À votre avis, qu'est-ce qui vous a retenu ? Qu'est-ce qui était différent cette fois-là ?

— La seule chose dont je me souviens, c'est qu'elle aimait que je la brutalise, dit Crenshaw en haussant les épaules. Elle gloussait, et je préfère quand mes trésors se débattent et ont peur de moi.

— Votre fantasme consiste donc à dominer les femmes et à les effrayer ? intervint Styles. Si c'est le cas, à quoi bon les droguer ?

— Regardez les vidéos, répondit Crenshaw en le fixant intensément. Regardez comment elles réagissent quand elles voient ce que je leur ai fait. Quand elles réalisent qu'elles ne quitteront jamais cette cabane et que mon visage est le dernier qu'elles verront. Dominer, comme vous dites, c'est détenir le pouvoir. Elles n'ont pas le choix. Elles m'appartiennent.

Jo fronça les sourcils et un pli barra son front.

— Revenons à votre femme. Vous n'avez pas essayé de la tuer, mais vous n'êtes pas passé loin, c'est bien ça ? Que s'est-il passé ensuite ? Comment avez-vous réussi à vous maîtriser cette fois-là ?

— Je suis sorti pour aller me trouver une strip-teaseuse et elle a duré deux merveilleuses semaines. J'ai découvert qu'elles duraient plus longtemps l'hiver et que le chasse-neige amovible que j'avais acheté pour mon fourgon me permettait d'élargir mon périmètre et de trouver d'autres cabanes abandonnées.

Jo referma son calepin.

— J'en ai terminé. Vous avez d'autres questions ?

Personne ne prononça le moindre mot.

— Bien, on va en rester là.

Styles se leva et éteignit le dictaphone de Ryder.

— Merci de votre coopération.

Il adressa un signe de tête à l'avocat et s'écarta pour laisser passer Jo.

Lorsque le groupe franchit la porte, Beth les regarda les uns après les autres.

— Vous pensez qu'il va plaider coupable ?

— Oui, il a l'air de s'y être résigné, répondit Carter, les mains sur les hanches. Je pense qu'il essaiera d'obtenir une négociation de peine d'une manière ou d'une autre. Je doute qu'il souhaite être extradé vers un autre État qui le condamnera à la peine de mort alors que dans le Montana, s'il plaide coupable, sa sentence sera commuée en réclusion à perpétuité.

Jo s'appuya contre la table.

— C'est un cas intéressant et il se montre très coopératif. On dirait qu'il prend plaisir à parler de ses meurtres. J'aurais volontiers passé plus de temps à approfondir l'interrogatoire, mais je ne pense pas que son avocat m'aurait laissé faire. J'aimerais vraiment en savoir plus sur les raisons pour lesquelles il les a cousues aux canapés. Je vais garder son nom en tête pour le réinterroger dès que l'occasion se présentera et aborder le sujet dans les détails avec lui.

Beth fronça les sourcils.

— J'imagine qu'il les cousait pour les empêcher de se débattre et de le frapper tant qu'elles étaient en vie. Ça les maintenait en position afin qu'elles « l'accueillent à bras ouverts » une fois mortes.

— Vous avez sûrement raison, dit Jo, puis elle s'adressa à Styles : Vous avez véhiculé l'avocat jusqu'ici ?

— Oui, mais il repart par ses propres moyens.

Styles enfonça son Stetson sur ses cheveux châtains et ondulés qui bouclaient dans sa nuque et sourit.

— J'imagine qu'il va rester quelque temps en ville pour représenter son client. Ça risque d'être le chaos quand la presse va apprendre toute cette histoire.

Il s'éloigna pour aller parler à Carter et Jo entraîna Beth à l'écart.

— Vous avez une minute ? J'aimerais vous dire un mot.

Beth sentit son estomac se contracter et déglutit avec difficulté. Jo l'avait-elle démasquée ? Avait-elle baissé la garde pendant l'interrogatoire ? Elle afficha son air le plus sympathique et lui sourit.

— Bien sûr. Que se passe-t-il ?

Jo croisa son regard.

— Votre père figure sur la liste des tueurs en série que j'envisage d'interroger. Je peux l'en retirer si cela doit créer des problèmes entre nous. Je crois savoir que vous souffrez d'amnésie dissociative concernant la nuit où votre mère est morte et que vous n'avez jamais rendu visite à votre père.

Le cœur battant, Beth prit une profonde inspiration.

— C'est vrai. Le fait qu'il soit encore en vie après ce qu'il a fait me dégoûte. Je suis contente de ne pas porter son nom. Je ne me souviens même pas avoir déjà porté un autre nom de famille, mais ça me va. Sa présence dans ma vie a été un fardeau. Les gens me regardent différemment, comme si c'était ma faute qu'il soit un psychopathe.

Elle baissa le regard, essayant tant bien que mal d'empêcher sa part d'obscurité de se réveiller et de briller dans ses yeux.

— Peu m'importe que vous l'interrogiez, Jo. Peut-être que vous lui trouverez une excuse pour avoir tué ma mère et toutes ces femmes, mais moi, je ne le lui pardonnerai jamais.

— Il n'y a rien qui excuse un meurtre, Beth.

Jo lui saisit le bras.

— Si jamais vous avez besoin de parler de ce qui vous préoccupe, je serai toujours là et ce que vous me direz restera strictement confidentiel.

Beth hocha la tête et laissa sa crainte s'estomper. Elle se racla la gorge.

— Merci, c'est très gentil à vous. Je m'en souviendrai.

Soulagée, elle fit volte-face et manqua de heurter Carter. Elle attrapa son bras et sourit.

— Ty, où est-ce que vous créchez ce soir ?

— On est à l'hôtel *Cattleman*, répondit Carter en posant ses yeux verts sur Beth, l'air amusé. J'espère que vous vous joindrez à nous pour le dîner. Il y a un bon restaurant à l'hôtel. On a réservé une table pour 20 heures.

L'idée semblait excellente aux yeux de Beth. Elle se tourna vers Styles et Ryder.

— Qu'est-ce que vous en dites ?

— Oui, ça me paraît bien, répondit Ryder en récupérant son dictaphone posé sur le comptoir.

— Avec plaisir, dit Styles, mais est-ce qu'on pourrait ne pas veiller trop tard ? Ces derniers jours ont été intenses et on est épuisés. On a encore besoin de mettre à jour le dossier d'instruction avant de le transférer aux unités d'enquête sur les crimes sexuels.

— Bien sûr, assura Carter en souriant. La prochaine fois que vous viendrez en ville, on sortira entre hommes. Il faut se détendre, de temps en temps. Vous savez ce qu'on dit ? À force de travailler, on finit par s'abrutir...

— Oui, je sais. Merci, ce sera avec plaisir.

Styles se tourna vers Beth.

— Ça t'irait de prendre deux jours de repos lundi et mardi ? Je compte aller pêcher et personne ne pourra m'en empêcher.

Beth songea aussitôt à Levi Jackson. Enfin, elle allait avoir du temps pour s'éclipser en catimini. Elle acquiesça.

— Oui, lundi et mardi, c'est parfait.

— Super !

Styles fit un signe de tête en direction de la porte.

— On y va ?

Beth sourit.

— J'ai cru que tu ne poserais jamais la question.

# 40

## LUNDI

Styles enfonça fermement son Stetson sur sa tête et sourit.

— Si tu as besoin de me contacter, envoie-moi un message. Je consulterai mon portable dès que j'aurai du réseau. On capte mal là où je vais. En cas d'urgence, utilise ton téléphone satellite pour me joindre. Pas de boulot, d'accord ? ajouta-t-il en adressant à Beth un regard appuyé. L'équipe de Snakeskin Gully s'ennuie à mourir, alors laisse-les gérer le moindre incident qui pourrait survenir.

Il marqua une pause.

— Mais si c'est personnel, appelle-moi.

Beth acquiesça.

— Tout ira bien. Je vais juste prendre ma voiture pour me rendre dans quelques villes voisines et passer la nuit quelque part. Je ferai le tour des magasins. Mon téléphone sera éteint. Je le rallumerai si le ciel nous tombe sur la tête.

Elle fit un geste en direction de la porte du bureau.

— Va à la pêche. Je ne partirai pas longtemps après toi. Je dois juste réserver une chambre dans un motel.

Elle attendit que Styles soit monté dans l'ascenseur pour s'installer à son ordinateur. Il était à peine 6 heures et elle avait prévu de se mettre à l'œuvre tôt. Elle devait se débrouiller pour réussir un tour de passe-passe et être aperçue à plusieurs endroits en même temps sans dévoiler sa véritable destination. Elle n'aurait pas parlé d'une opération « compliquée », car elle s'était déjà retrouvée dans des situations semblables et elle savait que dans ces cas-là, la clé de la réussite résidait dans une bonne organisation.

En analysant attentivement le mode opératoire de Levi Jackson, elle avait établi qu'il commettait deux meurtres au même endroit avant de se déplacer ailleurs, ce qui signifiait qu'il allait traquer une autre victime à Running Water. La ville était située dans son périmètre et c'était là que le cadavre le plus récent avait été découvert. Elle estimait qu'il y avait quatre-vingt-dix pour cent de chances pour que Jackson ait laissé sa petite annonce habituelle au restaurant routier de Running Water. L'emplacement était idéal, avec une gare routière à proximité, exactement comme dans les scénarios précédents. Tout ce qu'il fallait, c'est qu'elle se rende là-bas et qu'elle entre en action avant qu'une pauvre fille tombe dans les filets de Jackson et y trouve la mort.

Pendant l'enquête sur les meurtres de Joseph Crenshaw, Beth avait subrepticement échafaudé un plan. Elle s'était rendue sur le dark web, et à l'aide de quelques complices criminels fiables, elle s'était procuré tout ce qui lui serait indispensable. Elle avait en effet de nombreux « amis » indétectables qui n'avaient aucune idée de sa véritable identité et qui acceptaient d'être payés en cryptomonnaie. Sa fortune avait triplé au cours de l'année écoulée, lorsqu'elle avait anéanti un escroc qui s'en prenait à des femmes vulnérables. Ce maître de l'arnaque ne l'avait pas dupée ; il aurait pu échapper à ses radars s'il s'était contenté de prendre l'argent de ses victimes, mais il les tuait par-dessus le marché. Ses millions étaient devenus ceux de Beth en quelques clics et avaient gonflé le capital considérable qu'elle conservait sur des comptes offshore. Sur le dark web, il y avait vraiment peu de choses qu'elle ne pouvait pas acquérir.

Alors que Levi Jackson était plus que jamais dans son viseur, elle avait consacré la dernière semaine d'enquête à conclure l'achat d'un pick-up sous le nom de Tim Burke. Elle le payerait cash à la livraison et l'entreposerait dans un vieux hangar acheté sous une autre fausse identité. L'endroit était sécurisé à l'aide de cadenas dont les clés étaient cachées derrière une brique amovible du mur. Elle avait l'intention de changer les cadenas. À pied, l'entrepôt n'était pas très loin de la gare routière de Rainbow, et comme des bus circulaient deux fois par jour en provenance et à destination de Spring Grove, c'était la meilleure option de transport.

Elle effectua une réservation à son nom au motel de Spring Grove, demandant une chambre en bout de couloir – une habitude qu'elle avait depuis toujours qui lui permettait de s'échapper sans être vue par une des fenêtres latérales du bâtiment. À son arrivée, elle veillerait à faire le tour des boutiques locales. Styles était distrait quand elle avait expliqué qu'elle passerait la nuit là-bas et qu'elle comptait se rendre à la boutique de décoration et de mobilier amérindiens. Cette excuse lui offrirait un intervalle de temps nécessaire pour effectuer un aller-retour à Running Water et essayer de devenir la prochaine victime de Levi Jackson. Après s'être renseignée en détail sur Running Water et les comtés alentour, elle avait tout prévu, jusqu'à la réservation d'un motel sous son pseudonyme à proximité du restaurant routier. Si jamais elle avait besoin de se nettoyer en rentrant de son face-à-face avec Levi Jackson, un motel fréquenté par des milliers de voyageurs serait parfait. Tous les établissements de ce type acceptaient les paiements en espèces et elle passerait sans problème n'importe quel contrôle d'identité. En tant que Tim Burke, elle devenait l'un de ces nombreux voyageurs anonymes qui traversaient la ville.

Elle vérifia à deux reprises l'historique de son ordinateur, effaçant toute trace de son activité, et regagna son appartement. Ses bagages étaient prêts, contenant ses déguisements et ses armes. Elle ressentait une certaine excitation mêlée d'une pointe d'appréhension. Cette crainte lui permettait de garder les pieds sur terre et de ne pas se laisser emporter par un excès de confiance. Levi Jackson était un homme musclé et, d'après l'état de ses victimes, violent et sadique. Elle devrait faire appel à tous ses talents, en espérant que cela suffise. Tout d'abord, elle avait besoin de construire un alibi solide. Beth devait convaincre tout le monde qu'elle passait ses deux jours de congé à Spring Grove et pour y parvenir, elle devait s'assurer qu'on remarque sa présence.

Elle arriva à Spring Grove peu après 8 heures et se rendit directement au motel pour s'enregistrer à la réception. Elle demanda quels étaient les magasins les plus proches à pied, écouta les recommandations de la dame au comptoir et lui raconta à quel point elle aimait se balader de ville en ville pour acheter des objets d'artisanat. Cela planta le décor. Elle précisa également qu'elle aimait faire du sport dès l'aube, ce qui lui offrait une excuse au cas où elle ne se trouve pas dans sa chambre le lendemain matin. C'était un élément essentiel de son plan. La dame de la réception pourrait l'identifier si besoin et se souvenir de leur conversation. Elle n'avait pas eu d'autre choix que de garer sa voiture à un endroit visible. Elle laisserait également son téléphone sur place. Elle préférait prendre cette précaution pour prouver qu'elle était restée en ville toute la nuit : son véhicule comme son téléphone pouvaient servir à tracer ses déplacements et elle devait être électroniquement localisée à Spring Grove pour au moins les vingt-quatre prochaines heures. Elle avait sur elle un téléphone prépayé indétectable qu'elle avait acheté dans un autre État et qu'elle pourrait utiliser à Running Water.

À son arrivée dans la chambre du motel, elle défit son énorme valise, éparpilla quelques produits d'hygiène dans la salle de bains, froissa le lit et humidifia les serviettes de toilette. Le bus partait à 10 heures, ce qui lui laissait le temps d'aller flâner dans les magasins pour faire quelques achats. Si jamais le moindre soupçon venait à peser sur elle, elle voulait s'assurer d'avoir un alibi en béton. Personne ne pouvait se trouver à deux endroits en même temps — mais le Tueur au tarot n'était pas n'importe qui.

Gardant un œil sur l'heure qui tournait, Beth acheta quelques objets, racontant à qui voulait l'entendre qu'elle retapait une cabane. Elle savait qu'en se faisant remarquer et en se montrant charmante, elle marquerait les esprits. Elle régla ses achats par carte bancaire : dans les petites villes, les jours se suivaient, semblables les uns aux autres, si bien que personne ne se souviendrait du jour exact de sa venue. La date de paiement permettrait de prouver qu'elle se trouvait bien là.

L'étape suivante consista à se métamorphoser en Tim Burke. Elle modifia la forme de son visage à l'aide d'un maquillage approprié et compléta son allure avec une moustache et une barbichette. Avec sa perruque aux cheveux fins et hirsutes, sa casquette de base-ball, sa veste matelassée au motif écossais, son jean et ses bottes, elle aurait pu berner n'importe qui. Le déguisement qu'elle avait prévu pour tuer Levi Jackson, ses armes et le reste des affaires dont elle aurait besoin étaient empaquetés dans un sac en toile. Elle fit le tour de la pièce, laissa un gobelet de café à moitié rempli sur la table de nuit, retira le combiné du téléphone de son socle, puis elle s'échappa par la fenêtre de la salle de bains. Elle scruta les alentours, enfila ses lunettes de soleil et se dirigea vers la gare routière. Parlant avec un fort accent du Sud, elle acheta un ticket en espèces et grimpa à bord du bus en direction de Rainbow. Elle s'assit tout au fond contre la vitre et se recroquevilla pour se fondre dans l'anonymat le plus complet. Son estomac se contracta. Si tout se déroulait comme prévu, dans quelques heures, elle affronterait Levi Jackson au péril de sa vie.

## 41

La ville de Rainbow accueillait une brocante ou une foire quelconque, car les rues étaient pleines de stands proposant toutes sortes d'articles à la vente, allant de vieux objets aux cookies. Beth descendit du bus et se fraya un chemin jusqu'au garage automobile qui vendait le pick-up Ford. Elle demanda à le voir en donnant son nom et fut envoyée sur un petit parking à l'arrière de l'établissement où étaient stationnés les véhicules en attente de réparation. Elle fit le tour d'un pick-up qui arborait une pancarte « À VENDRE » sur le pare-brise. Quelques instants plus tard, un homme en bleu de travail, un chiffon dépassant de sa poche arrière, s'avança vers elle avec un grand sourire.

— Tim Burke ? demanda le mécanicien. Wouah, quelle ponctualité ! Je vois que vous avez trouvé le pick-up. Il n'a que cinq ans et il est en très bon état. C'est mon fils qui le vend. Il a rejoint l'armée.

Beth hocha la tête, jeta un coup d'œil à l'intérieur du véhicule et inspecta le moteur lorsque le mécanicien ouvrit le capot. Tout avait l'air propre. Le prix était un peu élevé, mais il y avait peu de kilomètres au compteur.

— Le plein est fait ? Il est prêt à rouler ?

— Oui, comme je vous le disais dans mon e-mail.

L'homme lui tendit les clés.

— Démarrez et voyez par vous-même. Tout est nickel. Je me suis occupé de l'entretien en personne. Il est comme neuf.

Beth aurait voulu partir aussitôt, mais elle fit semblant d'hésiter. Elle fit au mécanicien une offre inférieure de deux mille dollars au prix annoncé tout en proposant de payer en cash. Cela lui semblait une bonne idée, les hommes aimaient marchander.

— Qu'est-ce que vous en dites ?

— Mille de moins, c'est le mieux que je puisse faire.

L'homme affichait une expression navrée. Beth acquiesça et ouvrit son sac à dos. Il contenait plusieurs liasses de billets de cinq mille dollars chacune. Elle lui tendit une liasse et retira dix billets supplémentaires d'un autre paquet qu'elle ajouta à la pile.

— D'accord. Donnez-moi les papiers et un reçu pour l'argent. Je ne veux pas que les flics m'arrêtent en pensant que ce véhicule est volé.

La transaction prit quelques minutes. Beth s'installa ensuite au volant et s'en alla. L'heure tournait et elle devait passer à l'entrepôt pour changer le cadenas. Elle trouva le hangar assez facilement. La clé se trouvait bien derrière une brique du mur et une fois à l'intérieur, Beth constata que l'endroit était propre et sec. Elle pourrait y cacher le pick-up et y venir dès qu'elle en aurait besoin. Tout se mettait en place et il ne lui fallut pas plus de vingt minutes pour achever le travail. Elle repartit en souriant et s'engagea sur la voie rapide en suivant les panneaux indiquant la direction de Billings. C'était une belle journée, sans trop de vent, et le soleil inondait les paysages qui s'étiraient à perte de vue. Rien n'était plus spectaculaire que de traverser le Montana en voiture. L'asphalte se déroulait devant elle, ondulant tel un ruban en une route qui semblait ne jamais finir. La circulation n'était pas trop dense, seuls quelques poids lourds et camions de livraison transportaient leur chargement d'une ville à l'autre. Le pick-up était doté d'un GPS, mais elle préférait utiliser celui de son téléphone prépayé. Elle ne voulait pas que qui que ce soit sache où elle s'était rendue après avoir quitté Rainbow. Parer à toutes les éventualités, ne rien prendre pour acquis et couvrir ses arrières : tel était son mantra.

Elle traversa Running Water, passa devant le restaurant près de la gare routière et en profita pour observer les lieux avant de tourner vers la station-service pour faire le plein. Elle déambula ensuite à l'intérieur du restaurant routier. Dans son costume, personne ne se retournait sur son passage et elle parcourut attentivement le panneau d'affichage. Son cœur cogna plus fort lorsque ses yeux se posèrent sur la petite annonce. Il ne faisait aucun doute que c'était celle de Levi Jackson. L'homme était tellement confiant qu'il avait épinglé des feuillets proposant ses services de bricolage et de jardinage sur le même panneau. Elle paya son plein d'essence et roula sans but pour s'imprégner de l'atmosphère des environs. Après avoir trouvé un endroit adapté pour se débarrasser du véhicule de Jackson une fois qu'elle l'aurait liquidé, elle repéra l'emplacement du motel et se dirigea vers la rue principale.

Quelques instants après, elle se garait face à la devanture d'un snack-bar. La faim faisait gargouiller son estomac. Elle avait besoin d'être en forme avant de se glisser dans la peau de son nouveau personnage. Elle avait longuement réfléchi à sa tenue et étudié le style des précédentes victimes de Jackson afin de choisir des vêtements qui s'en approchent le plus possible. Bien qu'aucun des homicides ne lui ait été imputé, elle l'avait facilement identifié comme étant le tueur à cause du schéma répétitif de ses déplacements. Tous les corps retrouvés dans les trois villes alentour étaient ses victimes. Elle en était convaincue et sa vengeance contre lui se justifierait d'une manière ou d'une autre plus tard cette nuit-là, à condition que son plan fonctionne. Elle regarda sa montre et calcula le temps qu'elle avait mis pour effectuer le trajet entre Rainbow et Running Water. Puis elle entra dans le snack-bar, passa commande et s'assit en attendant que son repas lui soit servi.

Le restaurant routier était équipé de caméras de vidéosurveillance du côté des pompes à essence et de la porte d'entrée. Ça n'avait pas posé de problème tant qu'elle était déguisée en homme, mais une fois qu'elle aurait pris l'apparence de la prochaine victime de Jackson, celui-ci observerait peut-être les abords du restaurant par l'entremise des caméras. Il était facile de pirater les systèmes de vidéosurveillance, mais Jackson était-il assez malin ? Tout était possible avec un tueur qui étalait ses meurtres sur le dark web. Il surveillerait certainement les arrivées des bus en cherchant une demoiselle démunie. Beth avait téléchargé les horaires de bus sur son téléphone. Elle les consulta à nouveau. Le timing serait essentiel. Elle devrait se glisser dans un groupe de passagers descendant du bus et marcher avec eux jusqu'au restaurant routier. Alors qu'elle mangeait son repas, le frisson que lui procurait la traque s'entremêla à une autre émotion étrange qu'elle n'avait encore jamais ressentie : le remords. Si elle échouait, Styles découvrirait sa véritable identité et se sentirait floué. La carte de tarot, enveloppée dans son emballage stérile, était rangée dans son sac avec ses épingles à chapeau. Elle avait également conservé le stylo injecteur de fentanyl que Nate lui avait donné. Si elle mourait ce soir, Styles serait en partie tenu responsable de ses agissements. Sa carrière serait finie. On lui reprocherait de l'avoir aidée à dissimuler son identité. Elle regarda son reflet dans la fenêtre et croisa son propre regard.

*Je n'échouerai pas.*

42

Beth se gara devant le motel et marcha jusqu'au hall d'entrée en faisant de plus grandes enjambées que d'habitude. L'homme à la réception ne lui demanda même pas de présenter une pièce d'identité. Il se contenta d'empoigner les billets avant de faire glisser une clé devant elle sans même lui accorder un regard. Il lui avait attribué une chambre en bout de couloir comme elle l'avait demandé. La chambre, vieille mais propre, dégageait une légère odeur de détergent. Elle posa son sac en toile sur le lit et se dirigea vers la salle de bains. Il y faisait froid et des papillons de nuit morts étaient pris dans une moustiquaire fixée à une large fenêtre, leurs ailes déchiquetées claquant au vent. Sans aucune difficulté, elle releva la moustiquaire. Elle essaya de remonter la fenêtre à guillotine pour estimer la taille de l'ouverture. À sa grande surprise, les rails avaient été graissés et la fenêtre coulissa en dégageant un espace suffisamment grand pour qu'elle puisse s'y glisser. La façade latérale du motel donnait sur une butte herbeuse recouverte de buissons. C'était tout ce dont elle avait besoin pour s'enfuir dans l'obscurité.

Beth retira précautionneusement son déguisement et emballa chaque élément avec soin dans des sachets en plastique. Elle en aurait besoin pour le trajet de retour jusqu'à Spring Grove. Une fois rentrée à Rattlesnake Creek, elle jetterait les vêtements et les bottes dans un grand carton et les brûlerait. Si Styles lui posait la moindre question, ce dont elle doutait, elle lui dirait qu'il s'agissait d'ordures venant de la cabane. Elle regarda l'heure. Le bus n'arriverait que trois heures plus tard. Après avoir pris une longue douche bien chaude, elle verrouilla la fenêtre de la salle de bains et se glissa dans son lit. Elle programma un réveil sur son téléphone et s'endormit.

La mélodie étrange du réveil la tira de son sommeil. Beth s'assit dans l'obscurité. L'excitation monta en elle et elle se sentit soudain pleinement réveillée. Elle se rendit à la salle de bains pour se laver le visage et regarda son reflet dans le miroir avec un large sourire. Il était temps d'entamer sa métamorphose. Jackson avait un fort penchant pour les filles de la campagne, douces et innocentes, jeunes et pauvres. Elle avait tout le nécessaire dans sa trousse à maquillage pour modifier son apparence et elle se mit au travail. Satisfaite de la nouvelle forme de son visage, elle enfila une perruque de cheveux bruns mi-longs. Ses lèvres charnues retombaient en une moue qui lui conférait un air triste. L'illusion était parfaite. Beth avait soigneusement choisi ses vêtements, un jean et un sweat-shirt. Les bottes qu'elles avaient achetées plusieurs années auparavant dans une boutique de seconde main étaient usées, mais dotées de talons stables. C'était un détail essentiel pour pouvoir se battre : une bonne paire de chaussures pouvait lui sauver la vie. Elle compléta sa tenue avec une casquette en laine dans laquelle elle planta deux épingles à chapeau, une de chaque côté. Ces armes permettraient de maintenir sa perruque en place pendant la bagarre et de tuer son adversaire sans verser trop de sang. Elles étaient parfaites. Beth caressa les têtes d'épingle en argent et sentit un fourmillement déferler dans ses doigts.

Après avoir enfilé un manteau marron mi-long, elle tourna sur elle-même en observant son reflet dans le miroir. La jeune fille de la campagne un peu naïve venait de sortir de son cocon. Elle se dirigea vers son sac à dos et en sortit le sachet qui contenait une de ses cartes de tarot. Grâce au dark web, elle les avait fait fabriquer au Royaume-Uni et les avait récupérées pendant un congé. Imprimées puis emballées dans des sachets individuels scellés, ces cartes étaient intraçables : elles ne comportaient aucune empreinte ni aucune inscription permettant de remonter à leur fabrication. Beth sourit et fit tourner la carte entre ses doigts. Comme des millions d'autres personnes, elle utilisait le dark web pour parvenir à ses fins. Cela donnait une tout autre dimension à sa navigation sur internet. Elle avait planqué ses réserves de cartes dans de nombreux endroits différents en veillant à les rendre accessibles facilement au moindre besoin. Les criminels auxquels elle faisait confiance pouvaient y avoir accès, comme à tout le matériel qui lui était nécessaire. Son réseau d'associés grassement payés était fiable. Chacun d'eux connaissait le châtiment qui l'attendait s'il croisait sa route, et étonnamment, personne ne s'y était risqué. À un moment, elle avait envisagé sérieusement de les solliciter pour effectuer l'achat du pick-up et de l'entrepôt, mais le temps était limité. À l'avenir, elle veillerait à avoir plus de temps pour s'organiser afin de ne pas finir sur une liste de suspects.

Soudain inquiète, elle balaya la chambre du regard. Elle avait besoin de laisser quelques affaires dans la chambre, au moins ses clés de voiture, ses vêtements et ses déguisements. Estimant que la probabilité d'être dérangée par le service de ménage à cette heure de la soirée était quasi nulle, elle glissa ses affaires sous le lit. Après avoir suspendu la pancarte « NE PAS DÉRANGER » à la poignée de la porte, elle éteignit les lumières. Elle attrapa son sac en toile, se faufila à travers la fenêtre de la salle de bains et la referma en prenant soin de laisser un minuscule intervalle entrouvert. Puis elle disparut dans la nuit.

L'air était frais et un mince nuage de buée s'échappait de ses lèvres. Contente d'avoir pris ses gants en cuir, elle veilla à marcher dans l'ombre, contourna la gare routière et alla se cacher entre deux autocars stationnés. Un bus arriva quelques minutes après. Dans un couinement et un bruit de dépressurisation, les portières s'ouvrirent et déversèrent un flot de voyageurs. La tête baissée, Beth se mêla à la foule. La plupart des passagers descendaient le marchepied les épaules voûtées, comme accablés de fatigue. Certains se dirigeaient vers un véhicule qui les attendait ou une personne aux bras ouverts, d'autres marchaient d'un pas traînant vers le restaurant routier. Beth emboîta le pas à ce dernier groupe et entra dans le restaurant, contente de rejoindre la file d'attente pour s'acheter une boisson chaude et n'importe quel plat qu'on accepterait encore de lui servir à 22 heures. Quand ce fut son tour de se présenter au comptoir, elle commanda un grand latte allégé et des frites. Elle régla sa commande en espèces et prit le feuillet numéroté qu'on lui tendit. Elle s'installa ensuite près du panneau d'affichage, posa le bulletin numéroté sur la table et rejoignit les quelques personnes qui consultaient les petites annonces. La plupart cherchaient des covoiturages avec des camionneurs. Une liste écrite à la craie recensait les horaires de départ et les destinations. Son attention se fixa sur l'annonce de Jackson. Si quelqu'un l'observait, elle devait paraître convaincante et elle se pencha en avant pour la lire. Le cœur battant, elle tendit le bras et arracha l'annonce du panneau. Ses doigts tremblèrent lorsqu'elle lut la dernière ligne.

*Intéressé ? Appelez Bill.*

Un flot d'émotions diverses l'envahit. Elle touchait au but : elle avait enfin trouvé Levi Jackson et tout ce qu'il lui restait à faire, c'était devenir sa prochaine victime.

43

Le restaurant routier bourdonnait du bruit des conversations et du cliquetis des couverts. Beth regarda par la vitre. Discrètement, elle observa le parking pour repérer la fameuse fourgonnette blanche de Jackson et faillit la manquer. Garée à l'ombre des arbres qui entouraient l'aire de stationnement, elle était à peine visible. Son repas lui fut servi et après avoir ajouté du sucre dans sa tasse, elle but une gorgée de café, les yeux rivés à la petite annonce. Elle avait été rédigée sommairement et imprimée sur du papier standard. Elle sortit son téléphone et, tremblant d'impatience, composa le numéro. À la quatrième sonnerie, il décrocha.

— *Bill à l'appareil. Que puis-je faire pour vous ?*

Essayant de garder son calme, Beth parla avec une voix fluette de jeune fille.

— Je vous appelle au sujet du logement. Est-il toujours disponible ?

— *Tu as l'air très jeune. Tu ne t'es pas enfuie de chez toi, au moins, ma grande ?*

Il avait une voix plaisante, doucereuse et manipulatrice.

Beth reconnut en lui l'un des siens et eut un sourire pour elle-même.

— Non, j'ai dix-huit ans et je peux faire ce que je veux. Mon père avait un ranch. Je sais qu'un garçon conviendrait mieux pour ce type de boulot, mais je travaille bien et j'ai besoin d'un hébergement. Accepteriez-vous de me laisser une chance et de vous prouver que je peux travailler dur ?

— *Comme je n'ai pas d'autres candidats, je vais te laisser une semaine pour me montrer de quoi tu es capable. Il se fait tard, et il faudrait que tu viennes maintenant. Je ne compte pas rester debout pour t'attendre au-delà de minuit.*

Après avoir lu la déclaration de Natalie Kingsley, la victime qui s'en était tirée vivante, Beth pouvait anticiper ce que Jackson allait dire. Elle poussa un long soupir pour se conformer à ses attentes.

— J'ai pris le bus. Je n'ai aucun moyen de transport pour venir jusqu'à votre ranch à cette heure-ci.

— *Alors ça tombe bien que ma femme m'ait demandé d'aller chercher une tarte aux pommes au restaurant routier. Du coup, je suis sur place. Je viens de rejoindre ma fourgonnette.*

Il avait l'air à bout de souffle.

— *Sors devant, je vais t'emmener. Comment es-tu habillée ?*

Beth sourit.

— J'ai un manteau marron, une casquette noire et un jean. Comment pourrai-je vous reconnaître ?

— *Je ferai un appel de phares.*

Il raccrocha.

Tout passant en revue la déposition de Natalie Kingsley dans son esprit, Beth fourra les dernières frites dans sa bouche et les fit descendre avec une rasade de café. Elle remarqua que ses mains tremblaient légèrement et s'obligea à se ressaisir. Il n'essaierait pas de la tuer avant de l'avoir violée, ce qui lui laissait le temps de prendre le dessus sur lui, mais s'il la maîtrisait, elle ne pourrait pas utiliser son épingle à chapeau et se retrouverait à sa merci. D'après la description que Natalie avait dressée de Jackson, c'était un homme robuste et fort, ce qui supposait qu'il était musclé. Comment pourrait-elle l'empêcher de la faire monter à l'arrière de son véhicule ? Se battre dans un espace confiné s'apparentait à du suicide.

Repoussant une vague d'hésitation, Beth passa la double porte vitrée du restaurant et balaya le parking du regard. Ses yeux s'arrêtèrent sur les phares clignotants de la fourgonnette blanche qu'elle avait remarquée un peu plus tôt et qui attendait à proximité, en dehors du champ des caméras de vidéosurveillance. Les jambes lourdes et le cœur battant à tout rompre, elle traversa le parking à la hâte. La vitre du véhicule s'abaissa dans un bourdonnement et l'homme au volant sortit la tête par l'ouverture.

— La portière est ouverte. Monte. Il fait froid.

Le sourire de Jackson révéla des dents étincelantes.

Beth contourna l'avant du véhicule, ouvrit la portière et monta à l'intérieur. Aussitôt, Jackson saisit son sac en toile et le jeta dans l'espace vide derrière son siège. Elle observa son visage et n'eut aucun doute sur le fait que c'était bien lui le coupable. Cet homme devait être idiot pour continuer à se faire appeler Bill quand il enlevait des femmes. Il aurait suffi qu'une seule autre victime réussisse à s'échapper et raconte la même histoire que celle de Natalie pour l'envoyer croupir en prison. C'était effarant que les enquêteurs l'aient laissé s'échapper de leur filet.

Beth boucla sa ceinture de sécurité et s'enfonça dans son siège, attendant qu'il prenne la parole. Voyant qu'il ne disait rien, elle se tourna pour lui faire face.

— Votre ranch est loin ?

— Pas tellement. Il y a un chemin en terre qui coupe à travers les bois à quelques kilomètres d'ici. Je prendrai ce raccourci pour rejoindre les cabanes. C'est là qu'on loge les employés, répondit Jackson en lui souriant. Tes parents savent que tu es toute seule ici ?

Secouant la tête, Beth lui lança un regard en coin et se renfonça dans son siège. Elle inspecta l'habitacle en quête d'objets qui pourraient lui servir d'arme.

— Je suis toute seule, mais je m'en sors.

Alors que le fourgon avalait les kilomètres, son cerveau tournait à toute allure. Elle visualisait les scènes décrites par Natalie Kingsley comme s'il s'agissait d'un drame savamment répété. Jackson n'était pas aussi malin qu'elle l'avait imaginé. Non seulement il utilisait le même nom sur les petites annonces, mais il suivait aussi exactement le même mode opératoire. Les derniers meurtres avaient eu lieu dans des endroits reculés et ce n'était pas ce qui manquait dans le comté. Elle soupira. Peut-être se disait-il qu'il n'y avait aucune raison de changer son plan, puisque cela fonctionnait ? Ou bien la répétition faisait partie de son fantasme ? Peut-être pas, car les jeunes filles n'étaient pas ses seules cibles. Il avait également assassiné des mères et leurs enfants. Quelle ordure !

Sans prévenir, il fit brusquement bifurquer le véhicule dans un chemin terreux qui coupait à travers les bois. Alors que les phares éclairaient le sentier devant eux, Beth aperçu des tables de pique-nique et de petits bâtiments abritant des sanitaires. La lumière de la lune filtrait à travers les arbres, se reflétant à la surface d'un ruisseau au courant agité. Une légère brume glissait le long de la piste en terre et donnait à la forêt un aspect effrayant. Il devait s'agir d'une aire de repos appréciée des voyageurs. Feignant l'incompréhension, Beth se tourna vers Jackson lorsqu'il coupa le moteur.

— Pourquoi on s'arrête ici ?

— L'arrière de la cabane se trouve juste derrière ces arbres. On va terminer à pied.

Jackson se laissa glisser hors de son siège et ouvrit la porte coulissante à l'arrière du véhicule.

— Prends tes affaires.

D'après la déposition de Natalie, si Beth montait à l'intérieur de la fourgonnette, il la frapperait par-derrière et l'immobiliserait. Il fallait éviter ça. Tremblant sous l'effet de l'appréhension, elle contourna le véhicule par l'arrière, contrairement à ce qu'avait fait Natalie, et resta debout à le regarder. Dans le faisceau de lumière qui s'échappait de l'intérieur du fourgon, elle discerna sur le visage de Jackson une expression déconcertée qui se mua en un éclair de colère.

— Prends ton sac, ordonna-t-il en lui jetant un regard noir. Tu ne t'attends quand même pas à ce que je le porte pour toi ?

La peur enserra la gorge de Beth. Il était plus grand et plus vigoureux qu'elle ne l'avait imaginé. Il lui faudrait rassembler toutes ses aptitudes pour espérer le vaincre. Sans prévenir, il se jeta brusquement en avant, l'attrapa par la taille et la poussa à l'intérieur de la fourgonnette. Beth atterrit face la première contre un amas de draps et d'oreillers malodorants. Elle n'eut pas le temps de reprendre sa respiration : il la retourna comme si elle ne pesait rien. Se fiant à son instinct, elle refréna le besoin viscéral de se défendre. Il était plus fort qu'elle et tout ce qu'il attendait, c'était qu'elle se débatte. En se montrant passive, elle lui ferait baisser la garde. Elle relâcha ses muscles et le fixa, la respiration haletante.

— Tu sais ce que cela signifie, non ? dit Jackson en la déshabillant du regard. Te voilà seule dans les bois avec un homme. Tu sais ce que je veux, pas vrai ?

Elle avait réussi à le déstabiliser, mais cela ne l'arrêterait pas. La violence ne tarderait pas à éclater. Il avait besoin d'une réaction de sa part pour nourrir son fantasme. La lutte et le corps-à-corps en faisaient partie. Il trouverait bien un moyen de la faire crier et de la pousser à riposter. Elle devait résister juste assez longtemps pour le liquider. Elle le regarda et secoua la tête en signe de dénégation.

— Non, qu'est-ce que vous voulez ?

— Ne me mets pas en colère.

Il la gifla et se redressa sur ses talons en attendant qu'elle réagisse. Dans son enfance, l'absence de réaction et l'indifférence face aux personnes qui la maltraitaient étaient ses seules armes. Les agresseurs se nourrissent des émotions négatives, et Levi Jackson n'échappait pas à la règle, mais il ne lui arracherait pas le moindre gémissement, quoi qu'il lui fasse.

— C'est quoi, ton problème ?

Il la gifla de nouveau et lui pinça violemment les seins. Du sang coula dans la bouche de Beth et un goût métallique enroba sa langue. Une vive douleur lui traversa la poitrine, ravivant au passage des souvenirs depuis longtemps enfouis. Sa part d'obscurité se dressa tel un ange vengeur. Il était hors de question que ce monstre la domine. À l'instant où il chercha à saisir son poignet gauche, elle se cabra, attrapa une de ses épingles à chapeau et visa son oreille — qu'elle manqua de peu. L'épingle lui griffa à peine le nez et il se redressa en criant de rage. Elle avait une seconde pour s'échapper. Se ruant vers la portière, Beth sauta de la fourgonnette et courut à toutes jambes le long du chemin terreux, s'enfonçant dans la forêt. Quelques instants après, Jackson se lança à sa suite, mugissant comme un taureau enragé.

Beth avait une bonne condition physique et elle courut à toute vitesse sur le chemin plongé dans l'obscurité. Elle avançait à l'aveuglette et le sentier accidenté ne lui facilitait pas la tâche. Les arbustes et la végétation lui obstruaient le passage et la ralentissaient en s'accrochant à ses vêtements. Son gros manteau la gênait et elle le retira tout en poursuivant sa course. Le souffle saccadé et les jurons de Jackson se rapprochaient dans son dos. Dans une tentative désespérée, elle quitta le sentier et se mit à slalomer entre les arbres. Juste derrière elle, des branches craquèrent et elle se retrouva plaquée au sol avec force. Elle sentit ses poumons se vider sous le choc. La panique s'empara d'elle. Il était tellement fort qu'il la retourna vers lui comme une vulgaire poupée de chiffon. Voilà donc à quoi cela ressemblait d'être une victime.

— C'est mieux, dit Jackson en lui adressant un large sourire. J'aime les courses-poursuites.

Il la saisit par les poignets et maintint d'une main ses bras au-dessus de sa tête.

— On va bien s'amuser.

Avec l'autre main, il tâta son pantalon au niveau de la taille. *Il cherche son couteau.*

Le temps sembla se suspendre alors que l'instinct de survie de Beth refaisait surface. Haletante, elle lui lança un regard noir. Il lui restait une chance de ruiner son fantasme, une chance de le tuer avant qu'il ne la lacère de coups de couteau. C'était ce qu'il faisait à ses victimes. Elle avait lu en détail la description des meurtres. Il approcha son visage si près du sien que son haleine chaude chargée de relents de tabac lui effleura la joue.

— Vous aviez déjà eu les mères, pourquoi avoir tué les enfants ?

— Quoi ?

Jackson la regarda, l'air décontenancé. Essayant de rassembler ses forces, Beth avait besoin de gagner du temps avant d'agir.

— Je suis au courant pour les femmes que vous avez violées et tuées. Mais pourquoi les enfants ?

— Comment tu sais ça ?

Jackson secoua la tête comme un chien qui s'ébroue. Ses yeux agrandis par la surprise ressemblaient à deux puits sombres au-dessus de Beth. Elle venait de détruire son fantasme et la fureur laissa place à la perplexité. Beth contracta ses muscles.

— Je sais tout sur vous et sur ce que vous avez fait. J'ai lu vos publications sur le dark web. J'ai vu les images des scènes de crime. Si je dois rejoindre votre collection de trophées, dites-moi au moins pourquoi vous avez tué les enfants.

— Une mère ferait n'importe quoi pour sauver son enfant.

Jackson rit et secoua la tête comme s'il n'arrivait pas à croire à ce qu'il venait de dire.

— Les tuer sous leurs yeux les pousse à lutter encore plus. J'adore quand elles se défendent.

Il secoua la tête.

— Tu prétends savoir qui je suis et tu me suis quand même ? J'ai entendu parler des filles comme toi. Tu veux un dur à cuire ? Ça va te coûter la vie.

Feignant la stupidité, Beth secoua la tête.

— Non. Je ne savais pas que c'était vous jusqu'à ce que vous m'attaquiez. J'ai entendu parler des meurtres et je suis allée vérifier les informations. Je suis hackeuse, c'est tout.

— Si tu penses que le fait de me faire parler me rendra plus indulgent, tu te trompes.

Jackson lui adressa un large sourire.

— Je te tuerai juste plus lentement. J'ai toute la nuit devant moi.

Il ne faisait plus aucun doute que Jackson était bel et bien le tueur psychopathe qu'elle traquait. Immobilisée et sans défense, elle allait subir le même sort que les autres victimes. Un furieux besoin de rendre justice aux femmes et aux enfants qu'il avait assassinés s'empara d'elle. Sa part d'ombre surgit dans une décharge d'adrénaline.

*Agis maintenant ou c'est la mort qui t'attend.*

Dans un élan désespéré pour sauver sa peau, elle se cabra et lui envoya un coup de tête en plein nez. Il gémit de douleur et relâcha son emprise sur les poignets de Beth.

— Sale garce !

Il se tenait le visage en se balançant d'avant en arrière.

Beth s'enfuit à toute allure à travers les arbres. Ses pieds glissaient sur le sol couvert de feuilles humides. Une fois enveloppée dans le refuge offert par l'obscurité et la densité des bois, elle se laissa tomber, pantelante, au pied d'un arbre entouré de broussailles. Au loin, elle entendait Jackson jurer et tituber en la cherchant. Sa personnalité psychopathe, cette partie d'elle-même qui lui donnait la force de se lancer à la poursuite de monstres comme lui, s'évanouit brusquement. Soudain ramenée à l'époque de son enfance, elle revécut cette nuit où son père l'avait métamorphosée pour toujours. Terrorisée, en état de choc, craignant pour sa propre vie, elle avait regardé cet homme qu'elle aimait tuer sa mère à coups de couteau. Il avait ri en enfonçant la lame profondément dans la chair pour l'achever à petit feu. Il avait tout fait pour qu'elle meure dans d'atroces souffrances. Dans l'esprit de Beth, la temporalité s'était brouillée. Chaque seconde qui s'écoulait rejouait cet éternel cauchemar. L'image des yeux terrifiés de sa mère qui luttait pour sauver sa vie, ses cris d'agonie et le dernier mot qu'elle avait prononcé avant de mourir.

« Cours. »

Elle bascula dans une autre dimension alors que les souvenirs refaisaient surface. Soudain redevenue une petite fille sans défense, elle voyait les gouttes du sang de sa mère dégouliner de la lame meurtrière du rasoir et elle sentait l'odeur de l'hémoglobine. Elle s'était enfuie dans la forêt pour échapper à son père. La réalité et les souvenirs se mélangeaient, et Beth ne parvenait pas à revenir à l'instant présent. Tremblante, des gouttes de sueur perlant sur son front, elle se roula en boule, incapable de bouger. La peur la paralysait. Un homme fouillait la forêt et le bruit des branches craquant sous ses pas se rapprochait. Il venait.

Il venait la chercher.

44

Un filet de transpiration coulait entre les omoplates de Beth dans un chatouillement désagréable. Ses poumons se dilataient douloureusement au rythme de sa respiration saccadée. L'obscurité de la forêt l'enveloppait et les feuilles humides lui effleuraient le visage. Elle secoua la tête et reprit pleinement ses esprits pour revenir à la réalité. Il était déjà arrivé que le temps se télescope et que son esprit la ramène à cette terrible nuit de son enfance. Ce souvenir la hantait et sa récente conversation avec Styles l'avait fait remonter à la surface, non pas en rêve cette fois-ci, mais dans l'instant présent, alors qu'elle avait besoin de toute sa lucidité pour rester en vie. Personne ne pouvait soupçonner l'existence d'une telle vulnérabilité chez elle. Le cœur battant, alors que Jackson s'approchait à travers les buissons, elle refoula ses souvenirs dans un coin de sa tête et força ses jambes à bouger. Elle se redressa et sortit rapidement de sa cachette. Elle devait l'attaquer par-derrière et courut en formant une boucle pour essayer de se retrouver dans son dos.

Au moment où elle croisait son chemin, Jackson jeta un regard noir dans sa direction. Elle l'avait sous-estimé. Sous le coup de la fureur et de l'adrénaline, il se rua sur elle en quelques enjambées. Sa main épaisse se referma sur son bras et la tête de Beth bascula brutalement en arrière quand il la tira à lui pour la regarder en face. Beth leva un genou pour le frapper à l'entrejambe, mais il esquiva le coup et elle le heurta à la cuisse. Haletante, elle planta son regard dans ses yeux enragés. De la salive dégoulinait sur le menton de Jackson, brillant dans la lumière de la lune. Elle le frappa fort au visage.

— Laissez-moi partir.

— C'est ça, continue de te battre, donne-moi du fil à retordre, répondit Jackson avec un grand sourire. Je savais que je te ferais crier.

Il leva le couteau dans sa main pour le lui montrer.

— On va bien s'amuser.

Son souffle fétide l'effleura. Désemparée, Beth serra le poing et le frappa à la gorge. Alors que les yeux de Jackson s'élargissaient et qu'il suffoquait, elle leva le genou et, cette fois-ci, ne rata pas sa cible. Libérant d'un coup sec son bras de l'emprise de son adversaire, elle attrapa une de ses épingles à chapeau et l'enfonça dans l'oreille de Jackson. Alors qu'il poussait un râle d'agonie, elle retira l'épingle. La tête de l'homme bascula vers l'avant, dévoilant sa nuque, et Beth planta l'épingle à la base de son cou, endommageant irrémédiablement sa colonne vertébrale et le paralysant instantanément. Dans un sursaut, Jackson émit un gargouillement et de la bave s'échappa de sa bouche figée en une grimace. Ses yeux roulèrent dans leur orbite et il s'effondra lourdement sur elle.

Une peur panique s'empara de Beth, écrasée sous le corps de Jackson. Il eut un hoquet dans les derniers spasmes d'agonie et Beth sentit son estomac se soulever. Elle eut un haut-le-cœur en sentant l'odeur nauséabonde de sa vessie et son intestin qui se vidaient. Suffoquant, Beth le repoussa avec ses genoux et ses mains. Après plusieurs tentatives, elle parvint enfin à le faire rouler sur le côté et s'extirpa en se tortillant. Elle vérifia son pouls et constata avec horreur qu'il était encore en vie.

*Jusqu'où faut-il aller pour achever ce type ?*

Sous ses doigts, la pulsation battait faiblement et ralentit jusqu'à s'arrêter. Elle resta assise à l'observer pendant cinq bonnes minutes avant de revérifier son pouls. Rien. Poussant un soupir de soulagement, elle retira l'épingle à chapeau de la nuque de Jackson et l'essuya sur sa chemise. Elle allait fouiller le véhicule pour retrouver l'autre. Si elle ne voulait pas atterrir derrière les barreaux, elle ne devait laisser aucune trace derrière elle. Soudain épuisée, elle s'adossa à un arbre et s'assit un moment en inspirant profondément. Cette exécution avait été violente, et s'éloigner de Styles en catimini bien plus dur qu'elle l'avait imaginé. Lorsque son rythme cardiaque redevint normal, elle attrapa sa carte de tarot et la fit glisser de son emballage pour l'enfoncer profondément dans la bouche de Jackson. C'était terminé. Beth se laissa tomber sur le tapis humide de feuilles mortes qui recouvrait le sol et le regarda.

— C'est le prix à payer pour toutes les femmes et les enfants innocents que tu as assassinés.

Elle aurait voulu lancer son poing en l'air en criant que le Tueur au tarot venait de supprimer un nouveau monstre, mais elle tombait d'épuisement. Elle se releva lentement, sortit son téléphone de sa poche et utilisa la fonction lampe torche pour vérifier qu'elle n'avait pas laissé de preuves autour du corps. Le moindre cheveu ou morceau de tissu retrouvé sur le cadavre proviendrait de sa perruque ou de ses vêtements qu'elle allait détruire. Elle avait porté des gants dont elle comptait également se débarrasser au cas où les liquides corporels de Jackson les aient contaminés. À l'aide des feuilles mortes et des débris végétaux qui jonchaient le sol, elle couvrit toute trace d'activité. D'un pas lent, elle rebroussa chemin le long du sentier, ramassa son manteau au passage et le remit. Le vent froid passait au travers de ses vêtements et secouait son corps de tremblements. Après un temps qui lui parut interminable, elle regagna enfin le fourgon où elle récupéra son sac et son épingle à chapeau.

Épuisée, elle s'installa derrière le volant et tourna la clé, encore sur le contact. Le moteur refusa de démarrer. Elle recula sur son siège et réfléchit un instant. Dans la précipitation, elle avait peut-être oublié de faire quelque chose. Elle vérifia toutes les commandes et tourna à nouveau la clé en enclenchant le levier de vitesse. Elle poussa un soupir de soulagement en entendant le moteur vrombir et manœuvra lentement le long de la piste en terre qui rejoignait la voie rapide. Lorsque les lumières du restaurant routier apparurent au loin, elle se dirigea vers la zone à l'écart de la route où elle avait décidé d'abandonner le véhicule. Après avoir laissé la fourgonnette, elle longea la forêt en marchant dans l'obscurité. C'était assez loin de sa destination, et dans le noir, la distance lui paraissait encore plus longue. Elle ne pouvait courir le risque d'être aperçue par les véhicules qui circulaient sur les axes routiers et elle traversa donc les champs, avançant à grand-peine dans les ténèbres jusqu'au motel. Tout était silencieux quand elle se glissa à travers la fenêtre. Elle observa son reflet dans le miroir un long moment avant de retirer ses vêtements et de les emballer soigneusement. Elle pulvérisa du désinfectant sur ses gants et utilisa le détergent pour retirer toutes traces d'ADN de ses épingles à chapeau. Après avoir pris une longue douche bien chaude, elle se laissa tomber dans le lit.

Son sentiment d'euphorie s'était dissipé pendant qu'elle marchait à travers les champs. L'épuisement l'accablait. Elle observa le plafond, couvrit son visage de ses mains et laissa ses larmes couler. Elle ne se souvenait pas de la dernière fois où elle avait pleuré. Elle avait pris l'habitude d'enfouir ses émotions. Peut-être que le fait de travailler avec Styles la rendait plus fragile. Personne auparavant ne l'avait complimentée ni encouragée, et elle regrettait qu'il ne soit pas là pour la soutenir. Cet affrontement avait été effrayant. Elle avait sous-estimé Levi Jackson et avait failli connaître le même sort que ses autres victimes. Si elle n'était pas parvenue à l'arrêter, il aurait continué à tuer encore et encore. Il y avait tant d'autres tueurs en liberté, indétectables et inarrêtables, et elle était devenue la seule force capable de les stopper. Beth sécha ses larmes et se ressaisit. Elle avait une tâche à accomplir, la dette de son père à payer. Le Tueur au tarot n'avait pas le droit d'échouer — jamais.

## 45

MARDI

Le lendemain matin, à 6 heures, la fraîcheur de la brise matinale revigora Beth alors qu'elle descendait du bus à la gare routière de Spring Grove. Déguisée en Tim Burke, Beth garda sa casquette en laine enfoncée jusqu'aux yeux et se dirigea vers le motel. À cette époque de l'année, l'établissement était calme. Seuls quelques mineurs occupaient les chambres le week-end. Contente de constater que la fenêtre était restée entrouverte, elle l'escalada et fit le tour de la chambre. Le loquet de la porte était toujours tiré, et le téléphone décroché. Rien n'avait bougé. Après avoir pulvérisé du désinfectant sur tous ses vêtements, elle les emballa dans des sacs-poubelles avec son sac en toile et jeta le tout dans sa valise. Elle se nettoya le visage, se maquilla comme à son habitude et enfila ses vêtements ordinaires. Elle compléta sa tenue avec un bracelet doré en forme de serpent qu'elle avait acheté la veille, sortit du motel et chargea ses bagages à l'arrière de sa voiture.

Vers 7 heures, la faim commença à la tirailler. La nuit avait été longue, mais elle devait encore consolider son alibi. Elle avait acheté quelques jolis objets la veille, mais pour crédibiliser son week-end, il lui fallait poursuive ses achats. La priorité était d'être vue en ville. Elle rendit la clé de sa chambre à la réception et se mit en chemin vers le café-restaurant. Elle avait remarqué la présence d'un magasin d'ameublement à proximité et traîna devant, regardant la devanture. Le magasin ouvrait à 8 h 30, elle avait du temps devant elle. Alors qu'elle s'apprêtait à faire demi-tour, elle remarqua un pick-up rouge qui se garait derrière sa voiture. Elle cligna des yeux, surprise de voir Styles en descendre et se diriger vers elle avec un grand sourire, Bear trottant à ses côtés. Elle se tourna pour lui faire face.

— Les poissons sont partis en vacances ?

— Non. J'ai pêché tout hier et je me suis réveillé avant le lever du soleil.

Il se gratta le menton et la regarda, l'air penaud.

— Je n'ai pas réussi à dormir la nuit dernière. J'avais l'étrange impression que tu essayais de me contacter. Ton téléphone est éteint. Tu es au courant ?

Beth hocha la tête sans le quitter des yeux.

— Je t'avais dit que je l'éteindrais pour pouvoir profiter d'un moment de repos sans être dérangée.

— Oui, c'est vrai, mais je me fie toujours à mon intuition, donc j'ai localisé ton téléphone. Tu sais qu'en tant qu'agent, il est sur mon application ?

Il lui adressa un regard embarrassé et reprit :

— J'ai appelé le motel il y a une heure.

Sentant son estomac se serrer, Beth s'attendait à subir un interrogatoire en règle. Elle avait pris toutes les précautions en plaçant la pancarte « NE PAS DÉRANGER » sur la poignée de la porte et en retirant le combiné du téléphone de son socle. Avaient-ils ouvert la porte pour vérifier qu'elle allait bien et constaté son absence ? Non, c'était impossible : à son retour, le loquet intérieur était encore en place sur la porte. Elle releva le menton et soutint son regard inquisiteur.

— Et ?

— Tu passes des coups de fil sacrément longs.

Styles inclina la tête.

— Tu appelais quelqu'un à l'étranger pour être au téléphone de si bon matin ?

Soulagée, Beth laissa échapper un soupir.

— Je me doutais que tu m'appellerais pour une raison ou une autre, alors j'ai décroché le téléphone pour avoir la paix. Tu te souviens ? Comme on avait convenu ?

Elle mit les mains sur ses hanches et contempla l'expression navrée qu'il affichait. En réalité, elle avait eu besoin de lui la nuit précédente, et d'une certaine façon, il avait senti qu'elle était en danger. C'était incroyable. Personne ne s'était soucié d'elle à ce point auparavant. Il lui faudrait indéniablement du temps pour s'y habituer.

— Donc tu es venu voir si j'allais bien ?

— Oui, sourit Styles. Disons ça comme ça. Je me sens un peu idiot maintenant, mais mieux vaut prévenir que guérir.

Beth acquiesça. Elle devait trouver quelque chose à lui répondre.

— Merci, c'est très gentil de ta part, dit-elle dans un sourire.

— C'est peut-être une bonne chose que je sois venu. Je vois que tu as pris un coup sur la joue.

Styles s'approcha pour examiner son visage de plus près. Il attrapa son menton dans le creux de sa main et fit glisser son pouce jusqu'à l'hématome qu'elle avait sous l'œil gauche.

— Juste là. Qu'est-ce qu'il s'est passé ? Il va noircir dans quelques jours.

Comment aurait-elle pu lui dire qu'alors qu'elle se débattait pour sauver sa vie, un tueur en série recherché l'avait giflée ? S'accrochant à la première excuse qui se présenta, Beth haussa les épaules.

— Ah oui ? Hier, j'ai trouvé un bazar qui vendait des meubles de seconde main.

Elle haussa les épaules. Là, elle n'inventait rien.

— En voulant attraper une chaise au sommet d'une pile, je

l'ai lâchée et je l'ai prise en pleine figure. Je ne pensais pas que j'aurais un bleu. Sur le coup, j'étais trop occupée à dénicher des objets à retaper.

— Voilà pourquoi tu as besoin de moi. Non pas que tu sois incapable de manipuler une chaise, mais je suis plus grand que toi et je peux attraper tout ce que tu n'arrives pas à atteindre. En plus, il se trouve que j'aime bien faire les magasins. Ne le répète pas aux gars. J'ai une réputation à tenir.

Il eut un petit rire et indiqua le café-restaurant.

— Je meurs de faim. Tu envisageais de manger ?

Beth acquiesça.

— Oui, c'est ce que je comptais faire mais cette jolie table avec ses chaises dans la vitrine a attiré mon attention.

— Eh bien, que dirais-tu que je t'accompagne aujourd'hui ?

Il entra le premier dans le restaurant et expliqua à la serveuse derrière le comptoir que Bear était un chien de la brigade canine parfaitement dressé. Ils s'assirent à une table et consultèrent les menus plastifiés. Styles regarda Beth.

— Si tu achètes la table et les chaises, je pourrai t'aider à les décharger. Ce sera l'occasion pour que tu me montres ta cabane.

Réfléchissant à plein régime à tous les problèmes qui surgiraient si Styles avait besoin de l'appeler en permanence, elle lui sourit et déploya tout le charme de sa personnalité psychopathe.

— C'est très gentil de t'inquiéter pour moi, Styles, et je serais ravie d'avoir de la compagnie aujourd'hui. Tu connais les environs mieux que moi, mais comme toi, j'ai besoin de temps pour me détendre. Du temps pour *moi*.

— Je comprends. On travaille l'un avec l'autre à longueur de journée et moi aussi, j'ai parfois besoin d'une petite pause en solitaire. C'est juste que tu es une citadine, dit-il en haussant les épaules. Ce n'est pas pour ça que tu vas avoir des ennuis, mais il peut arriver des choses aux femmes seules dans le coin.

Beth réfléchit à ce qu'il venait de dire.

— Si ça te préoccupe tant, je te préviendrai quand je

passerai la nuit hors de chez moi. Et je t'enverrai un message une fois rentrée à mon motel pour te dire que je vais bien.

— Ça me va.

Styles commanda une assiette de pancakes avec du bacon.

— Il est encore tôt. Tu disais que tu voulais aller au magasin amérindien près de la réserve. Que dirais-tu de laisser ta voiture ici et que je t'y emmène ? On sera de retour vers 9 heures et tu pourras faire un tour dans la boutique à côté.

Souriant pour elle-même, Beth ajouta du sucre au café que la serveuse venait de lui apporter. N'était-ce pas parfait ? Avec Styles comme alibi, elle était définitivement hors de cause — pour cette fois.

# ÉPILOGUE
## VENDREDI

La semaine avait filé à toute allure. Beth avait passé son temps à mettre à jour le dossier d'instruction sur l'affaire Joseph Crenshaw pour le procureur. Elle avait transféré toutes les informations relatives au site internet de l'accusé sur le dark web au département de la cybersécurité dans l'espoir que certains pervers qui le consultaient puissent être démasqués. Combien d'entre eux étaient des tueurs en série ? Parmi tous les commentaires qu'elle avait lus sur des meurtres, combien étaient avérés ? Elle ne pouvait qu'espérer que de nouveaux petits génies de la cybersécurité parviennent à remonter jusqu'à eux.

Depuis que les gardes forestiers et les concessions minières de toute la région avaient été avertis que des cadavres étaient probablement disséminés dans de vieilles cabanes isolées, une vague de signalements affluait d'un peu partout. Découvrir un squelette féminin ou de restes momifiés dans les zones indiquées par Joseph Crenshaw ne fut pas la seule preuve de ses crimes. Une des cabanes avait été engloutie par une avalanche une quinzaine d'années plus tôt. Elle avait refait surface à la suite d'un été particulièrement chaud. Le corps d'une femme abondamment maquillée avait été retrouvé à l'intérieur. Elle avait été assassinée et présentait le même traumatisme crânien que les autres victimes de Crenshaw. Cette femme, identifiée comme étant une travailleuse du sexe, correspondait à l'une des photos que Crenshaw conservait dans ses archives. Les recherches étaient encore en cours pour retrouver d'autres victimes. Il s'agissait d'une affaire tentaculaire et les comtés se manifestaient les uns après les autres pour traîner Crenshaw en justice.

Beth n'avait aucune raison de revoir le coupable, mais elle avait récemment discuté de l'affaire avec l'agent Jo Wells. Celle-ci avait trouvé le profil de Crenshaw intéressant et souhaitait s'entretenir à nouveau avec lui. Comme il se montrait disposé à parler de ses pulsions meurtrières, elle pouvait en profiter pour enrichir son livre sur les raisons qui poussaient les tueurs en série à passer à l'acte. Beth sourit en son for intérieur. Elle avait pensé que Jo Wells représenterait une menace. Ses connaissances en comportement criminel étaient impressionnantes, mais pour cerner pleinement un psychopathe, Beth avait l'avantage : après tout, on se comprend toujours mieux quand on appartient à la même espèce.

Ses pensées dérivèrent et elle songea à sa virée dans les magasins avec Styles. Elle avait passé une bonne journée en sa compagnie et elle avait apprécié son aide au moment de décharger les meubles à la cabane. Ils avaient passé deux heures très agréables à se balader le long des rives sableuses de Rattlesnake Creek en lançant des bâtons à Bear et en parlant de la vie en général. C'était un lieu de vie magnifique et alors qu'ils marchaient, Beth avait tourné plusieurs fois sur elle-même pour contempler le panorama. Les eaux de la rivière de Rattlesnake Creek s'écoulaient avec force, descendant des sommets en sinuant entre d'énormes rochers. Par endroits, les flots grondaient et formaient des remous qui venaient lécher les larges rives sablonneuses, laissant derrière eux des tourbillons de bulles d'écume dans lesquels se reflétaient de minuscules arcsen-ciel. À mesure qu'ils avançaient, les bulles changeaient de couleur et Beth, émerveillée, s'arrêta pour les admirer de plus près.

La rivière prenait sa source au confluent de trois cascades situées en altitude, les Three Fork Waterfalls, qu'on apercevait de loin grâce au nuage de vapeur constant qui les entourait. Une forêt de pins bordait le cours d'eau d'un côté et grimpait sur le flanc des montagnes, la cime verte des arbres s'arrêtant juste avant les monts enneigés. La ville de Rattlesnake Creek se trouvait face à cette forêt, nichée dans une vallée entourée de pics et semblable à toutes celles qui s'étendaient au pied de la chaîne montagneuse. Les bâtiments historiques témoignaient du passé de la ville et des vieilles exploitations minières. Rattlesnake Creek les avait conservés et ils se dressaient fièrement, comme pour rappeler l'époque lointaine du far west.

Perdues aux confins des montagnes, avec pour seul accès des routes taillées à la main, les mines avaient connu un renouveau au cours des dernières décennies. Grâce à l'augmentation du prix de l'or, des pierres précieuses, du cuivre et des autres métaux précieux, cette région des montagnes Rocheuses du Montana prospérait. L'idée d'explorer tout ce que ce territoire avait à offrir enchantait Beth. Elle avait toujours rêvé d'une cabane rustique remplie de meubles anciens, nichée dans la forêt. Se mettre en quête d'un tel mobilier – ou plutôt utiliser ce prétexte pour s'éloigner de la ville de temps à autre – offrait des perspectives euphorisantes. Oui, il n'y avait aucun doute, Rattlesnake Creek était l'endroit idéal où s'installer.

Sa cabane avait encore besoin de deux lits et d'un réfrigérateur qu'elle avait récemment commandés en ligne. Elle avait acheté l'essentiel : une cafetière, des tasses, des assiettes, des couverts, deux jolis fauteuils matelassés, ainsi qu'une table de cuisine en bois avec quatre chaises. Styles et elle avaient tout entassé à l'arrière de leurs véhicules, et Styles avait tout déchargé avant de la conseiller sur la façon d'agencer son intérieur. Il lui fallait encore un placard et une commode pour laisser quelques vêtements sur place. La prochaine expédition destinée à poursuivre ses achats lui offrirait une excuse pour s'éloigner de chez elle. Après ça, pour s'absenter, elle pourrait prétendre devoir acheter du matériel de peinture, puis s'échapper en forêt pour trouver des sites à peindre. Elle y avait longuement réfléchi et après avoir farfouillé sur le net, elle avait trouvé des images de paysages régionaux à reproduire. Bien sûr, quand elle traquait des psychopathes, elle n'avait pas vraiment le temps de s'adonner à la peinture. Elle avait choisi de privilégier l'acrylique et pourrait peindre un peu la nuit. La peinture à l'acrylique séchait rapidement, et elle n'aurait qu'à amener à la cabane des toiles terminées et d'autres encore en cours bien avant d'en avoir besoin, au cas où Styles viendrait fureter. Elle aménagerait l'une des chambres pour s'en faire un atelier. La pièce avait une fenêtre qui laissait entrer le soleil. Ce serait parfait et tromperait tout le monde. Beth observa Styles qui travaillait à son bureau et soupira.

*Enfin, presque tout le monde.*

Comme s'il avait senti le regard de Beth posé sur lui, Styles leva la tête et sourit.

— Tu te souviens de cette affaire récente où des femmes ont été retrouvées assassinées et recouvertes d'herbe coupée ? Un type du nom de Levi Jackson avait été jugé à la suite d'une plainte. Une femme avait prétendu qu'elle s'était échappée de son fourgon après qu'il avait tenté de la tuer et il s'en était tiré sans rien. J'ai toujours pensé que cette histoire cachait quelque chose qui nous échappait. Ce type correspondait au profil. C'est ce que tout le monde disait.

Beth avait failli devenir la victime de Jackson et elle s'était longuement demandé quelle réaction auraient eue les flics s'ils avaient découvert son corps. Pour l'heure, elle devait cacher cet événement à Styles. Feignant le désintéressement, Beth porta sa tasse de café fumant à ses lèvres et en but une gorgée avant de la reposer. Elle hocha la tête.

— Oui, je me souviens avoir lu un rapport à ce sujet. Il a été jugé, mais il avait un bon avocat et il s'en est tiré. Si je me souviens bien, la défense s'était appuyée sur le fait qu'il avait accepté de passer chercher la fille pour avoir des rapports sexuels et qu'après l'avoir payée, il l'avait laissée dans une station-service. Ils disposaient d'images de vidéosurveillance qui montraient la fille grimper de son plein gré dans le véhicule et le quitter. La défense avait établi qu'il s'agissait d'une travailleuse du sexe. L'affaire sur le meurtre des femmes et des enfants est encore en cours. Pourquoi ?

— Levi Jackson a été retrouvé mort, assassiné par le Tueur au tarot. Il avait une carte de tarot enfoncée dans la gorge.

Styles la regarda longuement.

— Son corps a été retrouvé dans la forêt de Running Water. L'arme du crime est un instrument pointu, probablement une longue aiguille. Il présentait une plaie perforante au niveau de l'oreille et une autre à la base de la nuque. Son tronc cérébral a été détruit. Comme d'habitude, on n'a aucun indice. Quant à Jackson, un sac-poubelle rempli d'herbe de tonte a été retrouvé dans son fourgon, identique à l'herbe utilisée pour recouvrir les cadavres des autres victimes. C'était un homme à tout faire et il se déplaçait dans les trois comtés où les corps des victimes ont été retrouvés. Et devine quoi ? L'herbe de tonte et les branches retrouvées sur la dépouille de la dernière victime correspondent à celles de son jardin.

Styles s'enfonça dans son siège.

— Et ce n'est pas tout. Une petite annonce à l'arrière de son van proposait un logement en échange de quelques heures de travail dans un ranch. Il était indiqué qu'il fallait appeler Bill. Le numéro de téléphone mentionné correspond à celui du téléphone prépayé retrouvé sur lui.

Essayant de réprimer un sourire, Beth reposa sa tasse de café.

— Vraiment ? C'est incroyable.

— Ça colle parfaitement avec ce que la travailleuse du sexe avait déclaré aux enquêteurs. Va savoir... Le problème, c'est que même avec de nouvelles preuves en main, la police n'aurait pas pu le traîner en justice à cause de la législation sur la double incrimination. Mais c'est lui qui a commis ces meurtres, c'est certain.

Styles secoua la tête.

— L'autre élément étrange, c'est qu'on a retrouvé son véhicule à plusieurs kilomètres de son corps. Il était dans la forêt, avec les clés sur le contact. C'est là que ça devient intéressant. Le type avait deux téléphones, un téléphone prépayé dans sa poche et un téléphone avec abonnement dans sa boîte à gants. En traçant ses appels et ses retraits bancaires aux distributeurs automatiques de billets, les enquêteurs ont établi qu'il s'était rendu à tous les endroits où les meurtres ont eu lieu.

Beth s'enfonça dans son siège et leva les sourcils.

— Wouah ! C'est à se demander combien de tueurs en série sont encore en liberté à cause de la législation sur la double incrimination. Ils auraient sûrement pu l'inculper pour l'un des meurtres les plus récents. Ils avaient des preuves, non ?

— Ils l'ont suspecté dans un premier temps parce qu'il placardait des petites annonces proposant ses services de réparation dans les restaurants routiers des différents comtés autour de Billings. Son nom revenait sur les listes des suspects potentiels puisqu'il se déplaçait régulièrement dans les zones où survenaient les meurtres.

Styles se gratta la tête.

— Comme il a reconnu avoir récupéré la femme au restaurant routier puis l'avoir laissée partir en vie, j'imagine qu'ils l'ont cru. Surtout une fois qu'ils ont pu établir qu'il s'agissait bien d'une travailleuse du sexe, conformément à ce qu'il avait déclaré. Elle avait déjà été arrêtée à plusieurs reprises et elle était connue des services de police.

Il regarda Beth.

— Comment le Tueur au tarot réussit-il à voir ce qui nous échappe ? Où obtient-il ses informations ? Et comment fait-il pour supprimer des tueurs en série dans tout l'État sans que quiconque parvienne à l'arrêter ?

Il lança un stylo en l'air et le rattrapa.

— Il nous fait passer pour des amateurs.

Beth haussa les épaules en levant sa tasse.

— Pour moi, il ne fait qu'éliminer des ordures. Réfléchis, Styles. Ce Jackson était un criminel violent. Il a violé et tué des femmes et leurs enfants. Il s'en prenait aux personnes faibles et vulnérables. Si on s'était lancés à ses trousses, il nous aurait probablement fallu le prendre sur le fait pour prouver sa culpabilité, non ? Je veux dire par là qu'après avoir été relaxé dans la précédente affaire, personne ne se serait aventuré à le mettre en cause. J'imagine que j'aurais dû agir sous couverture et que tu aurais assuré mes arrières. Si je me souviens bien, c'était un type costaud. Comment tu t'y serais pris pour l'empêcher de me violer et de me taillader ?

— J'aurais ouvert le feu. Et je l'aurais certainement descendu, répondit Styles en haussant les épaules. Je t'aurais protégée. Tu le sais, non ?

Beth hocha la tête et croisa son regard.

— Oui, tu l'aurais tué.

— Je ne suis pas connu pour être quelqu'un de subtil.

Styles s'adossa à son siège et observa le plafond avant de reporter son regard sur elle.

— Ne dis pas que cela me fait ressembler au Tueur au tarot, Beth, parce qu'un monde nous sépare.

Amusée par sa réaction, Beth but une gorgée de café et le regarda par-dessus le bord de sa tasse. Elle aimait l'ardeur qui l'animait lors de leurs conversations. Il faisait toujours dans la démesure.

— Ça changerait quoi ? Jackson serait mort de toute façon.

— C'est vrai, mais moi, je porte un insigne.

Styles lui sourit et se leva.

C'était à nouveau le héros en lui qui se montrait, et Beth, amusée, acquiesça en essayant de garder son sérieux.

— Alors, quelle est la suite du programme pour les agents Katz et Styles ?

— Il n'y a aucune limite.

Styles regarda en l'air et reporta ses yeux sur Beth. Un sourire se dessina lentement sur ses lèvres.

— Et si on arrêtait le Tueur au tarot une bonne fois pour toutes ?

*Bonne chance, c'est pas gagné.*

Beth eut un petit rire.

— Bonne idée. On s'y met quand ?

# UNE LETTRE DE D.K. HOOD

Chers lecteurs,

Merci infiniment d'avoir lu *Anges d'ombres* et de m'avoir suivie dans ce deuxième volet de ma nouvelle série consacrée à l'agent spécial Beth Katz.

Si vous souhaitez être informés de mes dernières parutions, inscrivez-vous en suivant le lien ci-dessous. Nous ne communiquerons jamais vos données personnelles et vous pourrez vous désabonner quand vous le souhaiterez.

*france.bookouture.com/subscribe/*

Raconter l'histoire d'une tueuse en série qui se cache derrière un agent du FBI a constitué un défi palpitant et dans ce récit, j'ai pu vous montrer les deux facettes de Beth Katz : l'agent du FBI engagé dans la lutte contre la criminalité et le Tueur au tarot, son alter ego à la personnalité psychopathe qui traque des monstres inarrêtables.

Le duo qu'elle forme avec l'imprévisible Dax Styles m'offre de nombreuses perspectives narratives, et c'est avec plaisir que je partagerai leurs prochaines aventures avec vous.

Si vous avez aimé *Anges d'ombres*, je vous serais très reconnaissante de rédiger un commentaire et de recommander le livre à votre entourage. J'apprécie grandement d'échanger avec mes lecteurs, alors n'hésitez pas à m'adresser toutes vos questions.

Vous pouvez me contacter sur Facebook, sur X ou par l'intermédiaire de mes sites internet.

Merci infiniment de votre soutien.

D.K. Hood

www.dkhood.com

facebook.com/dkhoodauthor
x.com/dkhood_author
instagram.com/d.k.hood

# REMERCIEMENTS

À toute la #TeamBookouture. Tellement de personnes œuvrent en coulisse à la publication de mes livres que je ne peux pas toutes les citer, mais j'adresse à chacune d'elles mes remerciements les plus sincères.

Je remercie aussi chaleureusement mes lecteurs pour leur soutien indéfectible et leur amitié, et tout particulièrement Mina Soares, Tara McPherson, Martha Brindley, Linda Hocutt et Susan Sanchez Purvis.

# NOTES

## Chapitre 3

1. Connu sous le nom de « double jeopardy » aux États-Unis, ce principe inscrit dans le Cinquième amendement de la Constitution américaine établit qu'une personne ne peut être condamnée deux fois pour la même infraction. (N.d.T.)